池霄

身高：約185公分
等級：S

南方朱雀組隊長，人稱美男魚隊，曾是混和系異變靈能者。與后熠是死對頭？

3
打殭屍
illust. Hibiki-響
Psychatog awaken
靈能覺醒
－傻了吧，爺會飛－

Contents

第一章　他的優點

鄧重生知道四方組隊長的實力都非常強，但他自覺那四個採取自殺攻擊的老人，加上那兩個渾身散發著毒氣的孩童能出其不意地重傷到后熠和胡霸天他們。再不濟，還有潛入在八人中的連盼盼和蔡濤，至少風鳴那個新的神話系靈能者是一定會受傷，幫他們拖延時間的。

但他和連盼盼一樣，沒想到蔡濤會臨時反叛，以至於連盼盼很快就被解決，而那四個老人和兩個孩童的攻擊也各自被后熠、羅老爺子和理查化解，他計畫的突然襲擊別說是傷到后熠和胡霸天了，連風勃這種身體弱雞也沒有被傷到。

這個時候，風鳴和后熠已經快速朝他們追去，俎楊龍咬牙切齒地蹲在地上使勁畫圈圈，甚至還咬破了自己的手指，把血滴了上去。

「逃離之路難於上青天，詛咒你們一步一個坑，一步一個坑！」

說完這個詛咒之後，俎楊龍的面色瞬間蒼白了起來，彷彿渾身的力氣都被抽掉了一大半的樣子。

羅老爺子倒是在旁邊有些驚訝地揚了揚眉毛，這種詛咒系的能力滿少見的。他拔下半根頭髮，變成半條小蘿蔔給了俎楊龍：「來，再吃一口補補血，然後再黑他們一把。」

老爺子半點都不喜歡趁火打劫的壞傢伙，而且他也絕對不允許那些人把那個活的雙頭幽冥蠍帶出祕境。他相信有空間之力的風鳴加上后熠，肯定能解決反派，但能幫對手多挖幾個坑，誰會不願意呢？

俎楊龍原本還想說他剛剛下的詛咒很重，詛咒之力已經抽光他體內幾乎所有的靈力了，普通的蘿蔔乾沒辦法幫他補充足夠的靈力。但當他把那半根蘿蔔乾吃到嘴裡之後，感受到自己體內的靈力在瞬間就被補足，甚至連之前受到的傷也飛速地恢復了，他整個人都有點傻眼。

這不太科學啊？就是半截蘿蔔乾而已，怎麼就一下子讓他體內的靈力全都回來了？

俎楊龍轉頭瞪著羅老爺子，老爺子對他俏皮地眨了個眼。那滿臉皺紋配上無比活潑可愛的表情，差點沒讓俎楊龍瞎了眼睛。

他趕緊扭過頭又在地上畫圈圈，口中念念有詞，詛咒鄧重生他們絕對跑不出去。

鄧重生他們確實也沒跑多遠。

之前他們從山坡過來，用的是阿飛的瞬移能力和林水晶的水晶屏障能力，很快就通過了食人花草地。現在阿飛已經被抓，而林水晶的水晶屏障還能保護他們走出可怕的食人花草山坡，但緩慢的速度會讓他們很快就被食人花草團團包圍住，最後死於群攻之下。

偏偏在這個時候，他們腳下的路變得非常不平坦，基本上是每走兩三步就會莫名其妙地被絆倒或摔跤。他們現在甚至還沒到食人花草地的中心區，那些食人花草都沒有抓狂，還是小花小草的樣子呢！明明這是一片平坦的坡地，但他們還是走幾步就腳下一個坑、走幾步就腳下一個坑，實在有點煩。

不過即便如此，鄧重生也不擔心他們會出不了這個長白山祕境。他們這次來，準備了萬全之策。莫空空的隱藏空間可以直接把雙頭幽冥蠍裝走，沒有她的控制，誰也別想搶走或者破壞雙頭幽冥蠍。林水晶的水晶屏障有強大的防禦力，只要林水晶還有靈力，她的絕對防禦就不會被任何攻擊打破。

最後，就是他們這次的王牌了——吳光的隱身能力。只要他們伸手去接觸吳光身體的任何部分，就會跟著吳光一起隱身，肉眼是完全不可能看到他們的，就算用靈力波動來探查，也很難查到他們的行跡。

他轉頭看向了吳光。

「現在就是發揮你能力的時候了，情況緊急，你要把能力開到最大。不過你放心，等回去之後，我就會找首領申請續命藥劑給你，畢竟你這次會立下大功。只要我們離開了這片食人花草坡地，之後就可以直接隱藏到祕境裡人少的地方，等到祕境大門打開再出去。就算后熠他們再怎麼用盡手段，找不到我們也就只能乾著急了。」

吳光點了點頭，也知道這時是最關鍵的時候。他深吸一口氣，開啟了自己的隱身能力，而林水晶抱著莫空空，和鄧重生一左一右地抓住了吳光的手。

非常神奇地，原本還走在坡地上的四個人不見蹤影了。

那些食人花草在第一時間就感受到有什麼東西踏入了它們的領地，但等它們集體狂暴、準備獵食的時候，卻又找不到獵物的影子，讓它們有點困惑，然後它們竟然開始互相啃咬、殘殺起來。

風鳴和后熠就是在這個時候到達了食人花草山坡。

風鳴原本在半空中的時候，雙眼是緊緊鎖定著鄧重生和那個小女孩的。他飛得高也就看很得遠，並不擔心會把人追丟。

然而，等他們進入食人花草山坡的時候，風鳴就有些吃驚了。

他眼睜睜地看著那四個人在自己的眼中消失，而那一群凶殘的食人花草突然狂暴起來，卻也沒有找到已經走到它們中間的四個人。

「隱身技能！！」

風鳴半懸浮在空中，對斜下方的后熠開口：「這就有點難辦了，找不到他們，你就算能一箭射死他們也沒有目標。」

后熠聽到這番話，嘖了一聲：「黑童組織裡有一個特別討厭的占卜者，黑童裡的人叫他預言家。那個老東西每次都會在有重大任務的時候進行占卜，然後選出最適合任務的能力者來行動，這四個人應該就是他們選出來最適合這次行動的人了。看來占卜還是有點用處的，這種情況下，我確實很難射中他們。」

后熠摸著下巴說，不過很快，他又揚著眉毛笑了起來：「但如果他們以為這樣我就無計可施了，那也太小看我了。如果我不計較靈力損失、拚著靈能等級倒退的可能亂射，命中他們的可能性還是非常高的。」

風鳴：「……」完全不知道他怎麼能一臉得意地說出這樣的話。

「花花草草那麼可愛，你可別破壞環境了，萬一誤傷到它們多不好。你是不是只要能看到他們在哪裡，就能一箭解決掉他們？這樣的話，我應該可以幫你指明方向。」

后熠臉上露出了驚訝的表情：「我剛剛已經用靈力探測了，那些人隱身的方法非常高明，連靈力和氣息都隱藏了起來，你的靈能等級還沒有我高吧？怎麼找到他們？」

風鳴聽到這番話，嘴角上揚，笑了兩聲：「我有特殊的尋人技巧。只要他們不是徹底化成灰、消失在整個空間裡，藏得再好我也能找到他們。」

說完這番話，風鳴就閉上了雙眼，然後將意識和靈力融合在一起，「看」到了整個空間。

在這個空間裡，萬物的變化都會帶起空間波動，即便是最微小的變化也逃不過風鳴的感知。排除掉無關的風和那些混亂的花草，有規律、屬於人的腳步帶起的波動，很快就會被他捕捉到。

甚至，風鳴還直接「看」到了那個被小女孩裝進空間裡、體積無比龐大的雙頭幽冥蠍。就像是他後面像棺材一樣的隨身空間，那個小女孩的身後也有一個大空間。一般人是看不到的，但在帝江的空間之力裡，他看得清清楚楚。

風鳴就輕笑了起來。

「前方三百公尺、十點鐘方向，我們的目標就在那裡。我確認一下，目標應該不是黑童組織的人，而是那頭雙頭蠍子吧？」

比起把黑童組織的人殺掉，不讓他們帶走雙頭幽冥蠍應該才是最重要的事。

后熠看著風鳴的笑容，也跟著笑了起來。

他的左手中驟然出現一把金色長弓，右手緩緩凝結出一支帶著無比龐大力量的金色箭矢。

「確認無誤，你可真是個小機靈鬼。」

他說完這句話，手中金色的箭矢猶如一道拖著長長光尾的彗星，直接破開密密麻麻的食人花草，朝風鳴所說的那個方位疾射而去！！

這個時候，鄧重生看著即將到盡頭的食人花草坡地，臉上露出了一個勝利得意的笑容。

果然還是他贏了。

雖然「預言家」對他們這次的行動並不抱太大的希望，說他占卜的結果並沒有很好，說會雞飛蛋打。但鄧重生卻覺得是預言家太小看了他們，預言家的占卜也不是什麼時候都準的。就像這一次，雖然他們沒有成功殺死風鳴，但雙頭幽冥蠍他們肯定能帶回去，到時候組織裡的所有人都會對他們羨慕又嫉妒吧！

就在鄧重生認定這次自己立了大功，思考回去能得到什麼獎賞的時候，他忽然感受到一陣極為恐怖的靈壓從身後的方向強壓過來。那種讓人渾身汗毛倒豎的力量讓他完全不敢回頭，在第一時間就掏出了最強的防禦靈卡扔了出去。

「快跑！！是后熠的射日箭！！！」

狂吼過後，他瘋狂激發出自己的再生能力，也不管身旁的吳光和林水晶，一把扯過了有隨身空間的莫空空就往食人花草叢外狂奔！

然而他的速度還是慢了。當他感覺到那可怕的靈能威壓的時候，那支凝聚了后熠最強力量的金色箭矢已經到了莫空空的身後。

鄧重生剛把莫空空拉到懷裡，就聽到這個小女生發出了淒厲而痛苦的尖叫聲，口中直接噴出一口鮮血，吐了他滿臉！與此同時，莫空空身後的隱藏空間也在強烈的空間波動中被迫現出形跡。

那金色的長箭直接破開了那一塊隱藏的空間，精準地刺入了空間中奄奄一息的雙頭幽冥蠍身上！

而後，雙頭幽冥蠍憤怒又淒厲的哀嚎聲響徹了整個祕境的中心區，掩蓋了小女孩的尖叫，也驚動了在食人花草坡下等待的靈能者眾人。

當等待的靈能者一個個站起身看向這邊的時候，他們就看到了讓他們絕對無法忘懷，無比震撼的一幕——

體積像巨鯨一樣的雙頭怪獸後背刺著一支刺目耀眼的金色箭矢，隨著那支金色的箭慢慢地刺入雙頭怪獸的身體內，怪獸的身體開始因為這支箭帶著的強大力量，慢慢地消散、湮滅了。

鄧重生看著他們此行最大的任務目標在眼前慢慢消失，雙目陡然赤紅憤怒地嘶吼：「不！不不不！不可以！！！」

這是他接下的任務，他絕對不能讓雙頭幽冥蠍消失，絕對不能讓自己的任務失敗！！

組織裡不會有失敗者的容身之地啊！

鄧重生直接扔下了已經昏迷的莫空空，在那雙頭幽冥蠍的身體快被射日箭的強大靈力徹底湮滅之前，拚著自己雙手盡毀的代價，終於搶回了雙頭幽冥蠍的一顆頭顱，而後他用無比怨毒的眼神轉頭看了一眼風鳴和后熠，從懷中掏出一張血紅色，上面畫著奇異紋路的靈能卡狠狠地捏碎。

而後，風鳴看到這個鄧重生的身體忽然從皮膚各處噴出了巨大的鮮血。那些血液彙集在他的腳下，幾乎形成了一個紅色的小血池，然後幾乎已經面目全非的鄧重生抱著雙頭幽冥蠍的一個頭，瞬間融入血池中，就這麼消失得無影無蹤了。

他消失的方法太過詭異，以至於風鳴都沒有反應過來。

等風鳴隔空飛到那個淺淺的，直徑不到半公尺的血池上空時，感受到了這一小片區域強烈的空間波動。

就像是，有什麼人強行在這裡開了個洞，然後跑出去了一樣。

不過很快，這一片血池的鮮血就乾涸消失了，混亂的空間漏洞也很快就被祕境強行修補好了。

風鳴看著這個地方，有些遺憾地嘆了口氣：「還是讓他帶著頭跑了。」

后熠走到他的身邊，伸手拍了拍他的大翅膀。

「已經很好了，如果沒有你，他可能帶走的就不是一顆頭，而是一半了。」

就算他真的亂射，也不可能精準地破開空間，命中雙頭蠍的。

那麼大一頭蠍子只帶走一顆頭，黑童組織的相應計畫應該很難實現了，最起碼相關的計畫都會延後行動。

風鳴點了點頭。不點頭也沒辦法，他也追不過去了。

這個時候，風鳴忽然感受到了整個長白山祕境的微小震動。後背的小翅膀忽然開始瘋狂拍打他的背部，風鳴臉色微變，伸手直接抓住后熠的手臂往天池口那邊飛去。

此時在天池口那邊等的羅老爺子等人也站在天池口那裡，看完了鄧重生抱著蠍子頭逃跑的過程。

羅老爺子臉上露出一個讚許的笑容：「我就知道那小子很厲害。」

墨嘯走到羅老爺子旁邊，臉上沒有什麼表情地道：「攻擊的應該不是那個有翅膀的小子，而是射箭的。」

所以厲害的也不是那個有翅膀的鳥人。

羅老爺子直接對墨嘯翻了大白眼。

在風鳴臉色微變，扯著后熠的手臂往這邊飛的同時，羅老爺子和墨嘯也同時感受到了祕境的震動，臉色大變，轉頭看向身後的天池。

「我的天！天池的水是被燒沸了嗎？冒的泡泡也太大了吧！」被當作人質帶到這邊來的一個靈能者被眼前的景象驚呆了。

風勃看著天池的水，面色煞白地後退一步：「我有不祥的預感！有什麼東西要破掉了！」

風鳴剛飛到天池口就聽到自家堂哥的烏鴉嘴，整個人都不好了。

他扔下后隊長就到了羅老爺子和墨嘯的前面，長話短說。

「我之前在池底下看到了一個看起來有三公尺長，實際長一公尺的裂縫！那個裂縫對面似乎連通著什麼，當時我還在裂縫後面看到了一隻猩紅的眼睛！和那個雙頭大蠍子的紅眼睛特別像。」

墨嘯的臉色陰沉下來。

「你也看到那個了？那就是引起整個祕境改變的空間裂縫。在那個裂縫的對面，應該是另一個上古祕境。只不過，那個上古祕境或許是因為各種無法抗拒的原因，被封閉或者破壞了，它沒辦法再自行發展演化，祕境中的靈氣就開始變得混沌汙濁，在那裡面的生靈自然也就受到了影響，沒有辦法再正常繁衍生長了。

所以，那個上古祕境中的存在用盡了一切辦法，找出祕境的薄弱之處強行突破。天池底部的那個地方，應該就是那個祕境的薄弱之處之一。因為這種情況實在太過罕見，我和阿參也查了許多資料、研究了兩個月才確定了這一點。但在我們剛剛確定這一點、想要尋找補救的辦法的時候，那隻蠍子已經通過祕境的空間裂縫，到了天池裡。」

墨嘯的臉色在這時更嚴肅冷厲了幾分。

「那隻雙頭蠍子剛出現在天池中的時候，體積還沒有我身體的一半大。但不過是五天的時間，牠就已經長得比我大一圈了，力量也在短時間之內瘋狂增長。

我有理由懷疑，那隻雙頭蠍子在空間裂縫的另一邊並不是最強大的存在，牠只不過是一個探路者，就已經能和我打成平手了，如果讓那個空間裂縫繼續擴大，再讓其他上古祕境已經混沌化的那些妖獸魔獸出來的話，這個祕境或許就要不保了。而一旦長白山被牠們占據，要侵入你們的世界也不過是時間問題而已。」

墨嘯的話讓在場的所有靈能者都變了臉色，理查則是在通過他的話思考著什麼。

然而墨嘯的壞消息還沒有結束。他的臉色非常沉重：「這種劇烈的震動必然是天池下方的空間裂縫又被擴大了一些，可是我和阿參還沒有找到填補空間裂縫的方法，所以我們要做好最壞的……」

「但是我好像發現了填補空間裂縫的方法啊。」

墨嘯的最後幾個字卡在喉頭，他金色的雙瞳瞬間鎖定了風鳴：「你說什麼？」

風鳴感覺自己彷彿被巨大的猛獸盯上了，但還是開口：

「就是空間裂縫旁邊的那些灰色靈石啊，只要把它們撿起來填到那個裂縫上就可以了。」

墨嘯：「呵。要是事情像你說得這麼容易的話，我把腦袋摘下來給你當球踢。」

風鳴：「……」

風鳴抽著嘴角，轉身就跳進了天池當中。

此時，天池中混沌狂躁的靈氣更加濃郁，之前還在天池周圍想方設法，從更厲害的食人花草口中奪寶貝的厲害靈能者早已經退到了最遠。不是他們不想要天池旁邊的奇珍異寶，實在是那些濃郁又狂躁的靈氣衝入他們的體內，讓他們的意識和靈力都不受控制，不離得遠一點，怕會自相殘殺。

但風鳴就這樣直接跳進了湖中，后熠像是眼睛長在風鳴身上似的，直接跟著風鳴跳進去。

墨嘯瞇起眼，也跟著跳了進去，然後就是羅老爺子和理查，撲通撲通跳下水。

胡霸天雖然也想看看那個空間裂縫，但考慮到這邊還有八個比較弱、需要保護的傢伙，就嘆口氣道：「你們跟著我往後退，然後靜坐吧，別讓這邊的混沌的靈氣影響到了神智。」

風鳴在天池中飛快地遊著，二翅膀時不時搧動一下。然而比起二翅膀，三翅膀搧動的頻率越來越快，跟在風鳴身後的后熠敏銳地發覺風鳴遊過的地方，狂暴混沌的靈力都少了很多，就像是被什麼吞掉了。

然後，眾人都聚集到了空間裂縫的前面。

理查感受到空間裂縫裡傳出屬於惡魔的氣息，猛地皺起了眉頭。

而風鳴看了一眼墨嘯，閉上雙眼，用靈力波動感受著整個空間。

然後他當著幾個人的面，撿起了一塊裂縫旁邊的灰色靈石，塞進了空間裂縫裡。

墨嘯就要嗤笑出聲了，結果，他發現這個空間裂縫的最下面一處，混亂地噴湧而出的靈氣竟然真的被堵住了一點點。

墨嘯：「？？！」

這不科學啊！！！

羅老爺子在旁邊補了一刀：「你的腦袋又大又圓，就像個傻皮球。」

墨嘯：「……」

氣氛一時變得十分尷尬。

墨嘯抽著嘴角，思考接下來他該說什麼。把頭摘下來當皮球是不可能的，所以他要怎麼潤物無聲地度過這種尷尬？

好在這時候，他們面對的空間裂縫又劇烈地震動了一下。墨嘯那張冰山臉上頓時露出了你們都不要鬧了的嚴肅表情。

「裂縫的震動越來越明顯了，為了整個祕境和你們外界的安危，還是抓緊時間封上空間裂縫吧。只需要把裂縫周圍的灰色靈石拿出來，放進裂縫中央嗎？這樣的話我們都可以動手，越快把這個空間裂縫封上越好。」

風鳴看著努力讓自己不尷尬的黑髮凶猛虎哥，動了動嘴唇，最後還是沒有繼續嘴炮。看在羅老爺子的面子上，他們算是朋友了，有時候對待朋友嘛，真的不需要太拉仇恨。

但風鳴還是搖了搖頭：「你們可能沒辦法幫忙，要不然可以拿一塊灰色靈石試一試，我並不是把灰色靈石放進這條裂縫裡。我能透過靈力波動『看』到空間裡這個裂縫的真實樣子，它比我們肉眼看到的裂縫要小上很多，大約只有一公尺的高度而已。

我剛剛就是用靈石堵上了那個被我看到的，比較小的裂縫一角。如果你們沒辦法看到這條裂縫在空間裡真實的樣子，應該也沒有辦法堵上它。」

風鳴的話說出來之後，反而讓墨嘯心情好了幾分。他就說，他和阿參加起來不可能還沒有這個小子厲害，所以其實這小子能夠堵上空間裂縫，也不過是因為他有空間之力而已。

等等，為什麼這個小子身上有空間之力？他不是鳥人嗎？？

墨嘯在這個時候才有機會認真地觀察、打量風鳴的身體和血脈情況。這麼一看，他也迅速判斷出風鳴是三系混血了。

在風鳴勤勤懇懇地拿石頭去堵那個祕境空間裂縫的時候，墨嘯倒是從羅老爺子那裡聽完了風鳴現在的身體情況和遇到的問題。

「你不是也是個混血嗎？快說幾個能讓這個小子解決體內血脈問題的方法，之後你的腦袋就可以不用被當球踢了。畢竟對待救命恩人，大家的態度總會好一點吧？」羅老爺子一邊說一邊幸災樂禍地笑，看得胖虎十分想打人。

墨嘯抽了抽嘴角沒打人，不過他看著那個對著他笑得滿臉皺紋的小老頭，還是冷笑著翻了個白眼。他伸出大手就直接蓋到羅老爺子的臉上，同時手中一陣墨色的靈光閃動，滿臉皺紋、看起來賊壞的小老頭就在他自己驚怒跳腳的罵聲中變了模樣。

「你這個該死的傻胖虎！誰讓你隨意破壞我的化形的？爺爺我現在對自己的樣子特別特別滿意，完全沒有重新換外形的打算！！」

風鳴這時已經把裂縫堵上了一半。

之前聽到羅老爺子吐槽墨嘯的時候，他還在心裡幸災樂禍，不過當他聽到小老頭的尖叫聲時，下意識地轉頭往回看——然後就三觀碎裂，嚇得他手裡的灰色靈石都掉到水中了。

他看到了什麼！

風鳴滿臉驚悚。那個一頭銀色如最上等綢緞般的長髮、身形高挑優美、紫瞳高鼻朱唇，長著一張傾國傾城，如同仙人一般的大美人是誰？我靠，這他媽的是誰啊啊啊啊！！

即便這個答案在心中呼之欲出，風鳴也完全沒辦法把這個答案當作正確答案啊！他看了一路的滿臉皺紋小老頭，還看到這小老頭撓癢、吐舌頭、翻白眼、摳腳，猥瑣小老頭的形象在他心裡根深蒂固，結果就變成了一個絕世大美人，這他媽誰能受得了啊！！

顯然這變化不是常人受得了的，因為看多了大場面的東方青龍組隊長后熠，和西方最頂尖的神聖騎士理查也都在那一瞬間有了幻滅和僵硬的表情。不過，到底都是內心宛如泰山的大人物，在驚訝、僵硬了一瞬之後，兩人也很淡定地接受了這個事實。

畢竟是萬年靈參成了精，別說是從一個小老頭變成一個大美人了，就算是他從小老頭變成一個長著九條腿的蘿蔔也可以輕而易舉地做到，所以別大驚小怪。

風鳴連抽了好幾口冷氣，又吐出了好幾個水泡，才勉強接受了這樣的驚天大變化。

羅老爺子被迫恢復成了最初化形的樣子，看到風鳴看自己的眼神從對老年人的關愛敬仰，變成了看美人的佩服和一言難盡，直接仰天翻了大白眼。

「看你這大驚小怪的樣子，爺爺這樣難不成還瞎了你的鳥眼？」

風鳴：「……」

之前作為小老頭，羅老爺子翻白眼時嘲諷意味十足，怎麼看都帶著一股「我是你爺爺」、「快閉嘴吧，快被你笑死了」、「你這個愚蠢的凡人」的感覺。可是現在變成了銀髮大美人，就連翻個白眼也帶著「我這個美人不和你這個醜八怪斤斤計較」、「還不趕緊過來幫美人捏捏腳」、「跟你說話是看得起你」的驕縱和……無形誘惑感。

風鳴捂住自己的胸口，迅速轉頭開始填坑。填坑使我快樂，我剛剛什麼都沒看到。

反差太大，實在是不能再看了。再看下去，他恐怕整個人都要分裂了。而且從此以後，他可能再也無法直視小老頭和大美人這兩種存在，生怕這兩種人什麼時候就搞個無縫切換，然後嚇死所有人。

羅老爺子沒等到風鳴的回答，當下又瞪了一眼，問：「小子，爺爺叫你回話呢，你那是什麼反應和表情？」

風鳴還在繼續堵裂縫，聽到問話，轉頭又看了一眼恍若仙人的銀髮美男，抽了抽嘴角，眼睛忽然定格在沒有一根鬍子，光潔的下巴上。頓時也不管碎裂的審美了，嘴巴快過腦子，就嚴肅認真地指著羅美人的下巴問了一句：「老、咳，爺子，你現在下巴光溜溜的，那你之前承諾給我的鬍子還會不會給啊？」

羅美人聽到這句話嘴角一抽，轉身就伸出腳，踹了旁邊的胖虎一腳。

「你這喜歡偷偷藏東西還斤斤計較的小傢伙，爺爺既然說了會給你，那就肯定會給你，看到爺爺這一頭漂亮的頭髮了嗎？等我把這個裂縫填完，就剪下一把頭髮送你，這樣你就滿意高興了吧？」

風鳴看著那漂亮的頭髮，想到這些都是萬年靈參的參鬚，頓時喜笑顏開：「高興死了！爺爺您果然一言九鼎，說話算話！不愧是長白山靈能祕境裡的老大！」

和參鬚相比，外表和三觀算個毛。

旁邊的墨嘯頓時就露出了非常心疼的表情，連看風鳴的眼神都帶著小刀子。不過在風鳴感受到那小刀子的眼神之前，后隊長就笑咪咪地挪動身子，擋在他家小鳥兒的前面，和墨嘯來了一個大總攻的對視。

墨嘯看著后熠的動作嗤了一聲，翻了白眼。舔狗舔狗，舔到最後一無所有！虧他之前還覺得這小子很厲害，呸。

后熠彷彿隔空都能懂墨嘯的眼神，他揚揚眉。相比之下，誰才是舔狗，簡直清晰明瞭啊。他堂堂青龍組隊長，怎麼可能做舔狗，他是個課金的霸總！

風鳴很快就把將近一公尺高的空間裂縫填滿了九成九，然後在他即將把空間裂縫全部堵上的時候，他卻發現裂縫周圍的灰色靈石竟然被他用光了。

他明明記得一開始看的時候，空間裂縫的周圍有很多灰色靈石，堵一個裂縫是很簡單的事情，為什麼到最後竟然還缺了一塊？

墨嘯幾人看到風鳴找石頭，皺起眉：「還差一塊灰色靈石嗎？找不到的話，其他靈石能代替嗎？」他說著，就想從自己的口袋裡掏東西，結果被旁邊的羅大美人攔了下來。

羅大美人對風鳴翻了個白眼：「你的小翅膀肯定偷偷藏了不少靈石，快點讓它吐出一塊，把這個空間裂縫封上。不然的話，胖虎的保命經驗不跟你說了，我頭髮也不給你了，快點，別拖拖拉拉的。」

風鳴背後的小翅膀瞬間僵直，風鳴本人也露出了震驚的表情。怎麼能這樣威脅他可愛的三翅膀呢？而且他的三翅膀只是在剛進來時收了兩三塊灰色靈石而已，哪有偷偷藏靈石……呃。

風鳴想到一半，就在自己的棺材空間裡看到了東北角赫然多出來的十幾塊拳頭大小的灰色靈石。然後他後知後覺地發現，他那像棺材一樣的隨身空間已經被擴大為兩個棺材那麼大，堪比一張雙人大床了。

啪！這臉打得又快又響。

幸好他沒有直接把話說出來，不然還會當眾打臉。

風鳴閉著嘴，伸手在自己的口袋裡掏了掏，就把雙人床空間裡的一塊拳頭大小的灰色靈石抓出來，然後在眾人的注視之下封上了最後那點噴湧著混沌靈氣的小孔。

在風鳴這樣做的時候，在場的眾人都能感覺到對面那邊的某個存在，或者某一些存在的憤怒和瘋狂，裂縫周圍震動得更加厲害，甚至整個天池底都在劇烈地晃動。

不過，當風鳴把最後一塊灰色靈石放在空間裂縫上的瞬間，那些灰色靈石的表面閃過一層灰濛濛的靈光，而後開始互相融合，變得緊密起來。

墨嘯見狀，露出了一絲笑容：「祕境在自我修復。之後我和阿參在這裡再畫一個修復的陣法，就再也不可能有對面的妖獸魔物過來了。」然後他抬頭看向風鳴：「雖然你之前有點不可靠，不過，我依然要代表祕境之中的生靈感謝你。」

風鳴就摸摸鼻子笑了起來。

他正想說什麼，整個祕境忽然再次震動，他們旁邊的天池底部射出一道白光，直衝天際。

風鳴呆了一下，聽到后熠道：「祕境的出口開啟了。」

祕境的出口在這個時候開啟，讓風鳴等人都覺得有些意外，就好像是因為修補了祕境的裂縫，出口才會顯現一樣。

不過風鳴在意的並不是祕境出口在這個時候顯現，他第一時間就看向了羅大美人和墨嘯。

他還沒有拿到人參鬚，對於如何運用自己體內的力量、化解三種不同血脈的衝突方法也一無所知，這個時候是怎麼樣都不能走的。

羅美人被風鳴用專注的眼神盯著，忍不住又翻了個白眼，他可不是會欠帳的人。他伸手輕輕在耳邊的那一縷銀髮上滑過，一小撮銀色長髮就落入了他的手心。

都不用他對風鳴說什麼，風鳴後背還是沒有長大的三翅膀就搧了搧，然後那一小撮銀色長髮就被收進了雙人床大的空間裡。

而後羅大美人用手肘捅了捅墨嘯。

墨嘯想了一下，懶得跟這個拿走阿參參鬚的鳥人多費口舌，直接拿出一塊白色的玉簡扔給風鳴。

「這裡面有我平衡體內力量的方法，你自己參考參考就行。另外，你體內有帝江的血脈，有作為十二祖巫之首、掌握空間之力的帝江，哪怕你的血脈並不純淨，也不用擔心會被體內的力量爆體而亡。不管你體內有多少狂暴的力量，都可以被釋放或者存到空間當中，所以洗靈果什麼的，你吃了根本不會有用，也不需要吃洗靈果，只要慢慢熟悉你體內的力量，並好好地運用它們就足夠了。

要不是因為這一點，你根本就不可能在這充滿了混沌靈氣的湖底待這麼長的時間，你的靈智早就被那混亂的靈氣侵蝕了。」

風鳴終於聽到了一些關於他體內血脈比較可靠的說法。想到不用再為壽命擔心、也不用洗掉他的大翅膀和二翅膀，風鳴的臉上露出了笑容。

他來到長白山祕境，就是為了尋找洗靈果或者尋找活命的機緣，現在他的目的達到了，甚至可以說是他從沒想過的完美解決。以後只要他努力練習了解自己體內的力量，並且好好控制它們，他就可以和其他靈能者一樣好好生活和奮鬥了。

風鳴對羅大美人和墨嘯鞠了一躬：「謝謝你們。」

這一次進入長白山祕境，如果不是他運氣好碰到了羅老爺子，他就找不到洗靈果，也不會搞懂自己的第三對翅膀到底是什麼樣的力量，他可能會一直在生命即將結束的擔憂中尋找洗靈果，甚至喝弱化藥劑，而這兩種選擇的結果都不是他想要看到的。

能有現在這樣的發展，他是真的心存感激。

羅大美人很自然地接受了風鳴這一鞠躬。他老人家很自信，這世上除了他和墨嘯，能夠認出風鳴第三對翅膀正確血脈的人絕對不會再有了。不過這小子也幫了他、墨嘯和長白山祕境，算起來，他和他們之間也是有機緣關聯的。

「行啦行啦，爺爺我看好以後你的發展，回去好好做一個對世界有用的人吧～還有，記得多賺錢，這樣等以後爺爺我們出去的時候，你才有錢請我們吃喝玩樂啊。」

風鳴瞪大了眼：「你們還能離開祕境嗎？」

羅大美人就揚著下巴：「既然你們能夠進來，我們為什麼不能出去？這祕境又不是封閉的死空間，自然有可以出去的時候。而且，你以為爺爺我那麼多跟得上潮流的知識和語言是怎麼學會的？爺爺我可是經常下山吸收潮流知識的人呢。

記得上一次下山的時候，你們那時候最流行的就是一個關於猴子精打怪獸的電視劇。要我說，猴子精有什麼好看的，還不如看看人參娃娃的動畫片呢。」

風鳴：「您可真時髦。」

羅大美人擺了擺手：「一般一般啦。好了，你們還是趕緊出去吧。之後的幾個月，我們也要好好整頓一下整個祕境。」

羅大美人說完，早就在一旁等得不耐煩的墨嘯就變成了一頭威風凜凜、帶著金紋的黑色巨虎，羅大美人直接跳到了巨虎背上，然後對風鳴露出了一個傾國傾城的笑容，就跳出天池湖中離去了。

風鳴的腦海裡交錯著那大美人的傾城一笑和羅老爺子偷偷摳腳的畫面，臉上的表情一言難盡。他抹了一把臉才轉頭看向后熠和理查：「那我們也上去？」

理查在這個時候深深地看著風鳴，臉上露出了一個溫和的笑：

「我想我也該離開了。能跟您來這個祕境實在是太好了，我一直都在擔心您吃了洗靈果之後，會失去那最高貴的血脈。雖然我對天使血脈有極大的信心，但畢竟東方人的想法和我們還是有很大的不同。

但現在我終於能安下心來了。您體內的血脈會一直存在，而且還會隨著您力量的增強而越來越強大，這實在是讓人非常高興的事情。我需要回去告訴教皇殿下這件事情，他必然會無比欣喜。」

理查對風鳴躬身行禮：「我已經知道您不會離開故土、跟隨我去往他鄉，但我仍要與您訴說，您的體內有屬於我們西方最珍貴的血脈，您應該去孕育了您體內至少一半血脈的地方看一看。或許在那個地方，也有能壯大您體內血脈的力量和傳承。

當然，在那個地方也有需要您來拯救的子民。當地獄之門被打開的時候，希望您能來播撒聖光和正義。」

風鳴被理查這突如其來的告別，和非常神聖的語言、語氣弄得有點發愣，但他很快就反應了過來。一時間心情是有些複雜，或許是受到理查鄭重的語氣影響，風鳴點了點頭，再一次做出了承諾。

「有機會的話，我也想去那邊看看，聽說我外婆是一位混血的小貴族呢。不過，最近幾個月我還是會專注鍛煉自己的力量，這樣的話，如果你們那邊有什麼麻煩，我也能做更多。那個什麼地獄之門如果真的被打開了，你就隨時手機聯繫我吧。反正我們兩個已經加了好友，我在靈網上也有自己的帳號，想聯繫的話隨時都可以聯繫。」

風鳴想了想，又看向理查那雙碧綠的眼睛說了一句：「很高興能認識你，理查，你是一位優秀而強大的騎士。」

理查一直在微笑地聽風鳴的回答，當他聽到最後兩句話的時候，他臉上的笑容有些驚訝，而後變得更加柔和。

他忽然伸出手拉住風鳴的手，輕輕地親吻了一下，微笑道：「我也非常榮幸能認識您。哪怕您並不是屬於我們的天使，但我也願意為您奉獻忠誠。」

而後，理查直接浮出了水面，從另一個方向一躍而起，離開了長白山祕境。

此時的湖底只剩下了風鳴和后熠兩個人。

后熠看著理查離開的背影，忽然開口：「在西方那邊，喜歡同性還是有罪的，你可不要喜歡上這麼一個完全沒有自我和優點的傢伙。」

風鳴聽到這番話愣了一下，轉頭就看到后熠難得深沉的雙眼。

他忽然心中微動，笑了起來：「理查還算沒有優點？那什麼樣的人才有優點？」

后熠看著風鳴那眼中帶笑的樣子，伸手拉住他被理查親吻的那隻手來回擦了擦，擲地有聲地道：「當然是我這樣的，我以為你早就看出來了？」

風鳴就笑著搧著翅膀往上游，然後就聽后隊長自賣自誇了一路。

原本他只是把這一路的自誇當成樂子和伴奏聽，而後他突然聽到了一句話。

「至少有我在，我會盡全力給你自由和信任，讓你做你想做的事。」

風鳴轉頭看了一眼還在數自己優點的男人，嘴角微微勾起。

至少這一點，他相信。

上了岸之後，后隊長就從自賣自誇模式恢復成了高冷大爺隊長模式。

此時祕境的出口已經開了，很多人都用最後一張保命的飛行靈卡飛出了這個混亂的長白山祕境。而胡霸天和蔡濤、風勃他們也已經和其他進入祕境的靈能者學生們聚在一起，在風鳴和后熠出來之後，大家都鬆了口氣，露出笑容。

「還好這次祕境沒有發生什麼大問題，下次老子可絕對不帶人進祕境了！」胡霸天說著就搖了搖頭：「可把老子累壞了。還多了這兩個累贅，回去就得把他們交給靈能總部吧。」

后熠和風鳴一起看向了昏迷著、屬於黑童組織的阿飛和莫空空。此時這兩個孩子看起來狀態非常不好，就像是命不久矣的樣子。

想到這裡，風鳴看向蔡濤，發現蔡濤的面色竟然和那兩個孩子一樣蒼白中泛著青黑，皺起眉頭想要開口，卻被蔡濤伸手打斷：「出去了再說吧。剛好，我也有事情要向上面交代。」

風鳴點點頭。這時候還是先離開祕境再說。

在離開祕境的時候，熊霸一直欲言又止地看著風鳴，又在風鳴看他的時候又抬頭看天，什

麼都不說了。

在風鳴打算直接抓著這隻大熊問清楚的時候，忽然一道金光砸到了熊霸的懷裡，等熊霸反應過來之後，眾人已經離開了祕境。他低頭往懷裡一看，愣住了。

懷裡的是一本小冊子，上面歪歪扭扭地寫了四個大字──《大熊寶典》。

熊霸頓了幾秒，才迅速把這小冊子塞在懷裡，露出了傻笑。

他剛剛就想問羅老爺子去哪裡了，這次因為眾人一起走出風雪區的關係，他們沒機會去那個大熊的洞穴裡。他還想要那個厲害的大熊精刻在山壁上的戰鬥心得呢！結果要離開祕境時，這本大熊寶典就來了，肯定是羅老爺子還想著他！嘿嘿！他就知道老爺子可靠！！

風鳴看著熊霸喜氣洋洋的樣子，實在是很難開口跟他說他腦海中的那位慈祥老爺爺，現在已經變得面目全非了。

不過，總算是順利離開了祕境，結束了這次長白山祕境之行，也算是還不錯的結局吧。

出了祕境之後，大家就要各自回城了。

郭小寶、金逍遙以及電鋸小哥著實不捨地互相擁抱了一番。大家從不認識，到現在有了過命的交情，也不過是一個多月的時間而已。

臨走之前，十八個人又建了一個十八羅漢群組，約定以後一定要經常聊天，增進感情，而後大家才各自離開。

臨走的時候，金逍遙還特地跟風鳴說記得跟他爸的娛樂公司聯繫。廣告都已經要敲定了，風鳴才想到自己之前接了金氏娛樂公司的「天使偽裝者」系列服裝的代言，身後的三隻翅膀動了動。

他微笑點頭：「放心吧，哥兒們！回到龍城我就打給金大叔。」

雖然在祕境裡撈了不少好東西，存款和小金庫都已經暴漲，但這並不妨礙他繼續努力賺錢養翅膀啊！畢竟海鮮大餐、炸雞套餐，還有網路上的音樂大餐和高級耳機都不便宜。

金逍遙翻了個天大的白眼，覺得這小子又對他炫耀了。呸！

然而，等風鳴他們回到龍城後，風勃、圖途、熊霸和楊伯勞都回家了，他卻和蔡濤一起被拉到了龍城靈能基地，面對靈能總部的各種詢問。區別是他收到的都是關於身體方面的噓寒問暖和研究式的聊天，蔡濤則是被拉到了審訊室，要求他說出他知道關於黑童組織的一切。

風鳴還在擔心，后熠就出現：「要一起聽聽嗎？」

風鳴的眼亮了起來。

第二章　絕色美人大賽

蔡濤被安排在一間並不算封閉的審問室裡。

雖然他和黑童組織有所關聯，但在祕境中已經做出了選擇，算是保護了風鳴，還主動要求彙報關於黑童組織的事情。考慮到他的年紀以及他妹妹還在黑童組織的各方面情況，靈能總部的人對蔡濤雖然有不滿，但對他的態度還算溫和。

蔡濤沒什麼表情地坐在審問室的椅子上，當審問室的門再次被打開，后熠隊長和風鳴走進來的時候，他的臉上難得露出了一絲笑容。

雖然他並不緊張，但是能在這裡看到后隊長和風鳴，他對自己接下來所要說的事情和想要做的事情也有更大的把握。

然後不等靈能總部的兩位檢察官詢問什麼，蔡濤就說出了自己的經歷。

「我是在兩年前遇到黑童組織的人，那個時候靈能時代不過才開啟了一年，我也沒有覺醒靈能。那時候我剛在混混街混出了一點名頭，就覺得自己終於有機會和實力，去找那個老東西復仇了，但我低估了金錢和權利的力量。我連南山別墅區都還沒潛入，就被他的保鏢和打手發現，打成了重傷，我是拚了命才逃出來的。但那個時候我被打得爬不起來，只能在別墅外面的一個小樹林的水溝裡躺著，等死。

那時候我的心情非常陰鬱。怎麼說呢？我覺得全世界都對不起我和妹妹。這個世界為什麼能讓那樣的人渣活著，並且得到了金錢和權利？明明應該無憂無慮生活著的我妹妹和我母親，卻遭受了那麼多的痛苦？我覺得世道不公，人人都該死。

就是在那個時候，我遇到了組織裡的三首領，巫先生。或許是看我太慘了，覺得我可憐，又或者是覺得我是個能夠破壞世界和平的反派人選，總之他說他能給我一個改變命運、成功復仇的機會，想要擁有這個機會就必須付出相應的代價，問我要不要抓住這個機會？」

蔡濤的神色有些陰沉，似乎是想到了那個他再也不想回想、最漆黑的夜晚。

「他說能讓我覺醒成靈能者，只是我需要成為他們組織的藥劑試驗者。因為他們剛開始研究靈能者藥劑，所以試驗結果無法斷定。在試驗藥劑的過程中，我很有可能會因為受不了藥劑的效果直接死亡，也有可能覺醒到一半，變成一個四不像的混合靈能者，最後因為靈能暴動而死去。

但如果我運氣好，或者復仇和活下去的心夠強的話，我也可能成功覺醒，成為靈能者，從此走入靈能者的世界，擁有截然不同的人生。到那個時候，無論是我想復仇還是想獲得更好的生活，都是輕而易舉的事情。

我答應了，沒有半點猶豫。憑我自己，不知道還要等多少年才能報復那個男人，讓他得到應有的惡果，或許到我死的時候他還在逍遙快活。不就是拿命去搏一個可能嗎？我在混混街混了那麼久，早就已經明白這一點了，就算是死，我也要拚一個結果！

我成了組織的藥劑試驗者，當時是真的很感激巫先生和組織能給我這樣的機會，我還想，假如我真的成功成為了靈能者，我就要為組織賣一輩子的命。」

蔡濤說到這裡，自己都嗤笑了一聲，彷彿在嘲笑當年自己的天真：

「但是我沒有想到，他們除了改造我之外，還帶走了我的妹妹。澄澄那個時候才十歲多一點啊，他們就把她帶走了。當時我幾乎要瘋了，我從來都沒有說過、也沒想過要讓我妹妹也加入黑童組織！然而黑童的人卻說，他們只是帶我妹妹去體會更美好的生活，絕對不會違背我妹妹自己的意願，讓她做什麼。

我不相信他們的話，但那個時候的我根本無法反抗。直到那個時候我才意識到我是與虎謀皮、和惡魔做了交易，可是已經來不及了，如果我不成為靈能者的話，那我和我妹妹就沒有任何未來可言。

我拚命地試驗各種藥劑，拚命活著，想讓他們對我妹妹好一點。從那個時候開始到現在，我已經兩年都沒有見過澄澄了，我們只有每週一次的視訊機會。我心裡抱著希望，希望澄澄並沒有像我一樣成為試驗品。一開始澄澄的樣子確實還好，她跟我說她每天都在學習很多新的知識、見到了不少同齡的小夥伴，我就逐漸放心了。

兩年的試驗品生涯並不好過，我不記得我吃了多少藥、打了多少針劑、抽了多少血、發了多少次瘋，但好在最後我成功了。兩個半月前，我終於靈能覺醒，但副作用很大，我在床上躺了半個多月。

原本我應該配合屠迎迎、陳碩他們三人在龍城抓試驗品去組織，但因為我躺著，就沒有成為幫凶。但我是負責看守那些被抓的人的人，只不過那些人都不知道而已。最後屠迎迎被抓，我也跟著人質們一起被解救了。

或許組織一開始就想到了這樣的可能，我在當天晚上爆發靈能，然後因為身世可憐，沒人接管，就只能被送到靈能者學校去了。然後，我就是組織的眼線，把我看到的、知道的所有消息都轉告給組織。

但其實我並沒有發揮多少作用，組織的最終目的是讓我成為靈能者大賽的最後一張底牌，哪怕組織為了靈能者大賽，已經做了很長時間的準備，自覺萬無一失，但巫先生總會留下最後一手保底。而且，預言家也占卜了靈能大賽的結果，組織應該並不滿意。」蔡濤說到這裡突然笑了一下，「可見他占卜得沒錯。」

靈能大賽雖然有所混亂，但最後的結果卻和黑童組織想的相差太遠了。

「原本我應該在風鳴背對我們的時候給他一刀的。」蔡濤看向風鳴，風鳴就想到了那個時候他一人對雷兼明九人的情景。那時候二翅膀還沒有長成，是他最虛弱的時候。

「但你沒有那麼做。」風鳴開口。

蔡濤笑了笑：「你的翅膀都被血染紅了，那麼慘還站在我們前面，我要是在那個時候往你背後插一刀，我還是個人嗎？你把我當兄弟，我也……不能把你當敵人啊。而且，我一直都很清楚我的敵人是誰。」

蔡濤的表情變得冰冷而憤怒。

「為組織當試驗品的人不只是我一個，除我之外，至少還有上千人。我幾乎每天都能看到有人發瘋死去或者爆體而亡，我曾經以為所有人都和我一樣是自願當試驗品的，但在被試驗了三個月之後，我就在組織裡看到了龍城失蹤的好幾個孩子。這個組織，從一開始就是惡的。而且從一年前開始，澄澄應該也成為了他們的試驗品。」

蔡濤露出一個比哭還難看的笑：「澄澄自以為能瞞得住我，但是自從被扔出去之後，我就帶著她，我能不知道她是不是真的在笑，還是在哭嗎？那個傻丫頭和我一樣，在為了唯一剩下的親人努力活著……我他媽的，我他媽的！」

蔡濤的情緒突然瘋狂崩潰：「澄澄才十二歲！！才十二歲！！！她小時候磕破一層皮，都疼到哭了半個小時！成了試驗品之後，她明明痛得要死，卻還要對我笑！天知道我有多憤怒！黑童的人都該死！他們從來不把人當人看！所有的一切都是為了研究研究研究！！

我也該死！！我也該死！！我為什麼要加入組織？我當時為什麼要同意進去啊？就算我當一條狗，一輩子復不了仇，至少澄澄還能安安穩穩地活著啊！現在我要死了，澄澄還在當試驗品，不知道能活多久……

啊啊啊啊啊——風鳴！你幫幫我！你有洗靈果了，還是神話系的靈能者，你能活下去！你幫我找到我妹妹，幫我救救她吧！求求你了，澄澄才十二歲，她不該這麼早就死，求你了。」

蔡濤被審問室的守衛按在桌上，制止他的發狂，但他通紅的雙眼依然緊緊盯著風鳴。

「風鳴，兄弟，求你了。我活不了了，你救救澄澄吧。我下輩子給你做牛做馬，當一輩子小弟。」

風鳴猛地站起，他的雙眼通紅，周身的氣息壓抑到了極點。

他上前一把拽住蔡濤的衣領，兩人面對面瞪視著對方，風鳴一字一句地道：

「你在這裡發什麼瘋？之前當了兩年的試驗品都沒死，現在怎麼就斷定自己死定了？你得繼續咬牙活著！我不會幫你找你妹妹的。你自己的妹妹，你要自己去找。等你找到了她，我幫你和黑童幹架。」

蔡濤瞪大了雙眼，他有些茫然地開口：「可是，我活不了那麼久啊……我體內的靈能和這兩年吃掉的藥劑，已經快要把我拖垮了。我是真的……要堅持不下去……」

蔡濤的話還沒說完，風鳴就從自己的口袋裡掏出了一顆淡金色的果子，一把塞進了他的嘴裡。他的速度太快，以至於在旁邊看的兩位靈能者總部幹部都沒有反應過來！等他們站起來想要制止的時候，蔡濤已經把淡金色的果子吃到肚子裡了。

然後，房間內除了后熠之外，所有傻住的人就聽到了風鳴的話：

「現在，你死不了，至少也能再活幾個月。」

蔡濤感受著體內那強大而溫暖的力量，似乎在洗滌和恢復他那千瘡百孔的身體，呆滯片刻後猛地抬頭：「你給我吃了什麼？」

風鳴看他：「洗髓果啊。」

那棵種在洗靈果樹旁邊，對他們招手的洗髓果樹的果子。

他僅有的那一顆。

然後，他聽到了身後的椅子倒地和倒抽一口氣的聲音。

總部的兩個靈能者頓時露出無比心痛和不贊同的表情，其中一個人忍耐不住，面色不好地看向風鳴：「你怎麼回事？洗髓果那麼珍稀的極品靈果，你怎麼能隨意給別人吃？」
風鳴看著這個男人的表情，歪了一下腦袋，「我自己在祕境裡得到的東西，難道不是我想給誰就給誰嗎？我都沒覺得心疼……好吧，我覺得有點心疼，但是這位大哥，你也不用露出比我更心疼的表情啊，這東西難不成還要上繳給國家？」
風鳴轉頭瞪向后熠：
「后隊，之前木蒼校長和那位陶姊姊可是跟我說，我們國家對待靈能者的待遇比其他國家都好，該不會是騙我的吧？要是騙我，我就要去西方當國寶了啊，反正理查和教皇大人肯定都會歡迎我。」
后熠的嘴角差點忍不住勾上去，不過他還是神色鄭重認真地道：
「你聽你說的是什麼話，我們國家的大將軍是最早公布靈能者存在的首領，而且我們國家對待靈能者的待遇絕對是全球最好。小陶和川城靈能學校的校長怎麼可能會騙你？是你自己想太多了。
祕境裡得到的東西都是屬於你自己個人的，你想怎麼處理都行。只不過，如果你賣給國家的話，國家會給你貢獻點和更加實惠的交易價格。
貢獻點可以在國家內部的靈能者交易商城上買東西，之前你在普通靈網看到的那些靈食、靈材也都是能流通到外面最普通的下等品。想要好東西的話，還是要到內部的靈能者交易商城上買或者交換的。所以這位幹部只是為你損失的貢獻點感到心疼而已，沒別的意思，對吧？」
那個長著鷹鉤鼻的青年男人聽到后熠的問話，臉上的表情僵了一下，然後露出了一個很勉強的笑容點頭：

「對對對，我就是太吃驚了。洗髓果這種極品靈果，在靈能者商城裡已經很久沒有出現過了，上一顆洗髓果拍出了天價，雖然購買者是用同樣稀少珍貴的靈材交換的，但是折合我們國家的貨幣來算的話，那顆洗隨果至少價值五億。我就是太震驚了，你竟然把價值五個億的靈果就這樣給你同學吃了。真不愧是神話系的覺醒者，就是大氣！！」

風鳴：「……」

風鳴後背看不見的三隻翅膀狠狠地顫了一下，風鳴自己也伸手捂住了胸口。

五個億，他竟然隨手就讓別人吃了屬於他的五個億！！

風鳴無比心痛的表情看得后熠轉過頭，無聲地悶笑。

聽到洗髓果價格的蔡濤也目瞪口呆了好一會兒，才艱難地抬頭看著風鳴道：「那個，我、當你一輩子的小弟吧。」

那五個億實在是還不起的大目標，權當賣身的錢吧。

結果，剛剛還把他當兄弟的風鳴露出了一副黃世仁的惡毒嘴臉。

「呵呵，少說也得三輩子，不然我真的控制不住要打你了。」

蔡濤：「……喔。」

好吧，都是窮人，他懂這種痛。

蔡濤又摸了摸自己的肚子，不敢相信他吃掉了五個億。

之後蔡濤又交代了他知道的黑童組織在龍城和其他地方的一些據點，雖然這些據點可能現在已經人去樓空了，但也算是提供了一些消息。
另外就是他的那把黑色匕首。
「這把匕首是組織的最新研究產品，似乎是用了什麼特別特殊又珍貴的材料製成的，可以吸收、儲存被它傷到的靈能者血液。之前在混戰的時候，我用它傷了幾個人，那個時候我還要取信於黑童，不能什麼也不做。現在這把匕首我就上繳給國家了，希望能對國家有用。」
聽到蔡濤這番話，那兩個來這裡的靈能總部幹部才露出了一點笑容。
那位年紀大一點的幹部道：「你的決定是對的，這有助於你代罪立功。而且你放心，總部一定會儘快研究出這把匕首的祕密，並且會下達命令，加強對黑童混亂組織的破壞和抓捕。要相信國家，我們會盡全力找你的妹妹。」
蔡濤聽到這些話沒有說話，把手裡的黑色匕首交了上去。
他太清楚黑童組織的狡猾和總部的忙碌了。並不是靈能總部的人都不幹事，而是他們每天要做的事情太多，要處理的事情也都是相對嚴重的事情。他和他的妹妹只是那數千，甚至上萬個被黑童組織傷害的人之二，國家是不會派出專門的力量來幫他找妹妹的。
這個時候蔡濤又撫了撫自己的胃部，看了一眼風鳴。
果然大哥說的對，他還要努力地活著，他還要自己努力找妹妹！
蔡濤把自己知道的事情全交代了出來，因為有后熠和風鳴在，靈能總部來的兩位幹部也沒有多為難他。
只不過在未來的一年時間裡，蔡濤手上都必須戴著監控手環，也不能隨意離開龍城，以防他再出什麼問題。

蔡濤並沒有異議。他現在還能相對自由地活著，已經是比他預想得好太多的結果了。而且他還能繼續上學，繼續和大哥、圖途、風勃他們當朋友，他真的知足了。

等問訊完畢，那兩位靈能總部的幹部要離開的時候，年輕一點的鷹鉤鼻青年又看向風鳴，在風鳴疑惑的目光下輕咳了一聲。

「那個，后隊長剛剛也跟你說了，如果你在祕境有什麼收穫的話，上繳給國家就能獲得貢獻點。我就是想問，你手裡還有洗髓果或者其他極品、珍品嗎？」

風鳴聽到這番話，三翅膀一下就貼到他的背上裝作自己不存在。風鳴同時後退半步，連猶豫都沒有地搖頭。

「沒了，洗髓果就是我得到最珍貴的東西，已經給我小弟吃了。其他的我只得到了一些骷髏骨頭和覺醒獸的獸皮而已，我打算自己用，不賣也不換！」

那鷹鉤鼻的青年就露出了鬱悶和不高興的表情。

他轉頭看向蔡濤，風鳴就把蔡濤往自己的身後拉：「這小子一路都垂頭喪氣的，運氣也特別差，也什麼都沒得到。」

鷹鉤鼻青年還想要說什麼，后熠這時將手指敲在桌子上。他渾身一震，就僵著臉色和另外一個同事快步離開了。

等他們離開之後，風鳴才在審問室裡摸著下巴篤定道：「剛剛那兩個人肯定是想坑我們東西吧？」

滿臉都寫著「你惹麻煩了，快來賄賂我」這幾個大字。

后熠就笑了起來，這時候他又是那個平易近人的課金大佬了。

「真不愧是我機智的小鳥兒，他們是想要占點菜刀同學的便宜。畢竟被問訊的人多多少少都是理虧和犯錯的傢伙，這樣的人通常都會非常在意上面的態度。有時候，總部來的人什麼都沒說，就會有人主動送東西，那些人大概是覺得要是能花一點代價，就能讓問訊的人幫自己在上面說點好話，也算是值得了。

不過，總部的人素質和道德大多都有過關，不會亂收東西，只能說這次菜刀同學的運氣不是很好。那兩個人什麼便宜也沒占到，但因為我，他們回去後也不敢在報告上做什麼手腳，所以完全不用在意。

不過，他們眼睜睜地看著價值五億的極品靈果被蔡濤這小子吃了，自己又什麼好處都沒撈到，估計會非常不甘心。回去應該會報告你得到洗髓果的事情，上面可能會有人再問問你有沒有什麼寶貝，你只要說沒有就行了。至於你得到的那些東西，只要你用警衛隊的腕錶ＩＤ就能登入靈能者交易商城，到時候你在祕境裡得到的東西都可以匿名掛出去賣掉，或者和別人交換所需的東西。在保護靈能者隱私這方面，我們國家的靈能總部做得還是滿好的。」

風鳴聽到這些話，總算安心地點了點頭。不過他還是覺得手裡的好東西還是自己囤著比較安心，賣什麼賣？反正他有隨身空間，不怕放壞東西，也不怕東西放久了，弄丟找不到，所以在靈能者交易商城上，還是就出售一些比較常見的東西吧，比如骷髏骨頭和覺醒獸皮什麼的。

這些東西怎麼說也是Ａ＋級靈能祕境裡的東西，就算不是極品，也能賣不少錢吧？

想到這裡，風鳴又想到了他失去的那五個億，瞅了一眼還在感動地看著他的菜刀小弟，頓覺得刺眼又扭回頭。

這個時候，審問室的大門被人敲響，風鳴抬頭就看到泰南隊長和龍城西區警衛隊的同事大哥們都站在門外，臉上就露出了一個大大的笑容。

「南隊！橘哥！鼠哥！樹哥！」

泰南隊長響亮地應了一聲，就開心地上前使勁拍著風鳴的背。他此時臉上都是放光的，如果有顏色，風鳴覺得那肯定是五彩斑斕的光。

「你這小子可真不得了，哈哈哈！我就說我的眼光是整個龍城最好的！我從第一眼看到你這小子，就知道你不同尋常啊！現在看看！華國第四位神話系的靈能覺醒者！還是唯一一位飛行類的神話系覺醒者！！哈哈哈哈，就算你以後不在我們龍城西區警衛隊了，你隊長我也能夠憑著這些吹一輩子！！」

風鳴一開始聽著泰南的話，臉上是有些得意又有些無奈的笑容，不過聽到最後，他就愣住了。

「隊長，你剛剛說什麼？我不在西區警衛隊了嗎？可我沒有想辭職啊……」

泰南就看向后熠，露出了一個驚訝的表情：

「后隊長難道沒有跟你說嗎？就之前你和教授說話、接受身體檢查的時候，他已經把你調入東方青龍組警衛隊裡了啊！你現在可是神話系的覺醒者，還是紅遍全國的超級網紅，就算隊長我想要留你，龍城西區警衛隊也盛不下你這兩雙大翅膀啦。

不過這是好事，青龍組負責整個華國東部區域的安危。你的能力以後會越來越強，比起在西區警衛隊裡，在青龍組你才更有發揮能力的機會，幫助更多的人。而且就算你離開了，你也是住在龍城西區的嘛！想我們了就可以隨時來找我們，說不定到時候還需要你幫忙呢。」

風鳴瞪大了雙眼，看向后熠。

后熠此時坐在椅子上，長腿伸出桌外，以手肘撐著桌面，手掌抵著下巴，對風鳴露出了一個英俊而得意的笑容。

「東方青龍組歡迎你喲，小鳥兒。」

§

風鳴成為東方青龍組的一員已經三天了，三天裡，他上了三天的靈網熱搜頭條。

第一天，后熠那個箭人直接在他靈網的帳號上，公開了他加入東方青龍組的消息——

『**青龍后熠：熱烈歡迎神話系靈能者風鳴加入東方青龍組。**』

配圖是一張不知道箭人什麼時候偷拍他在天池上方的照片，直接引爆了全網。

后熠的粉絲、風鳴的粉絲還有池霄的粉絲三方混戰，幾乎屠遍了整個網路，然後就有「困羽之箭的勝利」、「最遠的距離是東方和南方的距離」等等相關熱搜上榜。

風鳴接連收到了十八羅漢群組裡的小夥伴點名，大部分都是對他的發展表示祝賀和羨慕，當然還有郭小寶這熊貓精和金逍遙這個準備主位出道的傢伙，羨慕裡帶著不忿和嘲諷。

風鳴看著群組裡幾百條的訊息，癱著臉翻白眼。

說真的，如果讓他選擇的話，四方組東南西北中，他更想去海邊，畢竟他是個路人魚粉。但這些話當然不能跟他現在的新隊長說，要不然怕要當跨國外送員了。

第一天成為青龍隊組員之後，風鳴沒有做什麼特殊的事，就是被后熠拉進了青龍組的五人聊天群組，和早就熟悉的花千萬、林包以及富大叔聊了聊天，就這麼平靜地度過了。

喔，不過他手上的銀色警衛隊腕錶被換成了暗色、帶著青色龍紋的特殊警衛隊腕錶。

賴在風鳴家的后熠一邊幫他戴上腕錶，一邊道：「這個腕錶是特別訂製的，擁有直接調動華國東方區域所有警衛隊人力和資源的權利，所以你可不要亂來。」

風鳴看著手腕上看起來低調華麗的腕錶，心裡高興，嘴上卻道：「我從來都不是會亂來的人，你別亂說。」

后熠低笑了兩聲，「然後再說一件讓你高興的事，就你手腕上這個腕錶，折合人民幣的話，價值在三千萬左右吧。」

風鳴頓時就覺得自己的左手腕一沉，他竟然把三千萬戴到了手上！

不過想想那些動輒幾十萬、幾百萬的異變靈能材料，他也就沒那麼心慌了。

成為青龍組警衛隊員的第一天並沒有什麼任務要做，風鳴一邊聽后熠的講解，一邊用他獨有的警衛隊帳號登入了靈能者交易商城。他幫自己的帳號取名為「水陸空老大」，然後瀏覽了交易商城裡的各種產品。

看了靈能者商城裡的東西後他才知道，之前他在靈網上的普通商城看到的那些靈能商品，有多麼不值一提——那些基本上全都是靈能者們不會考慮的下等品。

在靈能者交易商城裡，商城自動把放到商城裡交易的那些材料、靈植、藥劑、武器分為了五個品級，從上到下依次是：珍寶、極品、上品、中品、下品，每個品級還會按照品相好壞、靈能多少細分為上中下三等。

基本上，在靈網上那些不需要靈能者認證，普通人就能看到在網路商店裡賣的靈能商品，都是下品下等的品級。而在川城靈能者大賽的交易會場上售賣的，則大多是中品的靈物，極少有上品和極品的靈物會被靈能者拿出來賣。

而上品和極品的靈物，都在靈能者交易商城上。

風鳴在最新上架的靈物欄裡看到了一堆白色骷髏骨頭、各色獸皮，不用說，這些都是之前那些同樣進入了長白山祕境的靈能者的收穫。

讓他覺得心情爆棚的是，這些在長白山祕境裡看起來又多又不值錢的東西，在靈能者交易商城裡卻是中品上等的靈物。一個光滑潔白的腿骨，就價值一百個貢獻點呢！

按照一貢獻點等於一千塊的比例來算，風鳴捂著自己後背的三翅膀，覺得他簡直是隨身帶著一個巨大的金庫。

他暴富了！然後……

咿！看誰都像是想打劫我的人！

不過，用普通的貨幣來計算靈物的價值是很傻的一件事，畢竟大部分的靈能者都不會和富豪交易，而是會用手中的這些靈物來和其他靈能者交換自己需要的物品或者裝備。這樣一來，風鳴就覺得他其實也不算太過富有了，畢竟，一個臉盆大櫻桃就要五十貢獻點呢。

瀏覽過整個靈能者商城之後，風鳴想要把自己雙人床的儲物空間清理一下。考慮到三翅膀有時候總是會偷偷摸摸地撿破爛、呃，囤東西，說不定賣掉一點破爛也夠他吃一年的臉盆大櫻桃了。

他清理自己雙人床空間的時候，特別禮貌地微笑請走了想繼續賴著的后隊長。

后熠靠在門邊不願意走：「你肯定有很多東西都沒見過，讓我跟你一起數錢吧。這是土豪的快樂啊。」

風鳴微笑：「不，我就喜歡自己關著門，在家裡偷偷數錢。」

后熠：「……」算了，不是很能理解小鳥兒這種偷偷摸摸數錢囤東西的愛好。

不過，一想到一隻漂亮的小鳥在自己的窩裡偷偷摸摸地數穀子，然後在穀子上面打滾、雀躍地拍翅膀，后隊長整個人就萌了。

他站直了身體，雙眼放光：「我之前在網路上看到了一款模擬的超豪華鳥巢大床，還有配套的羽毛沙發軟墊！」

風鳴嘴角一抽，大門差點拍到了后隊長的臉上：「謝謝，不用，再見。」

后熠才不管，轉頭就回對面的房子瘋狂購物了。

然後風鳴就開始了關著門數錢的美好時光。

他透過靈能波動，連接了三翅膀擁有的隱藏空間，而後嘩嘩啦啦地，就像搖錢樹掉錢的悅耳聲接連響起。很快，風鳴家的客廳就被一大堆的東西鋪滿了。好在因為風鳴的控制，這些東西都是有順序地掉落下來，位置和雙人床空間裡的位置絲毫沒變。

當這些東西被倒出來的時候，風鳴明顯感覺到屋內稀薄的靈氣陡然暴漲，變得濃郁。他忍不住搓搓手，背後的三翅膀搧了搧，甚至連大翅膀和二翅膀都顯現了出來，可見某人的興奮。

最珍貴的東西被歸到了東北區域。

最明顯的就是空間裂縫周圍的灰色靈石，足足有九塊被整齊地堆到一起，散發著濃郁又有些混亂的靈氣。

風鳴抽了抽嘴角，他完全不記得這九塊靈石是什麼時候被裝進空間的。

同樣莫名其妙出現在這裡的，還有一顆紫紅色、有九片葉子的靈芝，以及一紅一藍，兩塊純淨的靈石。雖然風鳴叫不出來那靈芝的名字，也沒有辦法判定紅藍兩塊靈石的品級，但是就看它們都被劃分在東北區域，他就知道三樣東西肯定特別貴。

在東北區域的，還有屬於羅老爺子的一小把頭髮，不過現在那些頭髮都變成了散發著溫和靈氣，細長的小蘿蔔乾。風鳴數了數，總共有六十六根，他忍不住感嘆老爺子也是厲害啊。

然後就是墨嘯給他的玉簡，其他就沒有什麼東西了。那顆足球大小的綠色靈石被羅老爺子拿去給墨嘯補充靈力，現在已經成粉末了。

之後就是西北區域的東西。

在這裡，風鳴看到了五顆洗靈果、三顆玉蓮子、一瓶淡金色的月華靈乳還有一瓶乳白色的神聖藥劑。

風鳴看著那瓶月華靈乳和神聖藥劑一會兒，移開了雙眼。

然後是西南區域的東西。
這裡有后熠給他的九張靈能金卡、兩根金色的骷髏骨頭、兩張雪白的獸皮、一盤灰色的骷髏蜘蛛王的蜘蛛絲、一卷青蛇蛇皮、一個大鹿角。
最後才是東南區域。
比起其他三個區域不多卻整齊擺放的東西，東南區域的東西亂七八糟地堆在一起。
風鳴看到了自己的靈鐵劍、墨子雲的各色小蘑菇、一堆骷髏骨頭、他的蜘蛛絲翅膀包包，還有各種樹枝、雜草、獸皮、石頭。他甚至看到了一個翅膀冰雕，以及一朵生命垂危，快要掛掉的白色小花。
那長相，像極了天池口山坡上的異變食人花還沒變異的時候。
風鳴：「……」
面無表情地伸手揪了一把自己的三翅膀，然後自己呲牙咧嘴地疼了一把，還被突然顯現的二翅膀拍了後背。
風鳴：「……三兒啊，不是什麼東西都能撿的，你知道嗎？你肯定不知道。按理說，你的行動和我的想法是有關的，但是我覺得研究院的那些專家說得不准，你要是真的能受我控制，你就不可能撿這麼多破爛！你還拍我，還拍我！！你看看那朵白色的小花！你能理直氣壯地告訴我，它不是異變的食人花嗎！」
三翅膀沒拍了，裝自己不存在。
風鳴痛心疾首。他當時只是覺得這些小花很有意思，特別會偽裝，像極了青春回憶裡的某種食人花，然後！他現在就真的擁有了一朵食人小白花！

要是把它直接扔掉，覺得有點小可憐，還怕它暴起傷人，但要是不扔，難道要養著？

這種花要怎麼養啊？光是澆水就能活嗎？

風鳴正這樣想著，那快凋零的食人小白花忽然往外噗噗兩聲，吐出了兩片如螞蚱大的蚊子翅膀。

風鳴：「……」

喔，對了，之前三翅膀還把那個蚊子靈能者的兩隻蚊子收進空間裡了，所以小白花是靠著這兩隻蚊子，艱難地活到現在的嗎？真是太慘了，就養著當捕蠅草吧。希望它不挑食，也吃普通的蚊子和蒼蠅。

之後風鳴花了一個小時的時間整理，得出了一個讓他心跳加速的結論──

空間裡的東西早已經被三翅膀分好了品級歸類。最珍貴的是東北區，然後是西北、西南，最後才是東南區。

按照東南區的白色骨頭是中品的品級來劃分，他空間中的四大區域，最差也是中品。那麼再往上就是西南上品、西北極品、東北……珍品。

看著珍品區域裡的靈石、人參鬚和玉簡，風鳴捂了捂心口，然後開始在地上打滾。

哈哈哈哈哈，暴富！暴富了！！

風鳴在自己的房間裡打了十幾個滾才成功地把理智找回來。

隔壁，已經成功下單的后熠聽到這動靜，忍不住伸手拿過沙發上的胖小鳥公仔，使勁地捏了捏它的肚子和翅膀。小鳥兒現在的樣子肯定很好看，可惜他看不到，不過后隊長有自信，總有一天他能看到。

風鳴打完滾之後，就把東南區域的那一堆最不值錢、大部分都是中品的靈物留了下來，然後在網路上搜索要怎麼幫這些東西評級、售賣。很快，他就在靈能者商城的客服問答區找到了答案。

他只需要花五十貢獻點，或者五萬塊購買一個靈能掃描器，就可以在家幫他的靈能物品掃描、鑑定出品級，然後直接記錄拍照，發布到靈能者商城了。看起來很方便，而靈能者掃描器他也買得起。

風鳴想到自己東北區域那些很有可能是珍寶的靈物，覺得自己財大氣粗，別說是一個五萬塊的掃描器，就算是五十萬，他也能毫不眨眼地買下來！

然後他就在網路上下了訂單。這個時代的快遞運輸行業已經相當發達，而且大部分都已經以機器取代了人工運送，風鳴很快就收到了靈能掃描器，然後決定先賣掉十根骷髏骨頭、五張靈獸獸皮再說。

因為去長白山祕境的靈能者並不算多，這些長白山祕境的特產在靈能者商城也很受歡迎。

基本上，風鳴把骷髏骨頭和獸皮放上去不到半個小時，就被人買光了。然後還有人在商城靈網上私訊他，問他還有沒有存貨，願意全都包了。還有人問他有沒有在祕境中得到其他珍貴的靈物，願意高價收購。

風鳴都無視了他們。他可不是傻子，這些東西越往後越少，價格就會越高，他不愁賣，隔幾天賣一根、隔幾天賣一根，一次賣一百五十貢獻點難道不香嗎？

至於其他的珍貴靈物？肯定是有的，還有很多啊。但是老子就是不賣，放在那裡，我看著就開心。

而且，現在肯定有很多人都在靈能者商城上蹲守，如果賣的東西太多、暴露出收穫頗豐的話，誰知道會不會被人找到蛛絲馬跡、查到身分，然後來個套麻袋打劫呢？

所以，風鳴收穫了一千五百貢獻點的鉅款之後，就沒再賣東西了。

然後他心疼地花了一百五十貢獻點在靈能者商城上買了一隻中品中等的「超香放養靈能走地雞」，準備買回來之後親自動手燒一盤雞，請后熠吃飯。

還沒進祕境之前，他吃了那傢伙不少的東西，現在老子有錢了，就可以回請了。

以至於在晚上六點，風鳴敲響對面后熠家的門、開口說要請他吃飯的時候，從來都穩如老狗的后隊長忍不住愣了一下。

而後他的雙眼變得非常明亮，直視著風鳴：「請我吃飯？」

風鳴和他那雙釋放著愉悅的黑亮雙眼對上，咳了一聲：「之前你總是請我，現在我要請回來，吃嗎？」

后熠就笑了起來：「當然，就算是紅燒榴槤我也吃啊。」

風鳴就對他翻了個白眼，轉身走了。后熠抖著大長腿跟在他後面：

「我現在心情特別好，要不然射個月亮給你看看吧？你肯定沒見過我射月亮，跟放煙火一樣，一般人我都不給他看～」

風鳴莫名就想到了嚴慈女士說的，某人初覺醒的時候被迫對天空射日九次的話，頓時沒忍住，笑了。

「你真的能射到月亮和太陽？按照科學計算，就算是離我們最近的月亮，距離也很遠。」

后熠走在他身後也輕笑起來：「反正我目前還不能，我最強的射日箭，應該勉強可以射到月亮上吧。但想把月亮射下來是完全不可能的，太陽就更別說了。不知道上古那些傳說到底是不是真的，如果是真的，那麼那些前輩的力量有多麼強大，簡直不敢想。」

風鳴也忍不住想像了一下在上古時期，一飛便能扶搖九萬里、遮天蔽日的鯤鵬風姿。

「這真是一個充滿奇跡的時代。」

然而這樣的時代，未來走向又會是什麼，他們誰也不能判定。只能身處時代之中，努力做出最好的選擇。

后隊長心滿意足地幹掉了半盆的大盤雞，一點都不客氣。風鳴只搶到了兩個雞翅膀，並不是很開心。他在心裡又給這個愛課金玩換裝遊戲的人打了個吃貨的標籤。

想一想，這個人在他面前真是越來越沒有靈網兩大頂流的包袱了。

每次看到靈網上他那堅毅、野性又霸氣的照片和影片，再回頭看看邊玩遊戲邊課金，還對他眨眼揚眉毛的傢伙，就知道靈網不可信、人設騙我的人間真實了，希望池隊能表裡一致。

而後，在成為青龍組隊員的第二天，風鳴終於出了任務。

他本來是做好了準備要好好大幹一場，努力為人民服務、除暴安良的打算，他覺得怎麼樣也要對得起自己一個月十萬的頂級公務員工資。結果，他也確實也閃亮登場、發揮頂級公務員的作用了，卻是在后熠一箭隔空射死隔壁城的犯案逃犯後，他因為速度快，就被派去安撫受驚群眾，被兩個小不點哭著抱著大腿，為了安撫他們，賣了一次大翅膀的出場。

為此，他又上了一天頭條——「青龍組天使」。

風鳴覺得，這和他想像中的青龍組頂級公務員的生活不太一樣，尤其是在安撫人之後，后熠讓他順便帶五大包樊城牛肉乾回去的時候。

他好像成了跑腿小哥？？？

花千萬在青龍組任務群組裡安慰風鳴。

花美男：哈哈哈！小鳴你別慌，時間久了，你就會習慣了，哈哈哈。因為老大覺醒的靈能是后羿血脈嘛，所以我們青龍組不用像其他三個組一樣不同的城市到處跑，有時候只需要老大射一箭，然後讓當地的警衛隊處理善後就行了。事情嚴重一點，就我們三個人再趕過去，基本上老大不常亂跑的。

花美男：因為，他的箭可以亂射啊哈哈哈。

林包：我也帶過土產。沒事，適應就好。

富叔：適應就好了。不過，小鳴你長得好看，飛得又快，以後就是我們組的另一個門面擔當啦。叔看好你喔！也幫我帶五包牛肉乾吧。

風鳴：……

他對青龍組幻滅了，他想去威風凜凜的玄武組或者有美男魚的朱雀組。

在風鳴成為青龍組隊員的第三天，金逍遙的爸爸金百萬親自打電話跟他聯繫了。

他們商量的是「天使偽裝者」的代言廣告。

金爸爸十分熱情地和風鳴聊天，然後詳細地介紹了天使偽裝者後續幾個系列的主打產品，又問風鳴他們想要根據風鳴的兩對翅膀做模擬的偽裝者衣服，可不可以。如果可以，他們會額外支付專屬翅膀版權費，最後金爸爸給了風鳴一個他完全無法拒絕的價格——五千萬一年的代言費。

風鳴猶豫了半秒鐘就答應了。

然後，金氏公司就趁著風鳴那兩天的頭條熱度，在第三天公布了「天使代言天使」的強強合作。風鳴連續霸占了三天靈網頭條，讓靈網的男女明星們一個個都紅了眼。

其中一個已經花了鉅資買靈網熱搜的虞美人異變靈能者女明星，更是氣得砸掉家裡的一片東西。她新拍的影視劇上了，本來應該有熱搜，結果連續三天撞到天使系靈能者的頭條，以至於新劇半點水花都沒有！氣得她頭上的虞美人小花都掉了花瓣。

不過風鳴可不管別人如何，他準備開始拍代言的廣告了。

考慮到風鳴再休息兩天就要繼續去靈能者學校上學，金百萬直接派手下的頂級拍攝團隊去龍城的分公司幫風鳴拍廣告。這位富豪爸爸還有點私心地把自己的兒子也派過去，準備讓兒子也在廣告裡露個臉。

於是，在分別了不到三天的時間後，金大少爺又看到了風鳴。

面對風鳴的微笑，大少爺想想自己和他現在在網路上粉絲相差的數目，翻了個大白眼。

這是風鳴第一次來到龍城有名的拍攝大樓，位於市中心寸土寸金的地方，看起來就很高檔的樣子。而且，進出拍攝大樓的男男女女們幾乎每一個都容貌英俊美麗、衣著亮麗，風鳴走進拍攝大樓的時候，就看到了好幾個他能叫出名字的靈網網紅。

和出入這棟拍攝大樓的俊男美女們相比，風鳴穿的白色苧麻上衣和藍色牛仔褲太普通了，要不是他那張臉相當好看，拍攝大樓的警衛都不會讓他進來。

金逍遙看到風鳴那一身土包子的衣服很是嫌棄，不過再看看他的那張臉，就從嫌棄變成了不忿。

金大少穿了一身淡金色的騷包西裝，設計好的微捲頭髮配上大長腿，看起來就很有風範。他正打算走上前，把風鳴這土包子帶去拍攝場地，就有人比他更快一步到了風鳴旁邊。

風鳴感受到身後有人快步走來，他敏銳地向左邊微微側了一下身子，卻依然被人狠狠地撞到了後背。

風鳴皺起眉頭，還沒開口，那個撞到他的人就先抱怨了。

「你這個人怎麼回事？站在這裡擋路了不知道嗎？」

風鳴側頭垂眼看過去，那是一個比他矮了半顆頭的年輕男人，看起來二十多歲的樣子。長得還不錯，不過脾氣顯然不怎麼樣。

風鳴嗤了一聲，「不知道。」就跟著金逍遙走了。

那年輕的男人見狀，臉色更差，追著風鳴他們進入了拍攝大樓的電梯裡。

然後，他又靠近風鳴拍了他的背：「你剛剛那是什麼態度？你知道我是誰嗎！」

風鳴又扭頭看他，這次他的眼神變得有點冷：「不知道。以及，拿開你的手，你拍到我隱形的翅膀了。」

年輕男人：「？？？」什麼鬼？

因為風鳴的那句話，電梯裡的幾個人都愣了一下。金逍遙是最先反應過來的，不過他單純以為那是風鳴收回去的翅膀，覺得這個搶了自己主位的小夥伴真是深諳無形耍帥的道理。

他當然不知道風鳴背後是真的有個隱形的翅膀老三，雖然旁邊的年輕男人是摸不到也看不到它，但他拍在自己後背的那個位置，剛好是小老三的翅膀根部。

風鳴覺得這一點完全不能忍，就算別人看不見、摸不到，他也很彆扭好嗎？

夏語冰反應了好一會兒才找回自己的表情，然後簡直被這無形的耍帥氣笑了，他不但沒有鬆手，還想再抓一把風鳴的後背，看看是不是真的有隱形的翅膀，風鳴卻直接側過身，避開了他的手。

在大廳時他側過了身，卻沒躲過這個人算是意外，在電梯裡則是因為空間小，他又站在角落不好躲。但是現在如果再被這個人碰到，他就不當神話系飛行類的靈能者了，這個人再能碰到他的一片衣角都算他輸。

風鳴躲開了夏語冰的手，那動作瞬間就刺激了這個年輕的男人。他冷笑一聲，反而還要去繼續拍風鳴的背，結果連拍三次都被風鳴輕輕鬆鬆地躲開，最後問他：

「你有什麼毛病？」

夏語冰也覺得自己有毛病了。

他抽了抽嘴角之後，對風鳴翻了個大白眼，然後昂著脖子看著風鳴道：「你敢這樣對我，肯定不知道我是誰。那我就大發慈悲地告訴你！我就是——」

叮！

他的話還沒有說完，電梯的大門就打開了。風鳴要拍攝廣告的樓層已經到了。

風鳴想都沒想地轉身就往出口而去，夏語冰見狀，眼中閃過一絲焦急，伸手就直接抓住了風鳴的左手，風鳴頓住，看他。

「你、咳！你肯定不知道我是誰，我就是『絕色網路直播』的當家直播花旦！夏語冰！我現在網路上的粉絲可是有一千萬呢！怎麼樣，被嚇到了吧？一看你就是看不起直播的窮鬼，你要是家裡缺錢，就來我們絕色直播啊，看在你長得還滿好看的份上，我收你當小弟。」

風鳴低頭看著他抓著自己左手的右手，片刻之後，抬頭癱著臉道：「說完了嗎？說完了就放手，我要去拍價值五千萬的廣告了。」

夏語冰臉上的表情瞬間有些呆滯，「多、多少？」

風鳴掙脫了他的手，哼了一聲：「五千萬，當家花旦。嘿。」

然後風鳴就走了出去，金逍遙緊隨其後，臨出去的時候看了一眼夏語冰，整理了一下自己的金色西裝袖口：

「我還以為你是什麼厲害的人呢，原來是絕色網路直播的主播，哼，那個小網站還沒倒閉啊？我爸不是早就說要收購它了嗎？」

夏語冰又震驚地看著金逍遙，金大少對他露出了潔白的上下兩排牙齒：「不管是當網紅還是當明星，小哥哥啊，都得要腦子才行啊～」

金逍遙說完就領著身後的助理和主管走出了電梯。

夏語冰的表情還維持著震驚，一副沒見過世面的小主播模樣。

不過，等電梯門關上之後，他彷彿羞愧至極地轉過身，把臉對準了電梯的角落。在監視器看不到的地方，他剛剛愚蠢的表情消失得一乾二淨，取而代之的是幾分嘲諷和冷漠。

不光是當網紅和明星需要腦子，這世上不管做什麼都需要腦子。只是，就是不知道他找的那個人有沒有腦子了。

叮！

電梯又往上了一層，夏語冰臉上還是羞惱和不憤的表情，然後輕輕地梳了梳自己的頭髮，趾高氣昂地出了電梯。

天使偽裝者系列衣服的廣告拍起來其實很簡單。

因為風鳴之前沒有拍過廣告，拍攝團隊為了不讓這位紅遍全國、有可能成為靈網第三大頂流的神話系靈能者感到拘束和不舒服，直接採取了最自由的拍攝方法——讓他展開自己的兩雙翅膀，在整個拍攝場地裡愉快地飛來飛去就行了。

只要把他飛行的狀態拍下來，後續的一切都可以取景合成。而且整個廣告的內容也十分簡單狗血，就是風鳴帶翅膀飛過美麗的山村，然後富家少爺金大少抬頭驚鴻一瞥，思之如狂，靈感爆發就設計了一系列的天使偽裝者衣服，最後自己穿上聊表慰藉，卻引來了神話系美少年的注意，最後兩人一起穿著天使偽裝者的衣服，成了好友。

很顯然廣告都是騙人的，就算是大家穿著天使偽裝者的衣服，也不可能和風鳴成為好友，但是誰還不能有個夢想呢？而且，風鳴俊美，金逍遙長得也帥氣，美貌相加之後必然有大於二的效果。

負責拍攝的攝影師和導演早就已經達成了共識，在這個顏值既正義，好看的靈能者更正義的時代，只要用鋪天蓋地的美照來轟炸觀眾們的眼睛就可以了。

而事實上，拍攝出來的效果比他們想像的還要好，主要是風鳴後背的那兩雙大翅膀實在是太美了。

一雙潔白柔和、一雙耀目璀璨，當風鳴張開四翼懸浮於空中的時候，見過了無數美人的攝影師和導演都看呆了。

這真的不是翅膀和美貌相疊加的一加一效果，而是數倍的暴擊。

他們也見過許多明星在後背穿上模擬翅膀，偽裝天使時的樣子，但那種虛假的美和眼前這少年的美完全不是同一個級別。說真的，當少年背靠著落地玻璃窗張開翅膀，面無表情地看著他們的時候，所有人都忍不住在心中升起了一股輕微的戰慄感——

就像是被一位神祇注視著一般。

你心中所有隱祕和灰暗的念頭，彷彿都在他的注視之下無從遁匿。

就在這時，那看著你的少年忽然輕輕揚起了嘴角，又是截然不同的感覺，彷彿整個天地都變得溫和愉悅了起來。

金逍遙愣愣地看著風鳴的樣子，回過神來之後差點沒給自己一巴掌。

靠靠靠靠！他竟然看一個男人看呆了！重點是，這個男人還是搶了他主位出道的仇家啊！他自己的金雕翅膀也很好看啊！

金逍遙反應過來之後翻了個白眼，拿出手機拍了幾張照片，傳到十八羅漢群組裡，頓時就炸出了好幾個人。

墨子雲：啊啊啊啊！好美好美好美的翅膀！

郭小寶：嗤！這算什麼，看我的萌照！熊貓歪頭.jpg

雷兼明：……為生活賣翅膀也是慘，@風鳴，我爺爺想請你來家裡做客，順便和我切磋切磋，勞務費五十萬要嗎？

電鋸狂人：@雷兼明，雷少雷少，我幹我幹！不用五十萬，十萬我就去啊！我最近想存錢買房呢。

墨子雲：呃嗯，@雷兼明，雷少，我也……

舒聲聲：雷少，我也……

畫圈圈：雷少，我也……

風勃：雷少，我……

雷兼明改群組名為『滾，沒錢』。

金逍遙翻了個白眼，哼，他可不求雷兼明，他家有錢！

高科技拍攝的時間很快，只用了一上午的時間，風鳴就已經把要拍攝的內容拍好了。

中午，金逍遙財大氣粗地請了客，然後就帶著他的拍攝團隊離開了。臨走時，他表示等成片出來了會先傳給他看，風鳴點點頭就送走了他們。同時，風鳴還接受了那位拍攝導演塞給他的名片，想著如果有比較簡單的客串角色或者廣告綜藝類的節目，也可以去串個場、賺點生活費。畢竟后熠還是好幾個大企業的守護客卿呢，還有不少比較有名的靈能者也都各自接了代言類的工作。

說到底，現在是靈能時代的初期，雖然出現了很多靈能者，但除去一些能力非常強大，能自己去危險區域冒險，或者被國家招用的靈能者之外，大部分弱一些的靈能者只是比普通人多了一些能力，在不能濫用能力、傷人牟利的情況下，這些靈能者的生活方式和普通人也差不了多少。

只不過比起普通人而言，靈能者多多少少都是有一技之長的，光是在網路上當個網紅直播就比普通人吸引眼球了。

所以，風鳴一下子能接五千萬的代言廣告，還是讓很多學校和大賽的小夥伴們羨慕。

等風鳴走出餐廳，就看到了餐廳外的商場大樓螢幕上播放的一系列廣告。其中有一則廣告吸引了他的注意力——

『由絕色網路直播主辦的第一屆「絕色美人」直播大賽開始報名啦！報名時間從五月十號到五月十五號止，歡迎各位有實力、有美貌、有特殊才能的人才報名參加喔！本大賽不拘性別年齡，只要是希望向大家展示自己的人均可參加。雖然大賽名字是「絕色美人」，但我們深知每個人理解的美都是不同的，「絕」才是重點。只要你有別人沒有的絕招、有別人無法比擬的絕色的一面，就有機會成為最後的勝利者！

最終，我們絕色網路直播會選出最終的前十位勝利者直接簽約，簽約年薪千萬起步！並且還會有專業團隊為「絕色美人」制定日後的發展方向和目標，竭盡全力助你成為全靈網大明星！所以趕快拿起手機報名行動吧！不管是普通人還是靈能者，只要你有自己的特色和實力，相信自己的「絕色」，就能夠擁有不同的明天！

特別聲明，本次大賽採取的是最公平的觀眾投票制！沒有任何黑幕和潛規則，只要你夠出色，你就能成為勝利者！』

伴隨著非常動人的廣告詞，出現的是三男四女，七個長相各有千秋的美人，他們每個人都即興表演了一段自己的特長，或唱歌跳舞或彈琴吹簫，總之營造出了一片非常熱鬧且動人的畫面。

風鳴注意到這七個人都是現在網路上比較有名的網紅或者小明星，而且他們七個人裡有四人都是靈能者，這在他們的展示畫面中表露得相當明顯。

不過比起這七個當做例子的網路紅人，這個大賽最吸引人的還是大賽前十名可以直接簽約、年薪千萬起步，並且出道成為大明星的承諾。

不過是這一下子，風鳴就已經聽到周圍路過的一些少年少女激動興奮的聲音。

「我好想參加這個大賽啊！我覺得我唱歌還可以，萬一我紅了就可以當明星了！」

「這個大賽看起來很有意思，最重要的是沒有黑幕和潛規則，全憑觀眾投票呢。這樣的話只要長得好看、有特長會拉票，普通人也能夠晉級成功吧？」

「不管怎麼說，都可以試看看啊。反正就是每天花幾個小時直播而已嘛，只需要報個名，又不會坑我們的錢，萬一紅了，就算沒進入前十名也賺了啊！」

風鳴轉過頭，就看到兩個女孩已經拿出手機，搜索絕色美人大賽、開始報名了。

他又抬頭看那個再次輪播的廣告，莫名就想到了在電梯裡抓著自己、報出大名的青年。

那個人叫夏語冰，是絕色美人網路直播的當家花旦？在剛剛播出的廣告中，他就站在七個人的最中間。他跳了一曲古風的舞，明明是個男人，卻跳得比女人還美。而且，他跳舞時周圍有螢火蟲的螢光閃爍，十分美麗。

他是一個靈能者，而且極有可能是昆蟲類的螢火蟲靈能者。

但光是這一點，並不足以讓風鳴記住他。讓風鳴在意的是，在走出電梯的時候，這個夏語冰竟然能再次抓住他的手，並且抓著他的手非常蒼白冰冷，讓他莫名想到了將死的秋蟬。

他當時是有所防備的，夏語冰能抓住他的手，那他的速度比他想像得還要快很多，所以夏語冰是故意撞他，並且跟著他到電梯裡的。

他想要向自己傳遞什麼訊息，但，那訊息是什麼呢？

風鳴的耳邊又響起絕色美人大賽的廣告聲音，他最後看了一眼大螢幕上的那個年輕男人，轉身回家。

第二天，五月十三號，週一。

風鳴要繼續上學了。

這個時候，距離高考只剩下不到一個月的時間，饒是風鳴覺得自己平時的成績還不錯，且上輩子已經經歷過一次高考，但臨近考試，心情還是有點慌。尤其是當他再次來到學校，看到校門上熟悉的橫幅時，心裡更慌了。

『熱烈慶祝我校風鳴同學、圖途同學、石破天同學、蔡濤同學在全國靈能者大賽高中部決賽中，取得前四十的好成績！』

『今日距離全國高考還有十八天！請高三的學生們努力加油不留級，正式步入美好的大學和人生！』

風鳴：「……」

一如既往龍城靈能學校的風格。

他抬頭看著橫幅，大伯母的聲音忽然響起：「哎呀，小鳴！你今天來上學啦，之前我讓風勃叫你來家裡吃飯，怎麼不來呢？剛好，我今天帶了紅燒雞翅燉豬蹄這道菜，你中午記得和小勃一起吃啊。」

風鳴一聽到那道菜的名字就無語，轉過頭看到了同樣生無可戀的風勃，還有精神抖擻的大伯母。

一個月沒見，大伯母依舊身體健康，強壯如熊。

他倒覺得有些親切。

「好，我知道了。」

風大伯母聽見風鳴回應，臉上笑得更開心，然後對周圍路過的學生和家長們得意地道：「我侄子風鳴！對，就是那個神話系第一的風鳴！」

風鳴恨不得用大翅膀把自己渾身上下都遮住，拉著風勃的衣領就往學校裡跑，遠遠地還能聽到大伯母那高亢的笑聲。

有時候，他覺得他堂哥也滿不容易的。

然後，等他們到了班上，不出預料，教室後面的電子黑板已經自動更新了高考倒數計時。

風鳴本來以為班上的氣氛應該很嚴肅緊張，大家都在快速地寫題目或者背課文。但出乎他的意料，班上竟然一半的人都沒有在讀書，大家似乎在熱火朝天地討論著什麼。

見到風鳴和風勃來了，所有人齊刷刷地看向了風鳴。

這些眼神中的驚訝毫不掩飾，還是前校霸張飛龍忍不住大喊了一聲：「你不是加入青龍組了嗎？怎麼還來上學啊？」

風鳴看著這個最初的同學，揚揚眉毛：「學校規定，沒高考的工作都是臨時工，青龍組也不例外啊。」

大家就忍不住笑了起來，然後有同學道：「我們還以為你這位神話系的大明星不會來上學了。」

風鳴對用耳朵對他招手比心的圖途打了招呼，坐到自己的位置上：「大明星也是要吃飯的啊。而且，我們都是同學，你們還把我當什麼大明星？繼續當大鵝吧。」

於是，班上的笑聲就響了起來。

大家都是靈能者，也不會出現普通人對靈能者的那種狂熱或者嫉妒，頂多有好幾個同學過來要和風鳴合照，風鳴來者不拒，很快大家就放鬆下來。

他們原本以為神話系的靈能者高攀不起，結果大鵝還是那個親切的大鵝，只不過戰鬥力更凶殘了一點而已。

然後風鳴就聽到大家在討論什麼了。

「絕色美人直播大賽？」風鳴看著圖途，臉上的表情一言難盡：「你要參加？」

圖途眨了眨他萌萌的大眼，還用耳朵比了個心，甩個飛吻，看得風鳴一陣惡寒後道：

「是啊！難道你覺得我不配參加這個大賽嗎？你看看我這讓姊姊們都非常喜歡的超可愛正太小狼狗長相！再看看我舌燦蓮花的說話技巧！最後，我還有靈能大賽前四十的光環加成！我不進入前十名、成功出道都不可能！而且，出不出道不是重點，重點是前十名簽約的那一千萬。」

圖途說完，搓了搓耳朵：「那可是筆鉅款啊！」

風鳴看著他那興奮的樣子，就轉頭看旁邊的楊伯勞和熊霸。楊伯勞推了推眼鏡，暗暗對他比了個口型「鬼迷心竅」，熊霸則是看著自己的大熊寶典敷衍：「其實圖途長得確實不錯。不過我以後是要去警衛隊或者當一個自由探險家，就不參加了。」

圖途聽到熊霸的話更開心了：「你看，熊霸都說我長得不錯！」

風鳴想了想：「如果不看你原形的話，你長得確實不錯。」

圖途：「……」

「所以，你要不要在報名之前先打電話問問他們，直播的時候有沒有原形直播的環節？我怕你突然掉粉。」

圖途：「你收回剛剛那句話，我們還能再做朋友。」

風鳴咳了一聲，「好吧，其實你的原形看久了也滿萌的，靈網上你都已經有幾百萬的粉絲了不是嗎？」

圖途才哼了一聲。

風勃在這個時候補了一刀：「那你考試怎麼辦？你本來就在及格線上徘徊，參加直播估計會留級吧。我有這種預——唔唔唔！」

風勃的嘴裡被圖途塞了根胡蘿蔔。

「給兔爺閉嘴！」

反正，最後風鳴他們還是支持圖途的參賽打算。反正只要圖途高考能及格，他未來想要做什麼是他的自由。風鳴和風勃、楊伯勞、熊霸還承諾要幫圖途加油拉票。

直到中午吃飯之前，風鳴都認為這件事情和他不會有任何關係。然而，等到了中午吃飯的時候，他在飯桌旁看到了蔡濤。

風鳴敏銳地發現蔡濤此時的情緒有些不對。

他看起來有些忐忑，又有些激動，一雙眼睛都是帶著血絲的紅。看到風鳴的時候，他更是直接站了起來。

「老大！我有話要對你說！」

蔡濤這一聲大哥喊得鏗鏘有力，以至於餐廳裡好多人都看向了這邊。

風鳴磨了磨牙，把人拉到椅子上坐下：「先吃飯！有什麼事邊吃邊說。」

然後風鳴就吃到了自己的惡果。

在他吃著味道有點怪異的紅燒雞翅燉豬腳裡的雞翅時，蔡濤頂著那張陰鬱凶殘的冷漠臉，神色認真地對他道：「老大，我要去參加絕色美人大賽。」

風鳴噗一聲，把嘴巴裡的雞骨頭噴了出來。

風鳴把噴出來的雞骨頭收拾好，放成一堆，有些一言難盡地看著蔡濤，儘量讓自己的語氣顯得不那麼傷人：

「刀啊，我能理解你想參加絕色美人大賽，讓你妹妹有更多機會看見你的心情。但是，你這個長相如果我們不往裡面砸錢支持，別說是前十名了，就算是前一百名也很難進去啊。我不是說你長得不好看，只不過你的長相太酷了，實在是和美人不相關啊。」

旁邊的風勃和圖途也跟著點頭，楊伯勞開口：

「雖然你現在有了你外公公司的股份，每年都能領到分紅不愁吃穿，但是每一個比賽想要出頭，要砸的錢都是不是小數目，要是想找澄澄或者讓她看到你，可以用另外一種方式。」

蔡濤看著關心他的同伴們，微微笑了起來，這樣的笑容倒是讓他那張有些陰鬱的臉顯得好看了很多。

「我不需要進入前十名或者前一百名，我只需要找到這個絕色直播網路的直播地點在哪裡就行了。」蔡濤說著，臉上露出了幾分激動：「我妹妹可能就在這個直播公司！」

這下，風鳴和其他幾人都露出驚色。

風鳴看了看周圍，沒有其他吃飯的同學才壓低了聲音：「你怎麼知道的？你在哪裡看到你妹妹了嗎？」

蔡濤搖了搖頭。

「我並沒有看到我妹妹，但是這個絕色美人大賽的廣告我看了很多遍，其中不是有七個人展示才藝的環節嗎？」蔡濤輕輕吸了口氣：「有一個女主播是在她的房間裡展示才藝的，她那個房間和我妹妹和我視訊的房間很像！我反覆看了幾十遍，不會有錯的。而且，這七個表演才藝的人，他們展示出來的特長，我妹妹跟我視訊時也說過。

我記得在一開始妹妹離開的時候，她每次視訊都會跟我說她每天做了什麼、學了什麼，然後就有學習唱歌跳舞的描述。她說其中有一個哥哥跳舞的時候，周圍會有漂亮的螢火蟲在飛，有姊姊唱歌的時候能讓花都開了，有吹笛子的姊姊能憑著笛聲引來小鳥……」

蔡濤越說，風鳴幾個人臉上的表情就越驚訝嚴肅。因為他們看到的絕色美人大賽的廣告，就有跳舞周圍會有螢火蟲在飛、唱歌讓花盛開、吹笛子吸引小鳥的主播。

一個還能說是碰巧，兩個也勉強可以歸為巧合。但是三個都一樣、連所住的房間都很像，這就值得深思了。

風鳴和其他幾個人對視了一眼，「所以你要參加絕色美人大賽，找到這個平臺所在的公司位置，然後去找澄澄嗎？」

蔡濤點了點頭：「我要參加，我覺得我妹妹就在那個直播公司裡！」

風鳴就皺起眉：「這樣的話，這個直播平臺很有可能是黑童組織的一個據點。但是把直播平臺當做據點，他們想幹什麼？」

圖途擰了擰耳朵：「這還不好猜嗎？網路平臺上的主播都是美人，天天不知道有多少傻子和土豪打賞送錢給他們。光是這個直播平臺賺的錢，應該就很多了吧？而且，不是我陰謀論！那些人被直播平臺的主播迷得五迷三道，不是主播們說什麼，他們就做什麼嗎？讓送錢就去送錢，讓送人頭就送上自己的人頭了，要是更可怕一點，他們想搧動粉絲去做什麼壞事或者針對什麼人，簡直太容易了。」

圖途的話讓風鳴、風勃他們的臉色都嚴肅了起來，蔡濤更像被他這一番話提醒了。

「說得沒錯，這很有可能是真的。」蔡濤開口：「組織的研究需要許多金錢和材料，土豪和權貴可以給他們金錢和物質上的支援，但是實驗還是需要實驗體。總是去偷小孩、或者抓人太顯眼了，如果……如果能讓那些人自己送上門來，簡直是再好不過。」

風鳴冷著聲音補充：「先把那些傻子們約出來見面，然後拿到他們的手機，或者讓他們自願和周圍的家人報平安。幾個月之後再製造意外事故，就不會被警衛隊或者員警們發現了。這樣看來，這個直播平臺的作用真的很大。」

「但他們是做壞事，這麼大張旗鼓地舉辦直播大賽，難道不怕被人發現嗎？」風勃提出疑問。

楊伯勞在旁邊道：「如果不是蔡濤想到這些、說出他知道的情況，普通人會發現直播平臺不安全嗎？而且，那個直播平臺裡的主播那麼多，我們又怎麼判定那些主播都是黑童的人？這種把真假好壞混到一起的方式，才最不會被人發覺。而且說到底，這一切都是我們的猜測，那個絕色網路直播到底有沒有問題，還得進到他們裡面看看才行。」

風鳴點頭。

不過這樣一來，他就有點不放心蔡濤和圖途兩人參加絕色美人大賽了。

蔡濤不管怎麼樣肯定都要參加，圖途就不用冒這個險了吧？但圖途卻搖著他的兔子腦袋，根本不願意：「本來我只是為了錢和粉絲去的，但現在既然兄弟有事，我又有能力幫他，那我肯定要幫他啊！他一個人打入敵人內部，我也不放心不是嗎？」

圖途這麼一說，旁邊的熊霸就猛地拍了一下自己的胸膛：「對，兄弟有難，義不容辭！這大賽我也參加！」

風鳴差點把另外一隻雞翅膀的骨頭噴出來。

圖途在旁邊無比嫌棄地搖頭：「你夠了啊！看看你這五大三粗的樣子！這是選美大賽，不是健美大賽，你是想表演大熊掰玉米嗎？」

熊霸就撇撇嘴，「你那三公尺高的畸形兔腿比我好到哪裡去？」

然後熊霸就被圖途追著踢了十分鐘。

風鳴不管鬧騰的那兩個，想了想對蔡濤道：

「要不然你和圖途就先報名看看吧。我估計在進入前一百名、進行團體競賽之前都是安全的。我回去再跟后隊他們說這件事。事關黑童組織，如果有四方組和警衛隊的人參與，安全度會大大增加。別的不說，至少后隊長在，我們至少能保住小命。到時候你和圖途在裡面，我們在外面，裡應外合之下肯定能把澄澄救出來，如果澄澄真的在那個直播公司裡的話。」

蔡濤重重點頭，其他幾人也覺得這樣比較保險。

在晚上回去之前，風鳴還覺得自己在這件事裡只是在週邊監測、急救的身分，但當他跟后熠說了絕色直播大賽的事後，就看到這個箭人隊長忽然露出了一個讓人頭皮發麻的笑容。

「其實這個絕色網路直播公司，最近半年也是國內東南區域警衛隊的重點關注對象，已經報給老富了。

大概有幾十個出去旅遊，然後在野外出意外的人在旅遊之前，都和絕色的主播有頻繁的聯繫。但絕色平臺上的主播少說也有幾千個，他們的粉絲加起來至少有幾千萬，甚至過億，在這麼多人裡死上幾十個人，實在是再正常不過了，光是每年被覺醒異獸咬死的人都破萬呢。

不過後來老富又用特殊的手段查了一下，發現那個直播公司的後臺設備是有人專門負責修改的。真正和絕色主播們聯繫之後意外死亡的人數，兩年累積下來，至少也有兩千多人，這就是很嚴重的事件了。

因為絕色網路直播公司的註冊地點在國外，我們沒辦法定位他們的位置，只能先讓警衛隊和警方嚴密監控這個公司的動向，誰知道它竟然就放了這麼一個大招呢。」

后熠說著，卻笑著摸了摸下巴，又看了一眼風鳴：

「不過，這倒是一個打入敵人內部的好機會。我看了規則，在海選進入人氣最高的前一百名之後，他們就會把人接到公司總部，進行最後的訓練和比賽。不管他們有什麼陰謀詭計，但對方既然已經出招了，我們就得接招。」

然後風鳴就聽到自家隊長笑咪咪地道：「小鳥兒啊，我們長得這麼好看，還有大翅膀，肯定能直接空降第一的。」

風鳴：「……我覺得我要是參加這比美大賽的話，黑童可能第一時間就會警戒起來了，查不到什麼的。」

風鳴語重心長：「還是讓沒那麼引人注意的人參加比較好。」

后隊長特別贊同地點頭：「你說的對！所以，我們要偷偷參加，還要換個樣子參加啊～」

風鳴敏銳地聽到了「我們」這兩個字，頓時有種特別不妙的預感。

「不是，你也要參加嗎？」你這張臉如果不戴墨鏡、不戴口罩去參賽，會直接搞垮絕色網路直播吧？

后隊立刻搖頭：「我當然不參加，我只是當你的跟班和助理而已，最後也能陪你一起去比賽，重點還是你。」

風鳴：「……但我翅膀一張開，什麼偽裝都沒用了。」

后熠笑著搖頭：「不。你可是神話系的覺醒血脈，而且是神獸系的。小鳥兒，你覺醒到現在，試過變回原形嗎？」

風鳴一臉呆愣：「變回原形？」

什麼原形？原形什麼？原什麼形？他這個神話系的神獸覺醒血脈，竟然還有原形？

風鳴突然想到了自己那三個混血血脈的各自原形，從天使到半鳥半魚的鯤鵬，最後到四個翅膀、六條腿的帝江……

瞬間臉就綠了。

他簡直不敢想像自己變成原形之後，那三系混得亂七八糟的可怕模樣！

他拒絕！混血沒有原形！！！

第三章　偽山雀鳳俊俊

在后熠說出了變回原形這幾個字之後，風鳴彷彿打開了新世界的大門，整個人都不好了。

或許其他的單一靈能覺醒者會比較期待自己的原形是什麼樣子，但對於他這個三系神話系混血來說，他是半點都不想去思考自己的原形。

但是就像你對一個人說「不要去想白色的大象」這句話產生的反效果一樣，就算風鳴努力讓自己腦海裡不出現他原形可能的狀態，但他的腦海裡還是出現了幾種稀奇古怪的混血原形。

越想越害怕，越想越驚悚。

再抬頭看看某個箭人滿臉微笑又期盼地看著他的樣子，風鳥人頓時怒從心中起，直接把人趕出了門外，讓他從哪裡來就回哪裡去。

后熠被趕出去了也不生氣，而是靠在門邊對屋裡喊話：

「你不知道怎麼變為原形的話，可以去靈能者官網上查一查，裡面應該有關於原形的教程和經驗。另外，長白山祕境的墨嘯不是也給了你一塊玉簡嗎？那塊玉簡裡應該也有關於化形的心得和技巧。

反正今天才十三號，距離十五號的報名截止日期還有兩天。而且報過名之後，我們也不一定馬上就要開始直播，預賽期需要一個月的時間呢，只要你的原形夠好看，或者有夠特別的絕世技巧，還是能脫穎而出，進入前一百名的。」

風鳴對門狠狠比了個中指，沒理這個心裡已經高興到不行的箭人。

不過比完中指之後，他磨牙了老半天，還是乖乖開了電腦，去靈能者官網查詢關於植物系和動物系的靈能者要怎麼變為原形的相關知識了。

這一查，又瞎了風鳴的桃花眼。

他才發現靈能者能完全控制自己的血脈力量、變為原形的很少，大部分的植物系和動物系靈能者會進行半轉化，或者肢體的某一部分轉化。

在靈能者官網的論壇裡，有很多靈能者都貼出自己變為半原形、自認為很美或者很猛，實際上像極了妖魔鬼怪的刺眼照片。

他看到了腦袋是狐狸、身子是少女的狐狸精，看到了長著人頭卻有野狼四肢的狼精，還看到了下半身是樹，上半身是人的半樹人……相比之下，那些頭上長著貓耳、屁股後面多了幾根尾巴的傢伙真的很好看了。

順帶一提，風鳴還看到了一條長著鯉魚腦袋和人腿的「美人魚」，這傢伙竟然還在自己的照片下面寫了一句「轉發這條錦鯉或者投幣給錦鯉，能得好運」的話。

當然，風鳴不出意外地看到這張照片下面有一堆比中指和翻白眼的評論。

『樓主不要魚臉，長成這樣還敢出來冒充錦鯉，你是不是想挨打？』

『給樓主扔個臭雞蛋。之前我誤信了樓主的話，以為他真的是一條錦鯉，還投幣轉發了

他的照片。結果當天我出門就車子爆胎、走在路上掉錢包、回到家開門鑰匙就斷在鎖孔裡。微笑.jpg，我當時的心情就是恨不得活吃鯉魚。』

風鳴抽了抽嘴角，翻到了化形成功心得的貼文。

在這些貼文裡，靈能者的照片總算不像之前那麼群魔亂舞了，不過化形之後的體型似乎大小不一，很難控制。

他看到了只有一個人高的小松樹、看到了老虎大小的胖橘貓，還有一台如床板那麼大的智慧型手機。

對，就是智慧型手機。看了這位智慧型手機靈能者現在是國家網路安全部骨幹的化形心得之後，風鳴才知道並不是只有動物系或植物系的靈能者能夠化作原形。

理論上，所有靈能者都是可以控制體內的靈能，擬態化形為他們擁有的「覺醒異變」原本的模樣。

也就是動物系的擬態化形為動物、植物系變成植物，然後工具系變為工具狀態，自然系的話……

論壇裡有一位水系的靈能者，直接貼出了他變成一個透明水人的照片，被高高置頂，引來很多人圍觀。不過，至今論壇裡還沒有神話系靈能者來貼一貼他們的原形。

畢竟整個華國的神話系靈能者也只有三個而已。后熠是后羿血脈，怎麼化形都是人形，就不用說了，池霄隊長是鮫人血脈，似乎半人半鮫也沒得變。

最後那一位傳說中的神話系聽說非常厲害，在鎮守祖國最高的高原和山脈，好像是……神兵利器那類的神話系覺醒。

所以，風鳴別想看到神話系前輩們的化形心得了，這條路他就只能自己走。

而且看到現在，論壇上關於化形的方法也沒有什麼實質性的作用——

基本上心得就是放空思想、感受體內的力量，然後有著強烈的變身希望，運氣好的話，不知道什麼時候就突然變了。

有人吃飯吃著吃著就變成了胖橘、有人躺床上冥想就變成了樹、那個智慧型手機是人的智慧型手機不好用，心裡一急就直接變成了完全體，風鳴覺得這些都不適用於他，簡直沒有什麼鳥用。

他嘆口氣，摸了摸後背的三翅膀，走到客廳的鏡子前把大翅膀和二翅膀也顯現出來，左右上下動了動，臉上的表情一言難盡。

「其實鳥人狀態滿好的，對吧？變什麼原形呢！」

但過了一會兒，風鳴又坐在地上，從空間裡的東北珍品區域裡拿出了墨嘯留給他的心得玉簡。他把玉簡貼到額頭上，調動自己的意識，探入到玉簡之中。

那就像是忽然打開了巨大圖書館的大門，而後無數的知識夾雜著一股龐大的意識力沖入了風鳴的腦海。

風鳴忍不住發出了一聲悶哼。

那種頭痛到快爆炸的感覺讓他非常難受，還有點像靈能暴動的時候，那種腦子不受控制的情況，不過好在這種痛苦並沒有持續很長的時間，只不過幾分鐘之後風鳴就咬牙呼著氣，恢復了過來。
顯然這種直接的意念灌輸，比在電腦上爬文快了很多。風鳴睜開眼的時候，腦海裡已經多了很多關於如何控制體內不同體系的力量、如何化形、如何鍛煉強化自己身體等墨嘯總結出來的心得。甚至在這玉簡中，除了靈參羅老爺子教給他們的「吐納術」之外，還有一套非常精妙的劍法和……升級版太極掌法？
那套升級版太極掌法的功法是羅老爺子演示的，不對，是羅美人演示的。在他的腦海中，銀髮美人穿著一身長袍，舉手投足、一招一式彷彿行雲流水，柔中帶剛的攻擊竟然和持劍的墨嘯打得不分上下。
風鳴「看著」這套美人太極，比看到其他的所有心得都還興奮幾分！
這才是真正以柔克剛的太極八卦掌啊！！比起他之前會的那些太極拳、太極劍什麼的，不知道精妙厲害了多少！怪不得這個玉簡被小三放到東北珍品區域。
這裡面記載的所有心得和三套功法，是完全無法用金錢，甚至貢獻點來衡量的。
只是，除了吐納術風鳴問過羅老爺子，可以教給其他人，那套劍法和太極掌法能不能傳出去教給其他人，他還需要再去問問老爺子和墨嘯才行。如果可以的話，這對於整個華國的靈能者和靈能實力的提升，都是大有裨益的事情。
畢竟現在國家雖然有收藏、儲存一些先人的功法，但比起那些晦澀難懂的文字和圖片，直接演示的功法自然更完整，且具有威力。
風鳴看完那套劍法和長髮美人的對戰之後，輕輕地吐出了一口氣，把注意力集中在之前關於化形方面的心得知識。

墨嘯的化形心得，顯然要比靈能者論壇上的那些隨緣化形來得有用，且有重點許多。

風鳴就明白了，想要成功化形，最重要的是三點：

一是至少血脈覺醒異變的程度要超過六成，不然很容易只變一半或者是直接化形失敗。

二是能穩定地控制體內靈能，要控制著靈能之力充斥四肢百骸，感受到骨骼和經絡都充滿了力量才可以變化。

最後一點，就是在第一次變形的時候要有強烈的化形意念，或者極為平靜的識海狀態，不然化形也會在中途失敗。

墨嘯的玉簡裡甚至還特別貼心地提到，如果體內有不同體系的力量，那就可以控制三種力量達到平衡化形，也可以單一使用一種力量來化形。推測使用的力量不同，化形的結果也會有些改變。

風鳴腦海裡翻來覆去地滾動著最後一段話，覺得更不想化形了。

而且，總覺得這三點他哪一點都達不到的樣子，這樣的話，他是不是就可以不用化形了？

風鳴看完玉簡之後喜滋滋地想了想，覺得自己距離化型實在太過遙遠，肯定趕不上明天或者後天去報名。所以，不是他不想化形打入敵人內部，實在是他沒有那個本事化形，無能為力啊！

然後風鳴就沒有什麼壓力地泡了個澡，舒舒服服地上床睡覺去了。他決定第二天一早就把這個壞消息告訴對面的箭人，看看他到時候的臉色！

然而，當第二天風鳴醒過來的時候，他忽然覺得好像有點不對勁……

總覺得窗戶變得大了一點？嗯？床也變大了——

「我靠嘰！」

我靠，嘰什麼嘰！

——一夜醒來，我從活人變成了活雞？

變成了半大雛雞的風鳴坐在床上，伸著他的兩隻小細腿，用毛絨絨、尖尖的小翅膀摸著下巴思考人生。

墨嘯騙我，明明在他的玉簡中，想要化形成功得滿足三個必備條件，可是他三個條件都沒有滿足，為什麼一覺醒來他就變了？這要讓他怎麼去面對那個心心念念想讓他化成原形變雞的箭人？

恐怕一出現，就會看到對方無比蕩漾、雙眼放光的樣子吧？

差不多兩個巴掌大的小雞鬱悶地用翅膀捂住了肚子，覺得胃疼。

等等，雞好像沒有胃？

再等等，他為什麼斷定自己是隻雞呢？就算他說了幾句話，最後都是帶「嘰」字，也不能斷定他化形之後就是一隻雞，萬一是鴨子或者鵝呢？

不不不，也有可能是猛禽啊。

畢竟他可是天使、鯤鵬和帝江的混血！撇開天使和帝江不談，鯤鵬應該是非常厲害的猛禽啊！

風鳴這樣想著，搧動自己的小翅膀站起來，準備去客廳的鏡子那裡照照自己現在的模樣。走到床邊的時候，看著地下，他有些頭暈，突然覺得自己這張大床莫名有點高。

翅膀搧一搧，他努力地跳下了床。

風鳴不是很習慣地蹬了蹬細長的小腿，往前試圖走了兩步，然後就拍拍翅膀，趾高氣昂，像是個大企鵝一樣一左一右，晃著走向客廳。

主要是他還不是很習慣自己的小細腿走路，走的時候總有點不穩的感覺。不過這沒關係，相信變成雞（？）只是一時的事情，只要等他稍稍適應一下，就能恢復成帥氣的美男子了。

帶著這樣的想法，風鳴走到客廳的穿衣鏡前，在看到鏡子裡的自己第一眼時，覺得他的審美碎掉了。

「我靠，這是什麼亂七八糟的樣子嘰！！！瞎了我的眼嘰嘰！」

鏡子裡那隻圓滾得像顆球，後背從上到下長了三對翅膀，最下方有條小小的金色魚尾、渾身毛色是白金紅摻雜的是什麼玩意兒！

由於太過震驚，風鳴體內的三股能量又是一陣亂竄，然後他就眼睜睜地看著鏡子裡的有翅膀的胖球畸形雞又突然冒出了兩條小細腿，三對翅膀倒是縮成了兩對。

風鳴：「……嘰。」我他媽不做人了。

這副尊容被賣到速食店裡一定能賣個好價錢，至少能做三對炸雞翅和四個炸雞腿呢。

風鳴的心好涼，他要是以這個原形去參加「絕色美人」大賽，那可能會成為獵奇組的第一名吧？

但風鳴好歹還撐得住，沒有被自己的原形逼瘋。想到墨嘯在玉簡中說的，體內如果有不同體系的力量，化作原形的時候可以有混合版和單一屬性版的變化，他輕輕呼了口氣，盯著鏡子裡那隻混血雜毛雞，調動身體內的靈力。

把天使系的力量擴散到全身，其他兩系的力量壓制到極限，風鳴緩慢感受著體內的力量，甚至是血脈的變化。這是他最看好的一個血脈了，畢竟天使原本的樣子就是人長了翅膀嘛，所以天使的力量擴大到極致的話，他應該就是普通人形？

然而，對老大血脈的信任終究是錯了。

或者說，單憑老大自己，是沒有辦法對抗老二和老三那非人類的血脈吧？

在微微的一陣熱度過後，風鳴再睜開自己圓圓的小眼睛，就看到鏡子裡的依然是小雞……而且還是那隻白金紅三色小雜毛，只不過似乎天生泛著柔光的白色羽毛占據了大多數，而且那圓圓的小腦袋上還多了一縷白色的呆毛，背後的三對翅膀也終於縮回去了，只剩下白色漂亮的羽翅。

然後讓風鳴欣慰的是四隻雞腿也變成了正常的兩隻，屁股後面的金色魚尾也沒了，只不過尾羽全變成了金色。

這樣看的話，就是一隻比較普通漂亮的白色雜毛小雞了？不過比起小雞，倒是更像小型鳥類。他注意到頭頂是白色呆毛的時候，他的嘴巴是尖尖的，如果從比較美好的方向找個相似的鳥類，其實和放大了兩倍的銀喉長尾山雀很像，只不過腹部的白色絨毛摻雜了紅色和金色，翅膀也是三色混雜的。

而後，風鳴又試驗了一下，把自己體內的天使系和帝江的力量壓制到最低，鯤鵬的力量占據主導的時候，他……還是雜毛。只不過頭頂的呆毛是金色的，翅膀的邊緣比天使系主導的時候多了一層金色的細小能量絨毛，腳掌倒是沒從鳥爪變成鴨蹼，但嘴巴變得有點扁，以及那金色的尾羽短了些，更像是魚類的尾鰭。

最後，風鳴在巨大的心理壓力之下，實驗了讓帝江血脈主導的原形狀態，然後他不出意外地又看到了那三對小翅膀和四隻小細腿。

風鳴看著那多出來的兩隻小腿，拍著六隻翅膀想，沒關係，三足金烏也是畸形，人家還是神獸啊。蜘蛛還有八條腿呢，也沒有人說蜘蛛的腿多畸形啊。

另外，帝江為主的時候，他頭頂上的呆毛是紅色的。

最後，風鳴覺得還是老大血脈主導的時候，樣子更加正常一點，雖然渾身的絨毛和羽毛紅白金交替，雜亂地覆蓋了全身，和其他漂亮鮮豔的小鳥塗色不太一樣，但可能是看久了帝江的緣故，雜毛三色小雞也是滿萌的，尤其是他頭上的白色小呆毛，歪著腦袋就跟著動，還滿有意思的。

不過，風鳴還注意到了很關鍵的一點——他現在的原形狀態似乎只是幼鳥狀態，體積很小的樣子，大概也只比普通的雞大上兩三倍那麼多，倒是和正常的烏鴉、燕子差不多大。

不管他體內的三系力量哪一個占據了主體，很明顯因為是初覺醒的關係，他的血脈力量似乎還在成長當中。

他突然就想到了論壇裡的那棵一個人高的小松樹，原來並不是那個人只能長那麼高，而是他現在還只是一棵小樹的關係嗎？那隨著他力量和年齡的增長，他的原形會變成什麼樣子？越長越大，最後成為巨型雜毛山雀？還是會有別的變化？

這一點，墨嘯的玉簡中並沒有說。

而且，難道他以後的原形變化就要在三種變化中切換嗎？墨嘯在玉簡裡說的不同體系力量達到平衡的化形，和他一開始所有特徵都顯現的化形一樣嗎？如果有一天，他能讓體內的三種血脈徹底融為一體，那個時候，他的原形又會是什麼樣子？

風鳴雖然化形成功了，但是關於未來自己到底會成長成什麼樣子，依然是一頭霧水。

他可能是這個時代中，唯一一個有這三種體系的力量，還活得精神抖擻的奇葩，也是目前唯一一個有三種？可能四種原形的人。

「……我可真是榮幸嘰。」

算了，未來是什麼樣子，等未來再說吧。聽說神話系的都長得特別慢，壽命動輒幾千上萬年，他可能到死都看不到自己原形長成的樣子。而且，他體內的三種血脈力量都非常強大，就算是最溫和的天使血脈也不是隨隨便便就能融合掉的。

還是那句話，他可能到死都沒辦法徹底融合體內的三種血脈，反正這樣又不影響什麼，他還是混血神鳥系戰鬥王者！

「那就先這樣吧，嘰。」

「嘖，嘰不好聽，換一個！呃、呃…………啾？」

風鳴：「……」

好了，已經看過了原形，是時候重新變回人樣，吃一頓豐盛的早飯安慰自己了！

然後，風・混血戰鬥王神鳥幼鳥・鳴發現他變不回人了。

風鳴：「？？？？」

WTF！

偏偏在這個時候門鈴被人按響，小神鳥聽到了讓他如臨大敵、渾身炸毛，變成一個球的熟悉聲音。

「小鳥兒？你起來了嗎？你昨天晚上有沒有熬夜查資料啊？我昨天晚上回去想了想，變成原形的話還是有一定的困難度，而且還要看機緣的，如果你變不成也不要著急，我們還有B計畫。

喔，我帶了你最喜歡吃的蟹黃包和蝦餃，還有酸辣湯和皮蛋瘦肉粥，我們一起吃早餐啊！蝦餃是我在靈能者商城訂的異變靈蝦，據說吃起來超級香甜喔！」

風鳴打定主意裝不在和不開門的堅定信念，被那蝦餃和從門縫中透進來的香甜味道打擊到搖搖欲墜。

鏡子前的胖雜毛山雀歪了歪腦袋，頭頂白色的呆毛也跟著往左邊歪了歪，然後用翅膀揉了揉不知道在哪裡的胃部，最終還是嘆口氣，啾了一聲。

算了，遲早都是要見人的，早死晚死有什麼區別！

想通之後，胖雜毛山雀就搧著小翅膀飛奔到門邊，然後努力地飛起來，用尖尖的鳥喙戳了開門的按鈕。

后熠提著豐盛的早餐進門，抬眼就看到面前有一隻顏色有些花哨、又胖又圓、頭頂還有根呆毛的小鳥兒，頓時愣住。

三秒之後，他看到對面胖圓小鳥兒的黑豆眼露出了熟悉的傲嬌，又帶著嘲諷的眼神時，嘴角迅速上揚到了極致。

他笑出了聲：「哎呀！小鳥兒！你化形成功了啊？」

簡直太他媽可愛了啊！！

后熠的笑容看得變成雜毛小山雀的風鳴非常不爽，以至於最後雜毛小山雀速度飛快、像一顆子彈一樣衝到后熠的面前，一爪就踩在他的臉上。

「笑個屁！啾！」

然後他就被滿臉蕩漾的后熠直接伸手抓住，感受到自己的身子在那隻大手中被又捏又揉了兩下，風鳴整隻鳥都炸毛了。

后熠極度愉悅的笑聲從他的嗓子中發出來，那聲音低沉，還帶著幾分滿足。

「手感太好了，這是我夢中情鳥的樣子呢。」

風鳴呵呵兩聲，忽然從整個炸開的絨毛上發出了強烈的電流。別看他現在體型不大，但發出的電流不會因為他體型變小而削弱半分，甚至還因為他最近對自己體內力量的掌控逐漸增強，雷霆之力更加強悍了幾分。

后熠雖然有強到可怕的身體素質，但在普通沒有防禦的狀態下被這麼一電，還是被電了個爽。

就算是這樣，后熠也沒鬆手，不過倒是不敢再揉捏手裡的漂亮雜毛團子了。

而風鳴抬頭看著頭髮都被電到微微炸起來的后熠，高興地啾啾叫了兩聲。

「哼！活該嘰！」

一高興就忘了變口音，又從啾變成了嘰。

后熠也不在意自己的髮型，反正在風鳴面前，他是最真實和自如的狀態。

「果然我的夢中情鳥就是聰明厲害，才一個晚上的時間，你就已經化形成功了？不過我沒想到你竟然願意給我看。」

后熠說著，就捧著風鳴到餐桌旁，把那隻他捧在手心裡的圓潤可愛雜毛小山雀放到桌上，

「我以為你會藏起來呢？又或者……」

后隊長敏銳地揚了揚眉毛，嘴角帶笑：「你該不會是變不回來了吧？」

風鳴山雀抬頭看他，那胖乎乎、軟乎乎的身子和絨毛似乎又要膨脹起來，紫色的小電流時隱時現，后熠就知道他說中了事實。

然後這個男人又伸出手捂住了眼睛，風鳴看著他翻了個大白眼，蓋住眼睛了他也知道這傢伙在笑。然後風鳴歪了歪腦袋，莫名地想對這傢伙做點什麼。

他的爪子不由自主地扒了扒桌面，然後不再控制自己體內的三系力量。

於是等后隊長把手從眼睛上拿下來，再看向他心愛的小鳥時，就看到了長著三對翅膀、四條雞腿，還有個魚尾巴的小怪鳥。

小怪鳥還昂著腦袋挑釁地看著他，彷彿在等他三觀碎裂的樣子。

但后熠只是眉頭揚起，微微驚訝，然後就伸手想去抓站在桌上的風鳴小怪鳥，卻被風鳴直接閃開，甚至以那副樣子直接飛到了后熠眼前。

后熠笑：「果然不愧是我的夢中情鳥，化形都這麼特別！不過你這麼特別的樣子，還是別讓別人看到，我怕他們跟我搶，你用剛剛那個樣子去直播就滿好的。」

說完，他還從口袋裡掏出了手機，直接對風鳴照了幾張照片。

「來，我幫你照張相！這麼特別的樣子我得珍藏，這狀態以後搞不好很少能見到了！」

原本想要碎掉后隊長三觀的風鳴：「……」

這副連他自己都醜得不忍直視的樣子，這個箭人還能面不改色地誇他，他真的相信自己是他的夢中情鳥了。

哼，但是這傢伙喜歡的是鳥，又不是他這個人。

風鳴的惡作劇沒成功，就變成了頭頂有白色呆毛的雜毛胖山雀的樣子，然後搧著翅膀到那一盒冒著誘人香氣的蟹黃小籠包和水晶蝦餃的面前。

他看看那蟹黃小籠包和蝦餃的大小，再看看他肚子的大小，總覺得變成這個樣子吃飯有點虧。不過很快他就發現，雖然他變小了，但是食量還是不變的。

很好！這樣就感覺賺了！

然後風鳴邊吃邊對看著他微笑的后熠翻白眼：「我如果原形是條魚的話啾，你是不是就要嫌棄死了嘰？」

后熠撐著下巴看他，那張英俊又帶著幾分肆意、野性的臉上露出笑意。

「那可不一樣。能把雙手變為翅膀的靈能者不少，對我投懷送抱的飛禽類靈能者也很多，但那些人對我的了解也太淺薄了。我是那麼膚淺，有翅膀羽毛就喜歡的人嗎？哼，就算他後背生了一百對翅膀，感覺不喜歡就是不喜歡，不順眼就是不順眼，我也只會想把他們的翅膀烤來吃了，而不是伸手摸一摸。」

后隊長大言不慚地說著這樣的話，然後看向桌子上正在啄蝦餃的風鳴：

「我只是第一眼見到你，就頗為順眼而已。然後，每看見一次就更覺得順眼，甚至耀眼。再美麗的翅膀若是那個人不對，也不過是擺設而已。但人要是對了，就是錦上添花，獨一無二了。」

風鳴吃蝦餃的動作停了下來。

他最終還是沒忍住抬頭，和后熠的雙眼對視。

那雙眼睛此時表達的情緒似乎非常明顯，又似乎什麼都沒有，但他在那雙深邃而溫柔的雙瞳裡看到了自己的影子。

莫名地，心跳就快了起來，就像是有一隻胖山雀在那裡飛快地跳來跳去。

然後渾身的血液似乎都莫名升了溫，連帶著體內的力量也突然無法控制地亂了起來。

風鳴還沒有反應過來，就感覺到整個視野都起了變化，原本在眼中大了許多的房子和傢俱逐漸恢復了正常，伴隨著叮叮噹噹碗筷落地的聲音，他突然恢復成了人形。

他一時之間有些傻住，坐在木質餐桌的邊緣發呆。

身子陡然前傾，他下意識伸腿著地，當腳掌感覺到冰涼、手臂被溫熱的手掌托起時，風鳴才驚覺，他似乎好像……沒穿衣服？

！！！

然後他聽到后熠有些低啞的聲音。

「如果當初是這樣的投懷送抱，我就從了。」

唰！

潔白的羽翅陡然顯現，瞬間就裹住了全身。

而後身後的三翅膀忽然隔空一搧，風鳴整個人就瞬間移動到了臥室的門口。

風鳴抬頭，臉上還帶著不知是羞是惱的紅，眼神卻亮得驚人。

「可惜我還沒從呢，而且我這輩子都不會投懷送抱的，你可死了這條心！以及，再看就要收費了，看一眼十萬，不講價！」

說完風鳴後退一步，直接關上了臥室的大門。

后熠聽著大門被關上的聲音，忽然忍不住笑了起來。

現在還沒從不代表以後不從嘛，不主動投懷送抱也沒事啊，他可以主動嘛，都是小意思！

后熠心情非常愉悅地走到臥室門邊，伸手敲了兩下門。

「幹嘛！」

他在少年帶著一點羞惱的問題裡，特別淡定地耍流氓。

「沒事，我只是問問，你能打開門讓我看到破產嗎？」

臥室裡頓時傳來了物體落地的聲音。

后熠終於忍不住大笑了出來。

風鳴：「……」

不過，風鳴在臥室裡聽著外面那男人的笑聲，也忍不住跟著輕笑了起來。

算啦，早就知道這傢伙是個屌炸天的老流氓了，不跟他計較！

等收拾了碗筷、吃完早餐，風鳴就去上學了。

原本他今天打算請假，但現在變回來了就能繼續上學，也能把青龍組也參與進來的事情告訴蔡濤和圖途他們，這樣多少能讓小夥伴放心。

順帶……今天他還得在網路上報名，成為「絕色美人大賽」的參賽者一員。

嘖，變成了原形之後他倒是可以去用原形參賽了，但身分和他這張臉怎麼辦？

風鳴想到這一點的時候就下意識去找后熠，結果就聽到自家隊長開口：「你好好上學吧，報名和身分的事我幫你搞定！是時候讓你見識見識我們國家的高科技產品了，配合靈能者的特殊技能使用，保證你大伯母都認不出來！」

風鳴：「……」

忽然覺得這技術有點討厭？

蔡濤和圖途他們聽風鳴說青龍組警衛隊也會參與這件事後，果然心中有了更多的底氣，不過讓他們驚訝的是，風鳴竟然也要和他們一起報名參賽。

圖途頓時就搖了搖耳朵：「你要去的話，豈不是會直接被盯上了？你現在在全網的知名度也就只比后隊長和池隊長差一點而已啊，到時候會不會打草驚蛇？」

蔡濤也皺著眉頭：「老大，你參賽的話不安全。說不定他們舉辦這次大賽就是為了釣魚？你可是他們眼中最大的魚了吧。這兩天靈網上有關於你不利的熱搜，不過很快都被撤下來了，但我覺得應該已經有人盯上老大了。」

風鳴沒怎麼關注靈網，聞言看向蔡濤，蔡濤直接道：「就是老大你是混合系的神話血脈覺醒者，有人算了你覺醒的時間，到現在已經超過三個月了，但是你看起來還很好……」

後面的話蔡濤沒有繼續說下去，但風鳴卻已經能想到了。

他那兩雙顏色和能力不同的翅膀是無法掩蓋的，有沒有吃洗靈果洗掉體內的血脈，一眼就能看明白。所以那些人應該是覺得他沒有吃洗靈果，竟然活過了三個月，是件非常震驚和值得研究的事情吧。

但他已經加入了四方青龍組，有了一個檯面上誰也無法撼動的敏感身分，無論是那些反派還是狂熱的研究人員想要對他進行身體研究，都是很困難的事情。所以，那些人就想要把人們的注意力引到這一點上，帶起那些混合系覺醒者的想法和渴望，然後渾水摸魚嗎？

這是風鳴早就想到可能會發生的事情，不過他不慌。因為這一點，他已經有了應對方法。只要國家派人來找他，他就能給出合適的理由。

風鳴對蔡濤的擔心和提醒有些感動，能注意到很快就被撤下去的熱搜，就說明他一直在關注著和他有關的消息，也不枉費他送了五個億給這個小弟。

「你放心吧，我有應對的辦法。其實說起來也很簡單，國外不是還有一個生命系和其他系的混合靈能者還活著嗎？這就說明混合靈能者不一定三個月必死，如果本身的覺醒力量比較相近，能夠共通的話，就更容易融合和存活。我的翅膀也算是能力相近，所以排斥的反應就比較小，更容易和平共處。

反正這消息也隱瞞不了多久，只要我還跟著青龍組行動，那肯定就會繼續被別人看見，時間久了，大家都會想到這個問題的。安心吧，大不了我就當混合系靈能者好好活著的第一人，也給其他混合系靈能者一點想法和希望。而且我們進入靈能時代才三年的時間，對於現在世界的變化和理解還太少，說不定隨著時間的增長，混合系靈能者也不是必死，那些覺醒不完全或者覺醒失敗的人也能夠被修復救治呢？」

風鳴笑了一下：「現在這個時代，一切皆有可能。」

就算黑童組織那麼喪心病狂，無所不用其極地抓人、肆意破壞和殺戮，從某方面來說，他們也是想要快速適應和控制這個變化的世界而已。

「好了，事情已經說定了，現在還是趕緊複習吧。尤其是圖途，你得多注意。」

風鳴說到這裡突然嘿嘿了兩聲：

「其實絕色美人大賽也不限制你在直播上怎麼拉票和展示才藝不是嗎？要不然，你直播的時間就直接直播寫作業算了，說不定這種特立獨行的方法，還能在那麼多選手中殺出一條血路呢？畢竟你不變成原形還是很能打的。」

圖途一口咬斷嘴裡的胡蘿蔔，對風鳴翻了個大白眼：

「哼，你就仗著我原形腿長吧。不過不是我說，我這原形不管怎麼說都是正常的物種，就是特別了一點而已。但是你這個混血，呵呵，要是你有原形的話，我都無法想像你會變成什麼模樣！」

圖途這樣一說，耳朵還激動地動了動：「你是天使和鯤鵬還有帝江的混血啊，能混成什麼樣子！怕不是六個翅膀、魚尾巴的新型飛魚雞？哈哈哈哈、噗！」

圖途笑到一半，就被風鳴一巴掌拍了後腦勺：「腿長還話多，閉嘴吃你的蘿蔔吧！」

楊伯勞坐在一旁，看著風鳴突然打人的樣子摸了摸下巴，眼中閃過幾分沉思。

唔，這個反應有點不太對啊。

風勃也看了一眼自家堂弟，總覺得堂弟似乎隱藏了什麼。

風鳴面不改色地看書，其實心裡略慌。

下午放學，風鳴剛打開門就聽到了對面開門的聲響，后熠笑咪咪地對他招了招手。

風鳴想了想，把背包扔到沙發上，就轉身往后熠家走。

后熠住在他對面將近一個月的時間了，他還沒去他家裡看過呢。

五分鐘後，風鳴坐在后熠被他自己裝修得面目全非的屋子裡，心想這間房子的裝修要是曝了光，青龍組后隊在靈網上的絕世光環怕又會掉下一層。

這哪裡像是一個普通人生活的房子？這他媽真像是個大鳥巢。

他坐在特製的柔軟舒適的鳥巢型單人沙發上，前面的茶几是個木墩的形狀，剛剛眼睛不小心瞥到臥室裡，發現那大床也是個鳥巢模樣的床。然後整間屋子都有各色的羽毛裝飾品，最讓他覺得羞恥的是，在沙發後面的牆上，是一張他不知道什麼時候被拍的照片，那應該是在長白祕境裡他飛在天池上空的照片。

風鳴看了一眼就轉頭捂臉了，就算是自己也不忍直視。他回過頭盯著那些精緻的，甚至還帶著一點靈氣的羽毛看，后熠扔給他一瓶肥宅快樂水，揚著眉毛，帶點自得道：

「這些羽毛都是我的戰利品和收藏品。看到那根灰褐色的禿鷲飛羽了嗎？那是圖長空的。對，就是玄武組的圖長空的。我在一次行動任務中救他一命，然後要了他一根羽毛。

還有那根特別漂亮，像是火焰的尾羽看到了吧？這一根是馬來國的國寶，火烈鳥靈能者的尾羽。我出國做了個任務，也順手救了他一命，他就送我了。不過那根孔雀尾羽有點可惜了……」

后熠的聲音變得微微低沉：「那是混合系靈能者的尾羽，可惜他還是沒逃過靈能暴動，這個羽毛就留給我做紀念了。」

后熠一一說了好幾根閃著靈光的羽毛來歷，眼中閃著愉悅的光。

「我找人用特殊的方法封存了它們本身蘊含的靈氣，掛在這裡幾十年都不會褪色。」

風鳴沒想到他這裡的羽毛有一半竟然都是飛禽類靈能者的羽毛，再去看它們的時候，他竟然覺得能收集到這麼多靈能者羽毛的后熠也很厲害。

而且說實話，這些羽毛掛在這裡還滿好看的。顏色長短各異，靈氣也各有不同。如果在這間房子裡住的不是后熠這個在人前屌炸天的大靈能者，可能……還不錯？

他坐在屁股下的鳥巢型沙發也很舒服。

「來看看你的新身分和名字。絕色美人大賽我們已經幫你報名了。」

后熠把一個電腦平板放到他的面前。風鳴看到了報名欄上的照片和基本資料。

他的新身分叫「鳳俊俊」，今年十九歲。去年高考之後就開始去各大靈山旅遊，希望能覺醒靈能。鳳俊俊是幸運的，因為他在今年一月去武當山看了日出之後突然有所領悟，然後，二月真的覺醒成功了。哪怕，他覺醒的是……雜毛異變的銀喉長尾山雀。

風鳴：「……」這果然是為他量身訂做的偽裝者身分。

那照片裡的人眉眼給他一種微妙的熟悉感，但是看整張臉，絕對不會和他現在的面容混淆誤認。

風鳴的眉眼飛揚銳利，有種俊美又淩厲的感覺，不過照片裡的這個鳳俊俊眉毛平和下彎，眼睛也比他的眼睛略大略圓一些，看起來就是一個溫和又可愛的樣子？

風鳴：「這是我？？？我要怎麼變成這樣？戴人皮面具嗎？」

他絕對不是這一款軟包子、小奶狗型的啊！

后熠就嘿嘿嘿嘿地笑著，拿出了一張銀色的靈能卡和一套……化妝工具。

風鳴：「……你竟然還會化妝？」

你對得起你鋼鐵酷帥屌炸天的人設嗎！

后熠搖了搖頭，又點點頭：「本來是不會的。但我覺得作為你的隨身助理，我怎麼樣都應該學一點助理應該會的工作。而且，我不想讓別人摸你的臉，所以還是我自己上吧～來來來，是時候展現你另一幅面孔了！」

風鳴抽著嘴角，無處吐槽。

十分鐘後，比風鳴想像的時間還要短一些，后熠就已經在他臉上忙碌完了。

而後，風鳴就看到他面對自己捏碎手上的靈能銀卡，似乎有什麼清涼薄透的東西覆蓋到他的臉上，片刻之後就消失了。

「有點像面膜？」

風鳴自言自語，睜開眼就看到拿著鏡子的后熠。而鏡子裡的那個少年，有和報名照片一模一樣的臉。

風鳴愣了一下，驚訝地揚起眉毛。那鏡子裡的少年也揚了揚眉毛，頓時就和照片有所不同了。

后熠就伸手在他眉毛上按了按：「記住，你的人設是活潑又容易害羞、溫和好說話，但是下了決定就不容易改變想法的性格，是個非常無害、可愛的傻傻喔。這種表情和人設不符，你不要露餡了。」

風鳴嘖了一聲。

他輕輕閉上眼，再睜眼的時候，眼中那常有的驕傲和自信已經消失得乾乾淨淨，取而代之的是溫和又有點好奇的眼神。他歪了歪頭看后熠：

「是這樣嗎？」

后熠定定看了他兩秒，伸手掐臉：

「這樣也滿好看的。不過，我還是更喜歡你原本的樣子。」

然後鳳傻傻就露出了一個微微委屈的表情：「喔，那、那我努力讓你更喜歡一點吧。」

后熠：「……」咳。

突然發現這樣也很萌！

正要開口，鳳俊俊就對他翻了個白眼：

「真是快把我自己麻到了。這樣子能持續多久？今天十四號。明天結束之後，十六號就要開始直播了吧？你們有沒有查到這個絕色網路直播的其他消息？我覺得比起從直播打入內部，我更擅長直接飛到他們老巢上空扔炸彈。呵呵，到時候不管他們怎麼跑，都跑不過會飛的大爺我啊！」

萌了沒有一分鐘的后熠：「……」

§

兩天之後，五月十六號晚上八點，風鳴在后熠的鳥巢羽毛房裡正式開始大賽直播了。

絕色美人大賽在最近這幾天的熱度非常高，就像是那些造星和選秀節目總會有人看一樣，許多人都在關注這個比賽。而且絕色美人大賽的重點在於「絕色」，說句特別膚淺的話，絕色美人大賽就是一個看臉的比賽，只要你長得好看，就能得到更多人的支持。

有不少網民們都在網路上抨擊這個絕色美人大賽的立意太過直白，現在都已經是二二二二年的靈能時代了，怎麼還能像兩百年前那樣看人只看臉，不看其他優點呢？每個人都是獨一無二的，都有他們的特長，只看臉就太過分了。

但是絕色大賽的官方對於這些質疑也非常理直氣壯地嗆了回去，直接在他們的靈網官方帳號上表示：

『本大賽最大的特色就是「美麗」，但每一個人的審美都不相同，或許你認為長得不好看的那個人會是其他人心中的女神，而你認為長得美麗的那個人，在別人眼中卻非常普通。正因為每個人的審美不同，「絕色」就是為了讓大家見識更多不同的美麗，才舉辦了這次「絕色美人」大賽。

我們是一個開放且公正的平臺，我們接受任何人參加比賽，並且展示自己的美麗。誰說光是臉就很美了？氣質、聲音、舞姿、笑容，甚至只是一個眼神，或許都是讓人沉醉而無法拒絕的美麗。而我們的「絕色美人」大賽，就是為了發掘這種美麗的比賽。請不要以你們那狹隘的思想來想我們這美好的比賽！』

這番解釋發出去之後，一下子就堵住了絕大多數人的嘴，雖然還有一些人嘀嘀咕咕，覺得大部分還是在看臉，但是打開絕色網路直播看上面報名的參賽者資料，確實能夠看到一些長得不怎麼好看，但是有其他特長或者絕招的選手參賽。

絕色美人大賽就在這樣爭論的熱度中開始了。而託了那些鋪天蓋地的廣告，和網路上不認同和認同的人你來我往爭論的福，絕色美人大賽開播的第一天就受到了前所未有的關注。

這個關注度在五月十六號的晚上八點達到了高峰。

風鳴坐在后熠客廳家的鳥巢沙發上，看著面前的直播球和顯示光屏，心裡有些緊張。雖然他也是在全國人民面前主位出道、進過A級靈能祕境見過大世面的人了，但像這樣主動和別人交流的直播還是第一次嘗試，他有點怕自己表現得太過緊張，失了自己的風度。

后熠正在直播球拍攝不到的地方對他面露微笑，甚至還給了他一個野男人的媚眼，看得風鳴渾身一抖。噁心瞬間大過了緊張，他看向直播球和雷射顯示光屏。

反正不管是面對什麼樣的觀眾，都沒有正面面對某個箭人壓力大，那他還緊張個鳥？

然後后熠的提示音響了起來：「俊俊，注意形象。」

風鳴，喔不，鳳俊俊抽了抽嘴角。此時牆上的掛鐘指向了八點整，直播光球按照設定的時間準時打開，鳳俊俊坐直了身體，臉上露出了一個溫和又有些害羞的微笑。

此時，屬於鳳俊俊的九九九八號直播間已經有不少人在等了，在鳳俊俊沒有出現之前，他們已經在留言區各自討論起來。

『哎呀，我以為這個直播間只有我會蹲守，沒想到還有將近一千的同好呢？大家都是為了什麼來的啊？』

『那還用說！當然是銀喉長尾山雀啦！這可是終極萌物啊！我不相信有人能夠逃脫牠的魅力！』

『㐬，雖然這個鳳俊俊的資料上介紹他是三色銀喉長尾山雀的異變靈能覺醒者，和普通的銀喉長尾山雀長得不太一樣，但是萌物就是萌物，就算是顏色不一樣，我也一樣能接受並且喜愛！』

『對對對，雖然顏色可能花了一點，但是只要他是銀喉長尾山雀的異變靈能覺醒者，我就可以！而且只要一想到他可以變為原形，表演個吃飯飯、跳高高或者拍翅膀什麼的給大家看，我整個人都要被萌死了！！』

蹲在這個直播間裡的網友們熱烈地討論著終極萌物銀喉長尾山雀，都在心裡描繪了最萌最美好的樣子。當風鳴——錯了，是鳳俊俊那張害羞又可愛的花美男臉出現在螢幕裡的時候，剛剛還在討論銀喉長尾山雀的網友突然有十幾個刷了尖叫彈幕。

『啊啊啊啊啊！這麼美還奶！！我可以！！』

『老天，老夫的少女心，這簡直是我理想中銀喉長尾山雀變成人形的樣子！太可愛了！』

『果然是人間絕色！臉都已經這麼好看了，賭一百原形超級萌！！』

鳳俊俊還沒說話就看到了這一排彈幕，臉上的笑容有那麼一瞬間的僵硬，不過他很快就想到自己是在潛伏做任務而不是在直播，頓時就露出了一個親和力十足的笑容：

「大家好啊，我是九千九百九十八號參賽者鳳俊俊，我……那個覺得我自己長得還算普通好看，主要是想和大家多聊聊天，認識更多的朋友就來參賽了。雖然我只是普通好看，原形也有點一般，但還是希望大家能夠喜歡俊俊喔，俊俊雖然不會唱歌、不會跳舞、不會講相聲，但俊俊會為大家比心心～」

鳳俊俊說著，就用拇指和手掌對著螢幕比了個心，順帶歪了一下頭，增加殺傷力。

看直播的，就有一半的人被他射中了小心臟，然後還有一半的人哈哈哈地刷著彈幕。

『不會唱歌、不會跳舞，只會比心心！普通好看還原形一般，哈哈哈哈這是多麼誠實的一個小可愛啊！』

『可以，俊俊你的比心我收下了。就喜歡你這種直白清純不做作的大可愛！和外面那些利

用才藝、技能比賽的小妖精不一樣！我們憑原形和一張臉就可以殺出重圍！要什麼才藝！這本來就是一個看臉的比賽啊哈哈哈！』

這個時候，直播螢幕上忽然出現了漫天玫瑰花瓣的景象。原本還很激動的彈幕頓時停滯了三秒，三秒過後便是一大片拜土豪的聲音了。

『玫瑰花雨！這麼早就出現玫瑰花雨了！這可是花十萬才能用一次的表白禮物啊！這是哪個土豪看上了我們清純可愛不做作的俊俊？』

『英雄榜——十萬級老大出現！等等，這名字是不是太囂張了點？』

鳳俊俊微微抽了抽嘴角，看著那個空降英雄榜第一的「希望破產」老大，十分微妙地想到了昨天早上在餐桌旁的一幕。

呵呵，希望破產？總有一天老子會幫你達成這個美好願望的。

之後，這位掏了錢的第一名破產老大就有可以和主播語音通話的資格。當屬於第一名的專屬鈴鐺在顯示幕上亮起，在這個直播間裡的網友們開始激動起來！

一般來說，直播主對第一個砸錢買禮物的粉絲都會非常客氣和熱情。第一名的老大提出什麼要求，主播也會儘量滿足。假如說、咳咳，第一名的土豪有什麼能讓大家飽眼福的要求的話，只要不是很過分，主播也會答應。

所以，搓手手，這位土豪會希望他們的小山雀俊俊做什麼呢？哎呀呀，千萬不要是脫掉上衣，在屋裡走一圈這種要求，不然搞不好會流鼻血呢～

鳳俊俊盯著那個大鈴鐺看一會兒，最後還是伸手點開了鈴鐺，然後就聽到了即便是隔著一層網路，也非常熟悉的低沉又欠揍的男人聲音。

想破產的箭人開口第一句話就是：『俊俊，我用即達快遞在網路上訂了一件衣服，能夠請你穿上以後為大家直播嗎？』

『喔喔喔喔喔！！！！』

『哎呀捂臉，忽然就想到了什麼讓人熱血噴湧的畫面啊啊啊啊！』

『第一名老大的聲音聽起來好酥、好有磁性！憑聲音，我就能斷定第一名的老大是個超、級、大、帥、哥！』

鳳俊俊聽完希望破產的箭人的話之後，笑容有點僵硬。真的，要不是他手腕上偽裝成裝飾錶的警衛隊錶提醒著他在做任務，他就真的要直接瞬移到那個箭人面前，狠狠地讓大翅膀幫他鬆鬆筋骨了！

但現在當著幾千個靈網粉絲的面，他還真的不能毀掉他的小奶狗軟萌人設。

於是，大家就看到他們的俊俊小山雀臉色爆紅，露出了相當不安又害羞的表情，還擰著自己的手指小聲道：

「什麼衣服啊？要是奇奇怪怪的衣服，俊俊、俊俊可是不穿的。」

『啊啊啊啊啊啊！』

『啊，我死了。』

然後第一名的「希望破產」老大就輕笑一聲，那笑聲又引起了一堆彈幕的尖叫，道：『不是奇怪的衣服，是非常適合你的好看衣服。』

鳳俊俊：「那、那好吧，我就等快遞啦。」媽的，等老子直播完就去削你！

鳳俊俊話還沒說完，就聽到了門鈴的聲響。他微微抽了抽嘴角，臉上卻帶著欣喜的表情看向直播螢幕和直播球。

「哎呀，快遞來了！既然是第一名的大哥送的禮物，那俊俊肯定要穿看看啦。走吧，我們看看第一名的大哥送了什麼衣服吧，俊俊的話，比較喜歡可愛和漂亮的衣服呢。」

后熠就站在牆角那邊輕笑出聲，他那滿嘴瞎話的小鳥兒，他明明只喜歡穿簡單舒服的靈能植物製作的衣服，一點都不喜歡花裡胡哨。

而後鳳俊俊打開了門，收到了精美的包裝盒子。

當網友們看到那個一看就非常貴的包裝盒子，都忍不住發出了彈幕。

『這是最新版的天使偽裝者華麗真實版嗎？我靠，一套要八萬八，第一名爸爸是真土豪啊！』

鳳俊俊看著這個由他自己代言，有翅膀還加了許多珍貴裝飾的華麗翅膀衣服，也是服了。

『什麼也別說！穿它！！』

於是，俊俊只能露出欣喜又感動的表情，對著直播球道：「第一名大哥真是太好了！這件衣服我一直想買卻捨不得買呢！俊俊這就去換衣服啦！大家等等俊俊喔！比心！」

然後鳳俊俊直接跑回房間換衣服了，而在他換衣服期間，直播間的人數竟然快速上升了。

第四章　別裝熟，傷錢

一開始來這裡蹲守的網友們只是覺得那個九千九百九十八號參賽者長著一張無害可愛的花美男臉，加上原形又是銀喉長尾山雀的終極萌物，為了臉和外形來的他們就蹲到了這裡。反正這裡是絕色美人大賽嘛，是給大家正大光明看臉的地方。

不過，來蹲守的網友們沒想到這個鳳俊俊竟然很有特色。特別直男地說自己沒有特長，不會唱歌、不會跳舞，只會比心，和那明明像小白兔一樣可可愛愛卻會突然出現違和感的舉動，都讓來蹲守的網友們決定繼續看下去。

再加上土豪大哥的出現，大家就更想繼續看熱鬧了，別的不說，光是那價值八萬八的天使偽裝者珍藏版衣服就值得他們在這個直播間裡多停留一會兒。

而在鳳俊俊去換衣服的時候，不少蹲守者都去找了他們的朋友，表示在這個九千九百九十八號的直播間裡能看到珍藏版的天使偽裝者，而且過一會兒還能看到終極萌物銀喉長尾山雀的直播。要是他們蹲的直播主長得不好看也沒特色的話，不如來這裡看一看。

就這樣傳來傳去，直播間的人數就快速上升了。

而在等待的途中，大家還在開心地討論著他們可可愛愛的俊俊穿上了華麗的天使偽裝者、有翅膀的衣服會是什麼樣子時，房間裡忽然亮了一下，有人在彈幕上刷了一句：『**我剛剛好像聽到了什麼奇怪的聲音？**』

只不過這句彈幕也就是刷過螢幕，就沒有人注意了，因為很快大家的注意力都被那個從臥室裡走出來的少年吸引了——

少年穿著珍藏版的白色天使偽裝者長袍。這件長袍是根據西方中世紀貴族的長袍樣式改造的，帶著華麗高貴的氣息，除了長袍本身的白色之外，其他裝飾物全都是金色，連袖口都是金色的鑲邊花紋，後面則是半垂著的兩片白色翅膀。

這個珍藏版的翅膀是根據風鳴本身的大翅膀，按照比例縮小了一半，又用最輕柔的羽毛模擬材料製作而成，看起來雖然不像風鳴的大翅膀帶著淡淡的靈光和柔和的靈氣，卻也潔白得沒有一絲瑕疵。更別說在這漂亮的翅膀上，還同樣有金色的裝飾物和點綴，讓人一看就會被完全吸引目光。

這實在是一套相當美麗的衣服。雖然不適合在日常穿戴，但如果有人穿著這一套衣服去參加走秀或者是比較重要的場合，必然能在第一時間吸引到所有人的目光。當然，前提條件還得要穿著這件衣服的人適合這件衣服本身的氣質，並且有一張至少過得去的臉，不然就會像是乞丐穿皇袍，怎麼看都像是個逗趣的了。

而讓彈幕都安靜下來的原因，就是穿著這身衣服的少年實在太好看了。

即便有不少人已經在心中想過鳳俊俊穿上這件衣服後可能的樣子，甚至還在心裡幫俊俊加了一點濾鏡，但當他們看到穿著這身衣服，安安靜靜地從臥室裡走出來的鳳俊俊的時候，還是被他狠狠驚豔到了。

原本他們以為最適合翅膀的美少年只有在靈網上人氣高達第三的新神話系靈能者風鳴，每當風鳴搧著翅膀從天空中飛過，都是一副動人心魄的畫面。少年就像是風，又像是自由的鳥，讓看到他的人都心生嚮往。

或許是自然生出翅膀的關係，那兩雙翅膀在風鳴的身後不但不突兀，還顯得無比契合和美麗。這讓不少人覺得風鳴就應該要有翅膀，而且在有翅膀的人當中，風鳴是最美的。

因為風鳴的翅膀太過美麗，天使偽裝者的廣告和同款的衣服一推出，就在網路和普通人裡掀起一股穿衣狂潮。

許多自認為長相英俊或者美麗的主播和名人，為了顯示自己的美麗，同時想蹭一波熱度，都訂購了天使偽裝者的衣服在直播中試穿。

然而，就像剛剛說的那樣，越是美麗的衣服越挑人。這年頭的直播已經明令不許假直播，所以完全沒有美顏和濾鏡的功能。如果那些主播穿的是普通版的天使偽裝者，只要穿的人身材和長相都在水準之上，那麼效果還是很不錯的，能夠吸一波粉。

但偏偏有過度自信或者想要博眼球的主播訂購了一套八萬八的珍藏版天使偽裝者在直播中試穿，直接就翻車得徹底。

倒不是那個女主播穿上這套衣服不好看，畢竟在沒有美顏和濾鏡的情況下還敢直播，女主播的長相也算是美麗。但穿著天使偽裝者珍藏版的女主播照片，和風鳴在網路上的照片相比，實在差距太大了，大到能讓人一眼看出真品和贗品的區別，然後就把真品比對得更加美麗，贗品更加劣質。

因為那場直播的對比太過慘烈，這個天使偽裝者的珍藏版衣服就很少再被主播或明星拿出來穿，只有對自己的容貌和氣質特別有自信的人才會穿那套衣服。

所以當大家知道土豪送他們俊俊的衣服竟然是天使與偽裝者珍藏版的時候，在無比期待的同時，也多少做了一點被對比後失落的準備。

可是事實卻讓他們驚訝了！！

誰也沒想到他們的俊俊竟然也如此適合有一雙翅膀！身後揹著翅膀的鳳俊俊並不像風鳴那樣渾身帶著自由和肆意的氣息，讓人一看心中就升起希望和力量，鳳俊俊更像是人們想像中溫和又善良的天使，在他的身上更能感覺到柔和的氣息。

這是兩種截然不同，卻又有同系感覺的翅膀美人的樣子。

『啊啊啊啊！我可以我可以我可以！天使俊俊，你快康康我！你看我一眼，姊姊給你刷玫瑰花啊！！』

『老天，我的本命男神除了風鳴小哥哥，又多了一個！雖然他們長得不一樣，氣質也不一樣，但是都超級好看啊！』

『不吹不黑，這個鳳俊俊應該是除了風鳴之外最適合長翅膀的人了。不過比起風鳴的淩厲俊美，我個人更喜歡這種軟萌款的。』

『哈哈，果然還是鳥類的靈能覺醒者更適合長翅膀啊！俊俊這樣太好看了，但是我更想要看到俊俊的原形啊！他的原形一定超級可愛又美麗！我能把他捧在手心擼禿他！！』

當鳳俊俊穿好珍藏版的天使偽裝者出來之後，他的直播間人數再次瘋狂上升，而且為他撒各種花瓣和漂亮寶石的人也多了起來。甚至有兩個人和排行榜第一名的「希望破產」一樣，為俊俊花了十萬塊買玫瑰花雨，有一個還連刷了三場玫瑰花雨，企圖占據第一名的位置，結果被「希望破產」的土豪刷了三場靈能紫晶雨，一千萬一次狠狠踩了下去。

企圖搶奪第一名位置的兩位另外兩位土豪怕了，並且直接在網路上開了麥，表示老大您繼續，第一名的位置我們不搶了。

鳳俊俊出來之後，就看到滿螢幕的鮮花、寶石打賞以及彈幕尖叫，完全不能理解這些瘋狂的顏狗，但考慮到他正在臥底，以及這些打賞都會進入他的口袋裡，俊俊就露出了如天使一般美麗又可愛的笑容。

他再次伸出雙手，在胸口比了一個心：「感謝各位哥哥姊姊、俊男美女的鮮花和寶石，俊俊特別感動，俊俊也特別喜歡，比心喔！」

想了想，相當有職業操守的俊俊又伸出雙臂，在頭頂比了一個心：「再比一個心，俊俊不會唱歌不會跳舞，但會比心！還希望大家多在比賽上幫我投票啊，俊俊想進入前一百名，看看其他漂亮哥哥和姊姊們～」

然後，鮮花和寶石的支持就沒停下來，一群天使顏狗在彈幕中瘋狂大喊：**『俊俊勇敢飛！百鳥永相隨！我們這就去幫你打榜！！』**

於是，鳳俊俊明明是晚上八點才開始直播，比早上八點開始直播的許多主播晚了十二個小時，卻在將近九點的時候，強勢衝進了「絕色美人大賽」的百名之內，而這個名次還在瘋狂飆高。

鳳俊俊花式比完心，和英雄榜（土豪榜）前十的英雄也聊完了，九點半的時候大家都開始期待他變原形了。

彈幕都在叫囂著，讓俊俊不要在意，用原形萌哭他們吧！他們已經做好了被萌出鼻血的準備，完全不怕！

鳳俊俊臉上就露出了有些糾結和遲疑的表情。

「那個，俊俊的原形真的有點不好看啦……身上的羽毛有三種顏色，和、和照片上的銀喉長尾山雀不一樣啦。」

彈幕粉絲表示沒問題，羽毛越豔麗的鳥越好看！平平無奇鳳俊俊，他們都懂！！

鳳俊俊就露出了靦腆的笑容，「那大家到時候不要罵俊俊喔，俊俊會傷心的。」

網友粉絲表示完全沒問題，他們看見什麼樣的俊俊都能接受！

在這些彈幕刷過去之後，鳳俊俊笑了一下，然後整個身體閃過一陣白色的靈光，天使偽裝者珍藏版的衣服就全部掉到了地上，片刻之後，從那漂亮的模擬羽翅裡，鑽出一隻又胖又圓，頭頂帶著白色小呆毛，渾身上下長滿了三色小雜毛的雜毛銀喉長尾小山雀。

彈幕又凝滯了。

那胖圓的雜毛小山雀飛到了直播球前面，為所有觀看粉絲來了個大特寫後，歪頭。

「俊俊好看嗎啾？」

呵呵！閃瞎你們的顏狗眼！

晚上九點半，九千九百九十八號直播間的氣氛詭異地安靜下來。

相比一分鐘前還滿螢幕的彈幕留言，一分鐘後，彈幕已經消失得一乾二淨，彷彿觀看直播的人在一分鐘之內全都跑不見了。

此時，在直播球面前被來個大特寫的雜毛小山雀被十分清晰地顯示在螢幕上——

牠有著和普通的銀喉長尾山雀一樣胖乎乎圓滾滾的外表、細長漂亮的尾羽，以及可愛動聽的聲音。但，和銀喉長尾山雀，甚至是絕大部分的鳥兒都不同的是，這隻比普通的銀喉長尾山雀大上兩三圈的長毛小山雀身上，羽毛顏色分布得非常不規則。

那就像是一個需要塗色的小鳥，被玩童隨意用紅白金三個顏色亂七八糟地塗在身上，整個小鳥的羽毛顏色就是那種相間、有點混亂地分布著。可愛還能勉強算得上可愛，只是看起來總讓人覺得有點眼花的怪異感，比起普通的銀喉長尾山雀白絨絨的肚子更是差多了。

所以，萬萬沒想到可愛俊俊變成原形之後竟然會是這個樣子的大家，都呆了。

鳳俊俊看著一下子變乾淨的螢幕，心裡冷哼又有點幸災樂禍，就知道這些看臉的粉絲看到他的原形之後會跑掉。讓這些顏狗們心情破碎的感覺十分不賴，但鳳俊俊表面上還得露出失望的表情。雖然他現在圓乎乎、毛茸茸的小山雀腦袋完全沒辦法做出失望的表情，但他搧著翅膀落在鳥巢沙發的中間，垂著頭低低地嘆了口氣，小聲地啾了一下，卻把失望和難過表現得淋漓盡致。

那樣子就連深知「鳳俊俊」真實性格的后隊長也感受到了內心的暴擊，在螢幕外看著直播的網友們也一個個感覺良心被狠狠砸了一下，剛剛安靜的彈幕又在一瞬間爆滿了。

滿屏都是尖叫的安慰，連帶著漂亮的寶石和各色花朵。

『俊俊不哭，俊俊不難過，俊俊，姊姊對不起你，你是最好看的！』

『我剛剛只是因為你的原形太特別，被美呆了才沒有說話的，你千萬不要覺得我是受到了什麼打擊才不出聲的啊！』

『三種羽毛的顏色分布不均勻又怎麼了？這叫特別！看慣了那種羽毛特別整齊排列的小鳥，我現在就喜歡這種顏色亂七八糟的原形！而且顏色不是重點！只要體型夠圓、夠可愛，我就能萌！』

彈幕上一堆安慰他們可愛俊俊和吹牛的粉絲。

不管粉絲們在心裡是怎麼想的，但他們只認自己說出來的這些話。

鳳俊俊聽著這些安慰非常感動，然後低垂著的小腦袋和呆毛就豎了起來，很開心地拍著翅膀飛到了直播球前面，在空中上上下下、左左右右地按照一個軌跡飛來飛去。

看著一隻胖乎乎的雜毛小山雀這樣飛來飛去，那些因為現實和想像落差比較大，心裡還有點無法接受的銀喉長尾山雀萌粉們，莫名地被這個小雜毛雀吸引了目光，一看就有點忍不住，使勁地盯著看，然後就有細心的粉絲打出了彈幕。

『啊！快看俊俊飛行的軌跡，他是不是在畫心啊？哈哈哈！』

『哈哈哈！我想到了我們誠實的俊俊說的不會唱歌、不會跳舞，只會比心的話！他完全沒有說謊啊！』

『我被這比心的雜毛小山雀萌了一臉血，雖然我是銀喉長尾山雀的標準控，但是說實話看久了，我就覺得雜毛俊俊也滿萌的……咳，雖然那些羽毛的顏色分布不均勻了一點，莫名有點像殺馬特的五彩頭髮，但是！和殺馬特那毫無靈魂的顏色不一樣，俊俊身上的這紅白金三個顏色的羽毛都看起來非常漂亮！這就是自然的色彩！』

不說不知道，一說大家也都注意到雜毛俊俊小山雀身上的羽毛顏色確實很漂亮，雖然混合起來有點殺馬特風，可是看久了還莫名覺得炫彩很好看？

然後有人就莫名想到了古早七彩頭髮的瑪麗蘇……頓時就覺得，三色的俊俊還是很不錯的。

反正一旦接受了三色俊俊還滿好看的這個設定，大家都覺得這是自然賦予他們靈能者的色彩，還滿有感覺的。鳳俊俊想像中，化成原形後直播間的人就會跑掉一大半的情況並沒出現，反而因為很多人都想看看純天然三色炫彩到底是什麼樣的自然美，又有一大波的網友進入了直播間。

然後網友們就被那三色雜毛、頭頂還帶著一縷呆毛，不停在空中飛來飛去畫心的俊俊萌到了。再加上俊俊時不時來一句「俊俊比心心啾！」、「幫俊俊投票加油啾～」的話，到了晚上十點直播即將結束的時候，參賽編號九千九百九十八號的鳳俊俊已經強勢進入了絕色美人大賽直播的前五十位。

直播第一天只直播了兩個小時就有這麼好的成績，只要後續的直播不出什麼大問題，鳳俊俊必然能進入到絕色美人大賽的前一百名名單當中，接受第二輪的比美考驗。

鳳俊俊本人當然也清楚這一點，所以哪怕他直播完了之後，累趴在舒適的鳥巢沙發中不想動彈，卻也覺得自己今天晚上的努力沒有白費。只要之後不翻車，隨便用原形直播一下山雀俊俊吃飯、睡覺、打遊戲什麼的，應該就可以了吧？

反正他從一開始就說不會唱歌不會跳舞也不會講笑話了，只要大家都知道這一點，也就不會對他抱有什麼太大的期望了。

此時已經十點多，關掉了直播之後，風鳴再也不用偽裝成鳳俊俊，按理說他應該變回人形回家洗個澡、上床睡覺的，但他真的沒想到直播比打架還累，現在完全不想動怎麼辦？

胖乎乎的雜毛小山雀就用自己的三色翅膀撓撓小肚子，渾身癱在沙發裡像一個胖圓餅。結果就在這個時候，他忽然感覺自己被一雙手抓住、捧了起來，風鳴在第一時間警戒過後就下意識地放鬆了身體，因為他分辨出了捧著他的人的氣息。

雜毛山雀風鳴就忍不住輕輕地嘖了一聲，卻發出了小小的「啾」一聲。

后熠低低的笑聲響起，「我買了專門適合你的按摩澡盆，帶你去泡泡澡紓壓吧。」

風鳴用自己圓圓的黑豆眼看了后熠好一會兒，才十分矜持地點了頭。

即便嘴上總是嫌棄和吐槽，但風鳴很清楚他現在對於后熠的信任，已經遠遠超出了普通朋友的範圍。

這有點危險，不過……感覺不壞。

然後風鳴就看到了那個彷彿是用純金打造，只有一個臉盆大小的按摩浴缸？？？

那臉盆大的按摩浴缸此時已經被注滿了溫水，並咕嘟咕嘟地翻湧著按摩力道激起的泡泡，看起來非常舒適的樣子。但是，風鳴歪頭撇了一眼臉上滿是笑容的某個箭人。

這箭人家裡怎麼會有這種完全不適合他自己用的東西？換句話說，這個箭人到底偷偷摸摸從網路上買了多少亂七八糟的東西啊！

雜毛山雀在心裡吐槽，順帶罵了一通有錢亂花的敗家子。但真的被放進那按摩小浴缸，渾身的絨毛羽毛都蓬鬆柔軟地飄起來的時候，風鳴輸了。

「這浴缸多少錢啾？」

后熠在旁邊打開了其他直播錄影，笑咪咪道：「不貴，也就五十萬而已。需要特別訂製，各種水流按摩都有，你多泡泡。」

風鳴：「……」你的不貴和我的不貴之間可能有點誤會。

算了，反正后熠買也買了，他不用白不用。而且，他也付出了自己洗澡的色相不是？普通人可看不到三系混血神鳥泡澡。

這個時候，光屏裡面顯示出圖途和蔡濤的直播錄影。

風鳴顯然很關心他這兩個好兄弟的直播名次，而且他有點擔心蔡濤會不會最後沒辦法進入大賽前一百，畢竟圖途的原形有點奇葩，但能說會道，一張臉和兔耳朵比心還是很能打的，只要他不變成巨大的北極兔，放飛自我地在野地裡狂奔，變身之後縮成毛絨絨的巨球也是能圈粉的。

而蔡濤就真的渾身沒什麼美感了，總不能為大家展示各種各樣漂亮的刀吧？

風鳴心想，要是實在不行，就做一個主播聯動，到時候帶帶自己的好兄弟。結果他發現，他那小弟也是個狠人。

這傢伙直播了一晚，名次雖然不像他這樣一下子進了前五十，但竟然也在前五百以內。而且，他的直播內容還很有看頭。

顏值不夠就用氣質湊！認真的男人最好看！

蔡濤直播一晚，就只做了兩件事——認真地雕刻蘿蔔，然後用紅白蘿蔔做了一道非常漂亮的牡丹蘿蔔片。

他認真雕刻的樣子非常專注，加上他雖然氣質陰鬱、狂躁了一點，但本身的長相不算醜，還帶著一些英俊，就很圈粉了。

而被他用食指變成的雕刻刀雕刻出來的蘿蔔牡丹更精美，從某種意義上來說，這也是「人間絕色」了。

風鳴看蔡濤還知道把這朵牡丹蘿蔔片送給第一名的姊姊，欣慰地笑了。

這樣的話，努努力，一個月的時間，他們三個就能全都挺進百強！然後就能找到絕色網路公司的本部所在了。

風鳴看完蔡濤的直播之後，就轉到圖途的直播錄影。

結果發現，這小子的直播果然如他想的一樣又熱鬧又歡樂，衝著圖途那張看起來可愛卻帶著一點強勢的小狼狗顏去的姊姊粉非常多，再加上圖途之前在靈能者大賽上也多少出了名，他用兔耳比心，萌到了很多網友小姊姊，名次就躥到前兩百去了。

畢竟這只是第一天晚上的直播，能有這個名次已經是很棒的結果了。

第二天上學，風鳴、圖途他們聚在一起，說起了昨天晚上直播的事情。

圖途特別高興地拍著腳板，甩著耳朵跟周圍的小夥伴們炫耀：

「我只不過是直播了一個晚上的時間，就已經闖入絕色美人大賽的前兩百名了！哈哈！我就說像我這種天生麗質又討人喜歡的男孩子肯定能殺出重圍，你們看我現在的受歡迎程度，未來要進入前十名也絕對不是夢！

不過，我沒想到蔡濤你這小子還會玩雕花呢，把那蘿蔔雕成我吃不起的樣子。我還以為你會動用你祖父公司的分紅，買一大波網軍呢。」

蔡濤聽到這番話，對兔子精翻了個白眼：「絕色美人大賽又不一定光看臉，只要展示自己的『美』出來給大家看就可以了。要是買網軍的話，我得花多少錢？而且還很容易被大賽查出來，現在我們靈網對這些投票類的做假查得很厲害，所以我也是要憑實力進去的。」

然後蔡濤就有些疑惑地看向風鳴，「倒是老大你……」

圖途被提醒後，啊了一聲開口：「話說風鳴，昨天晚上我在直播間裡搜索怎麼沒搜到你的名字？我還想要和你聯動一下……啊！」

圖途說到一半就閉了嘴，顯然是想到風鳴之前跟他們說他會用另一個身分直播的事。

風鳴見圖途想到這一點，就笑了笑：「我昨天晚上也直播了，名次還可以，你們不用擔心我。」

圖途和其他幾個人就露出了很感興趣的眼神，熊霸在旁邊拍了風鳴的肩膀：

「你的假帳號是什麼？參賽號碼是多少？需要兄弟們去幫你撒點花、打個賞嗎？我和伯勞還有風勃，昨天都在圖途和蔡濤的直播間裡各蹲了半個多小時，特地幫他們熱場，還買花送給他們呢，蔡濤直播間裡一開始的氣氛就是我們調動起來的！」

風鳴咳了一聲，他不是很想說出自己的那個名字，畢竟三色偽裝的銀喉長尾山雀別人猜不到什麼，但這幾個兄弟死黨就不一定了。

風鳴就摸摸鼻子：「那個身分暫時需要保密。嗯，不過我可以肯定我最後是能進入前一百的。既然圖途和蔡濤你們兩個也能進去，那就等我們集合的那一天再說也不遲，在這之前不暴露我們三個認識也是一種隱藏保險。」

圖途和蔡濤都接受了這個解釋，不過風勃卻用一種微妙的眼神看了一眼自家的堂弟，那眼神看得風鳴發毛，瞪他一眼就問：「你盯著我幹嘛？」

風勃沒有回答他這個問題，只是淡定地打開書本說：

「昨天晚上我也看直播了，雖然沒有找到你，不過也幫圖途和蔡濤的直播間熱了場。但熱場之後我隨便亂逛，就看到一個橫空出世、一夜爆紅的小主播。只不過昨天一晚，他就進入比賽的前五十名了，你們知道他嗎？不過我看到他的樣子和他的表現，就覺得這傢伙絕對不是個省油的燈。」

風勃這話剛剛說完，楊伯勞就推了一下眼鏡，說出了三個字：「鳳俊俊！」

圖途頓時豎起了兔耳，一掌拍到桌子上：

「對！就是那個鳳俊俊！這小子竟然踩著我的名次上位了！我原本以為十八歲的青春美少年，能打的就只有我一個呢，萬萬沒想到半路殺出這麼一個白蓮婊！我看那傢伙的直播，簡直都要被他肉麻噁心死了！什麼俊俊為你比心心、幫俊俊點讚！
呸！那傢伙還說他只是一個什麼都不懂的小白！兔爺我信了他的邪！他絕對是有預謀，並且有背後團隊幫他出招的藝人！要是真正什麼都不懂的傻白甜，還才不會一開直播就有一個千萬土豪為他捧場呢！也不會有人幫他買八萬八的天使偽裝者讓他穿。所以，這絕對是他們團隊設計好的炒作路線，背地裡，這傢伙說不定多陰險狡詐，一肚子黑水呢。」
圖途一下子就罵了這麼多，說完還覺得意猶未盡：
「而且他那個原形也太搞笑了吧，哈哈哈！三種顏色互相摻雜著的鳥毛，看到都覺得特別刺眼，竟然還有人說好看。要不是他體型胖圓，還算是萌，估計直播間的所有人都會跑走。我深深地懷疑他直播間的人數造假！」
風鳴從頭聽到尾十分無語，他真是沒想到圖途會對鳳俊俊有這麼大的意見，忍不住替自己的另一個身分說了句好話：「還好吧，他也沒有什麼虛假的表現不是嗎？也就是和大家在普通聊天。」
圖途哼了一聲，搖頭：「你等著看吧，過段時間他就會開始要大家的錢了。不過在他沒進入前一百之前，他還不一定會露出真面目，但是他肯定有問題！反正看見他的臉，我就有一種違和感，總覺得他不應該是那個樣子的，而且大家都說他穿上天使偽裝者特別好看，都快比上你了。」
圖途一巴掌拍桌子上：「有翅膀的鳥人中，最好看的人就是我兄弟你！絕對不可能有人能比過你的顏值！所以我堅定地站在你這邊，他連幫你提鞋都不配！」

風鳴只能露出尷尬而不失禮貌的微笑：「那我真感謝你的支持。」

圖途拍了拍胸：「那當然～我這個人最重感情了。我們是兄弟就是一輩子的兄弟，誰都比不過我兄弟。」

風鳴開始低頭看書，決定暫時不給他兄弟精神上的打擊。反正到最後都是要知道的，能多開心快樂幾天就快樂幾天吧。

但旁邊的風勃盯著自家的堂弟的樣子，在心中肯定了他的猜測。

他看到那隻雜毛山雀的時候就有強烈的熟悉感，而且鳳俊俊比心裝小白蓮時，就跟他堂弟小時候裝乖要糖果的樣子一模一樣。他就覺得這小子應該是他堂弟，現在看到他這樣的反應，風勃心裡就更加確定了。

想到自家親媽昨天晚上抱著手機笑呵呵地誇鳳俊俊長得可愛，原形又特別又特別健康，還特別難得地買了一朵玫瑰花扔給小俊俊，風勃就心情複雜。

估計他媽和他堂弟都不知道他們在網路上有了比現實中還好的關係。

§

一個月的時間很快就過去。

在中途，風鳴六人和其他靈能學校的高三學生，一起參加了在六月六號和七號進行的全國高考。

即便是靈能者，在高考這種全國統一的大事中也沒有任何特權。所有人都是平等的，你付出多少努力就會在這裡得到多少收穫。

原本大家擔心圖途考不過，會留級，因為就連熊霸這個看起來頭腦簡單、四肢發達的大塊頭成績都比圖途好。不過在這一個月的直播中，圖途反而收穫了意外之喜——

圖途真的按照風鳴的建議進行了刷題直播。當圖途的粉絲們知道他是要高考的學生後，不光能理解他直播做題，還為了說明學渣上進，在網路上自發組成了監督學習打卡小隊。哪怕圖途再怎麼不願意學習，面對粉絲的瘋狂催促也沒了辦法，只能老老實實地學習。

而風鳴在這一個月的直播中，除了每天的花式比心、用原形吃英雄榜那些大佬們送來的各種美味的食物之外，也開始刷題直播了。這樣省事還不用多說話，還有很多人在螢幕上給他鼓勵，讓他努力。

為此圖途又跳腳，說了一句那個白蓮山雀婊俊俊抄他的創意。鳳俊俊表示，這個創意一開始還是他提出來的呢。

高考的兩天很快就過去了。

考完之後，風鳴覺得題目還比較簡單，要考上最頂尖的那幾所大學不是特別有把握，但要超過公立學校的及格線，畢業是沒有任何問題的。

而從靈能學校的高中部畢業，就代表他獲得了相對來說更多的自由。

他可以選擇直接工作或者一邊工作一邊上大學。如果選擇後者，他可以選擇直接在龍城靈能者學校的社會部上大學，這樣一來，他學習的內容就是更專業的靈能相關知識，每個月只需要抽出八天的時間去學校學習就夠了。

風鳴覺得這樣很好，他已經加入了青龍組警衛隊，之後一邊在警衛隊工作一邊時不時學習一點新知識很好。

相對於比較有把握的風鳴，圖途考完就有那麼一點慌。不過他還是努力強撐，沒露怯。等到五天之後全國放榜，圖途看到自己那剛好及格的分數，高興到差點躥上了天，開心地在學校裡來回跑。他就算是吊車尾，也是考過及格線的！這樣他就可以自由選擇未來的路了！

在這個時候，第一輪的絕色美人大賽也已經進入了尾聲。

在數千，甚至是數萬個參加絕色美人大賽的選手中，有一百位美人殺出了重圍，進入了第二輪的團體直播比賽環節。

進入第二輪的一百個人將會收到邀請函，直接去絕色美人大賽選定的比賽地點進行直播比賽，最後會從這一百人中選出最出色、最美麗的十個人成為最後的勝利者，走向星光璀璨的未來！

在這前一百名的名單中，三色炫彩鳳俊俊以勢不可擋的勢頭穩穩地占據第五名的好名次，第二十名的圖途為此翻了好大的白眼。

而第九十九名的蔡濤看著自己的名次非常滿意，同時還有點愧疚。他這個名次多多少少還是帶了一點水分，他原本的名次是一百零一，和第一百、九十九名的支持票數相差不多，眼看著距離進入前一百名只差一步，他還是在公司的群組裡說了一聲。公司裡的員工為了支持他們的股東少爺，集體在最後幫他投票，他才能越過那兩個人成為第九十九名。

在六月十五號的那一天，絕色美人大賽的官網上放出了前一百名美人的排名和照片，並且表示已經寄給這些人第二輪參賽的上島船票，一天之後，大家就能在官網的直播平臺上看到這一百名絕色美人了。

在絕色美人大賽公布名次和照片的前一天，風鳴、圖途以及蔡濤三個就收到了來自絕色網路直播的第二輪比賽邀請函。那是一張十分精美的船票，為第二輪比賽可能的場地透露出了一些線索。

當風鳴晚上拿到那張船票的時候，忍不住對后熠開口吐槽：

「怪不得警衛隊找不到這個絕色平臺的老巢在哪裡，我猜他們十有八九就是在一個誰都找不到，鳥不拉屎的孤島上。要不然他們第二輪的比賽也不會選擇登船這種方式了，說不定最後還有可能會登島到他們的老巢。嘖，果然越想越覺得有貓膩。

如果只是普普通通的比賽，國內的地方這麼大，隨隨便便找一個不錯的場地不就行了嗎？何必花費那麼大的金錢和力量，找船出海進行第二輪比賽？要知道，無論是遊輪上還是可能登上的某一個小島，可都算是無法和外界聯繫的特殊場所。」

想到這裡，風鳴還忍不住嘖嘖了兩聲：「之前我還看過不少類似的恐怖片。在船上發生的就叫恐怖遊輪什麼的，看得起了一身雞皮疙瘩。在島上發生的恐怖片就更多了，什麼孤島驚魂啊、狂蟒之災啊，甚至還有整個島嶼被地震沉沒的。」

風鳴拿著那精美的船票看了看，忍不住學他堂哥來了一句：「我看這船票就有一種不祥的預感，總覺得之後肯定會出事。而且船票只有一張，搞不好是有去無回的單程票……唔！」

風鳴學烏鴉嘴插旗插到一半，就被后隊長直接往嘴裡塞了一大塊漢堡，他艱難地把漢堡咬了一口，嚼一嚼咽下去，才看到后熠那頗為專注，帶著一點危險的眼神。

「這次花千萬、林包、老富和華國東南區沿海的警衛隊都會一起行動。別說你有空間、雷霆和水之力了，無論是走海路還是飛空中都有自保的力量，甚至一般級別的對手根本就沒辦法和你對抗。就算你是一個什麼都不會的弱雞，有我在，我也不會讓你出事，所以別幫自己插旗，你不是風勃那個烏鴉嘴。」

風鳴看著他認真的樣子，忽然笑了起來，臉上突然露出了鳳俊俊乖巧可愛的小表情，歪著頭道：「那后隊長可要保護好俊俊喔！俊俊只是一個平凡無奇的三花色小山雀，又軟又容易受傷啊～」

后熠看著他的樣子，先是被萌了一下，然後忍不住笑出聲，直接說了圖途對鳳俊俊的日常吐槽：「你這個小白蓮花可別在這裡裝了，要是讓那些粉絲們知道他們可愛的俊俊背地裡竟然是這副模樣，不知道會有多少人直接粉轉黑，回頭踩死你。」

風鳴也跟著大笑了起來：「明天我們在機場集合，也不知道圖途和熊霸、蔡濤他們見到我會有什麼樣的反應，反正我十分期待。」

后熠忍不住搖了搖頭。

第二天，風鳴他們約好去機場集合，登機飛往遊輪港口登船。

與此同時，靈網上也有不少收到船票的前一百名美人主播開始用直播球直播他們登船的過程。

圖途和蔡濤帶著楊伯勞和熊霸，和風鳴用手機聯繫之後直接去了機場。而這個時候風鳴已經完成了「變身」，從混合神話系靈能者成為了三色炫彩小山雀鳳俊俊。

在出家門的時候，他和后熠看到來這裡和他會合、一起走的風勃。

風勃看到從自家堂弟家裡出來的那個少年，長著一張和他堂弟完全不一樣的臉，臉上的表情空白了片刻就恢復淡定了。果然他之前猜得沒錯，那個一直被圖途吐槽的鳳俊俊就是自己這小時候為了玩具和美食，特別會裝的堂弟。

風鳴看到風勃沒有特別驚訝的樣子，笑了笑：「你果然早就猜到了？」然後他笑咪咪地對風勃眨了眨眼：「你好啊，俊俊是不是長得很可愛？之後我們就要一起登船了，請多多關照喔！」

風勃用了洪荒之力才控制住自己沒伸腳踹出去，然後他就開始期待在機場，圖途見到風鳴的樣子了。嘿嘿嘿，獨吃驚不如眾吃驚啊。

等到了機場，圖途的反應也沒有辜負風勃那帶著一點惡意的猜想。

原本圖途眼尖地看到走在最前面的風勃時，還很高興地揮動手和兔耳朵跟他們打招呼，結果當鳳俊俊那張可愛又純良漂亮的臉蛋從風勃身後露出來，還對他露出一個笑，比心說「兔兔你好啊，我是俊俊，沒想到我們會坐同一班飛機呢，之後的比賽還請多多關照喔！」的時候，圖途直接裂了。

當時兔子精的表情先是一陣傻眼、碎裂，然後就是醒悟、扭曲，最後定格為凶殘。幸好他沒有開登機直播，不然光是那凶殘扭曲的表情就能嚇退一波粉絲，之後圖途就追著風鳴在機場裡來回跑了好幾圈。

對此，心中已經有所猜測的楊伯勞也沒有多驚訝，反倒是旁邊的熊霸驚得目瞪口呆。驚訝過後，熊霸又想到圖途的那一整個月的吐槽，和風鳴面帶微笑的樣子，笑得差點拍碎了旁邊的座椅扶手。

「哎呀，傻傻真可愛，傻傻可真厲害，哈哈哈哈！」

因為每一個進入前一百名的美人最多可以帶兩個助理和他們一起登船，所以沒有參賽的楊伯勞、熊霸和風勃三人就像跟著一起行動。考慮到最近一個月他們對靈力的控制更加成熟，再加上在長白山祕境的收穫也已經被他們各自兌換成了適合的武器和裝備，收到請示的后熠想了想，便允許他們跟著了。

不過，因為圖途和蔡濤他們之前都曾出現在全國靈能者大賽上，一起行動必然會引起不少人的注意，所以不參賽的楊伯勞、熊霸和風勃三個人都多少做了一下偽裝。

楊伯勞本來就是班長，平常走的就是高冷菁英風，這時候他穿上西裝、戴上金框眼鏡，再修修眉毛，就像極了一位精明的經紀人。而熊霸身材壯碩高大，穿上黑色的西裝再戴個墨鏡就是妥妥的保鏢。只有風勃個子矮了一點、氣勢差了一點，沒辦法扮演經紀人或者是保鏢，只能老老實實地當一個生活助理。

至於后熠，他雖然表明要以生活助理的身分跟著風鳴上船，但因為氣場太強，生活助理怎麼看都沒他這樣子的，最後只能穿上一款比熊霸高級很多的高級訂製黑色西裝，戴著全球限量的黑色墨鏡，更像一個大明星地站在風鳴的旁邊當保鏢。

因為后熠的臉實在知名度太高，粉絲遍地，以防萬一，他也在臉上做了和風鳴一樣的全部偽裝。這種偽裝的時間能持續十二個小時，只要每天白天起床之後進行化妝偽裝，就能夠一直持續到晚上，所以還是很方便。

而後，他們就一同登機，往那艘名為「維納斯明珠」的遊輪所在的港口去。

花千萬和林包、老富三個青龍組的組員也早已到了遊輪所在的城市，和當地警衛隊一起做好準備，時刻進行場外支援。

在六月十七號上午十點整，風鳴、圖途和蔡濤三人帶著他們助理、經紀人和保鏢（？）來到了東南沿海的海濱之城福城港口，吹著從海面來的陣陣海風，似乎連人都輕鬆爽朗了幾分。

在這個港口上，他們一眼就看到了那一艘停泊在港口旁的巨大豪華遊輪。

此時在遊輪的前方已經聚集了一群衣著光鮮亮麗、容貌各有特色的人。幾乎不用猜，就知道他們就是此次參賽的前一百名美人選手了。

當風鳴他們走過去的時候，感覺自己的眼睛受到了視覺衝擊。與此同時，觀看著直播的網友和觀眾們受到的視覺衝擊比他們更甚——在港口這裡有不少參賽者都開著直播球，透過這些直播球，他們看到了聚在一起的一百名美人選手。

在這個沒有濾鏡、追求自然完美，拒絕虛假的時代裡，這一百個各具特色的俊男美女聚集在一起，實在非常吸引眼球。幾乎每一個參賽者都有他們的美麗和特色，在這群人中，你不會覺得大家長得都一樣，傻傻分不清楚，而是能看到各種不一樣的美。

看直播的粉絲和觀眾數量到達了一個高點。

與此同時，從維納斯明珠遊輪的登船口走出一個身穿灰色西裝、戴著銀框眼鏡的男子，他臉上帶著矜持優雅的微笑，對眾人開口：

「歡迎來到維納斯明珠號。各位，請開啟你們登向頂峰的旅程吧。」

風鳴一眼就認出了他，是那個絕色美人直播的當家花旦，夏語冰。

此時，夏語冰在風鳴眼前的樣子和一個月前他出現在廣告拍攝大樓時有極大的區別。那個時候的夏語冰就像一個驕傲，又沒有什麼智商的炮灰反派，瞬間就能讓人打臉或者踩下去的那種。但現在站在遊輪登船口的夏語冰，整個人的氣質都變得不同，彷彿一個精明又沉穩的人。

風鳴又想到在絕色美人大賽廣告中站主位的夏語冰，他跳舞吹笛子的樣子又是另外一種模樣。所以這個人到底有幾副面孔？而在這些面孔中，哪一個才是真實的他呢？

風鳴靜靜地注視著夏語冰，站在遊輪入口的夏語冰似乎也在這眾多的美人中捕捉到了風鳴的眼神。他微微低頭和風鳴的雙眼對視，露出了一個意味莫名的笑。

風鳴也對他露出了一個鳳俊俊專有的萌白甜笑容，兩人的目光輕輕接觸後各自移開，就像是不經意間看到了對方一樣，再也沒有交集。

在夏語冰出現之後，維納斯明珠號上又走出八個身穿著黑色西裝和迎賓旗袍，或英俊或美麗的男女迎賓接待。

夏語冰對下方的眾人微微彎腰，開口道：

「那麼，現在請諸位美人按照你們手中邀請函的號碼編號，按照順序登船。我需要提醒各位的是，從各位登上遊輪的這一刻起，我們的第二輪絕色美人大賽便已經開始，各位的一舉一動和之後的選擇都會被同步直播。我們期待各位有讓人驚豔的表現，也希望各位能走到最後。以及，第二輪絕色美人比賽會根據網路的即時投票，變動排名和各位所住的房間，前十名的美人會擁有比其他美人更高一些的待遇。」

夏語冰說著，看著下方那一百位美人及其同伴微微變色的臉，輕輕一笑。

「我想這應該是大家能理解，並且接受的吧？畢竟我們這是一場比賽，而不是豪華遊輪幾日遊。比賽總會有勝利者和失敗者，對各位來說，能進入前十名便是勝利，所以還請各位在之後的比賽中努力展現自己的美麗和能力，讓大家更加喜愛支持。

好了，現在就請本次絕色美人大賽，第二輪位列第一的蝴蝶美人，海倫娜登船！

海倫娜美人就像她的名字一樣，是光明女神蝶的血脈異變覺醒者。她可以從後背長出猶如陽光照射著海面一般，光輝閃爍的藍色鱗翅。相信見過光明女神蝶的人都會為牠在陽光下熠熠生輝的翅膀著迷，而我們海倫娜美人的原形就如光明女神蝶一樣美麗迷人。每當她變為蝴蝶美人的時候，總能吸引粉絲的瘋狂和尖叫。她比其他參賽者高出許多的票數也能看出我們海倫娜美人的受歡迎程度。她是本次絕色美人大賽的熱門奪冠人選之一，讓我們歡迎海倫娜登船！」

伴隨著夏語冰優雅又帶著煽動性的話語，混血的黑髮姑娘海倫娜輕撫了一下她波浪長髮，挺胸抬頭地第一個登上了維納斯明珠號。

那被萬眾矚目的樣子彷彿她不是在上船，而是在走秀一般。

當她走到遊輪上後，轉過身對直播球眨了眨眼：「我是海倫娜，希望大家越來越喜歡我，支持我！」

她這樣說著，後背突然生出一雙非常大又漂亮的藍色翅膀。那翅膀搧動了兩下，直播平臺就被觀看直播的海倫娜粉絲尖叫著刷滿了螢幕。

風鳴在下方看著海倫娜那一雙薄而輕的翅膀，也忍不住在心中感嘆了一聲這翅膀的美麗。有翅膀的海倫娜就像是一個人間精靈，怪不得能高票保持第一。

海倫娜之後，是排名第二的布偶貓系靈能覺醒者步開心。

那是一個長著厭世臉、偏偏又精緻好看到極點的青年，他大概有二十五六歲的樣子，走上了遊輪之後什麼話都沒說，只是用他漂亮的貓眼對著直播鏡頭翻了個白眼，即便這樣也引來了一群人的尖叫和刷屏。

彈幕上的粉絲們叫囂著她們就喜歡看到開心不開心的樣子，而且開心的原形真的太美太萌了，那雙深藍色的眼睛注視著你，就能夠吸走你的靈魂～

風鳴看著轉身就走的第二名，忍不住搖搖頭，對后熠吐槽：「果然人類的本質就是被虐。你看那老二傲嬌得誰都不理的樣子，還被那麼多人追捧，俊俊可是費了好大的力氣才成為第五呢。」

后熠看了旁邊的鳳俊俊一眼，低聲笑起來：「別生氣，不管其他人長成什麼樣子、再怎麼好看，俊俊都是我眼中最好看的那一個。」

鳳俊俊覺得自己被肉麻到了，揉了揉臉，翻白眼沒理人。那樣子和他嘴裡吐槽的傲嬌老二簡直一模一樣。

在另一邊，圖途也在和風勃和楊伯勞、熊霸吐槽這個老二。他們並沒有和風鳴站在一起，畢竟表面上風鳴已經不是風鳴，而是鳳俊俊了，圖途和蔡濤是不認識鳳俊俊的。

風勃對吐槽的圖途安慰道：

「現在大家只是看外表喜歡前十幾名而已，我覺得這個大賽第二輪的比賽，絕對不會像之前那種普通的直播那麼簡單，肯定有突顯出你如金子般美好品格的時候。不過，登船之後我們幾個都得小心一點，我對這個遊輪的感覺很不好，雖然現在還沒有什麼特別大的危機感，但是我……」

他話沒說完，就被熊霸伸出像熊掌一樣的手捂住了嘴巴，人工閉嘴。

風勃雖然說的是實話，但也覺得這時候插旗不好，還是提醒一下就行了，就閉上了嘴。

然後便是排名在第三名的蘭花美人蘭若若，和第四位的寶石美人玉無暇登船。

蘭花美人顧名思義是蘭花系的靈能覺醒者，那個玉無暇就讓風鳴他們比較在意了，這位難不成是玉石類異變覺醒者？就像金石那樣，觸碰到什麼東西都可以把東西變成帶有靈性的金屬，這個玉無暇是不是觸碰到什麼東西，就能把那東西變為玉石？

如果是這樣，他還來參加什麼絕色美人大賽啊？直接賣玉石就能發家暴富了。不過，那玉無瑕從他身邊經過時，他只感覺到非常輕微的靈力波動，這個玉無瑕的靈能等級可能比較低，沒辦法經常使用靈能吧。

在這個時候，遊輪上的夏語冰已經喊到了鳳俊俊的名字，並且開始對直播球介紹他。

鳳俊俊迅速站直身體往遊輪上走，他聽著夏語冰介紹自己的話，整個人都覺得非常羞恥，臉有點紅。

「現在是排名第五位的美人，銀喉長尾山雀的血脈異變靈能者，鳳俊俊登船。銀喉長尾山雀是我們都知道的飛禽類萌物，相信看過牠照片的人都會對那圓乎乎、胖乎乎的小可愛心生歡喜。而我們的俊俊比起普通的銀喉長尾山雀，還多了更絢麗漂亮的彩色羽毛。用他的粉絲的話來說，俊俊是把漂亮的小彩虹披到了身上。而且鳳俊俊本身也是一個非常清純直白、不做作的男孩子，大家喜歡的便是他的純真和善良，讓我們歡迎他！」

鳳俊俊聽到純真善良那兩個詞，嘴角直抽，但他還是對著直播球可可愛愛地比了一個心：「俊俊真沒想到能排到第五名！特別感謝大家的支持，比心喔！之後俊俊還會努力的，不過能走到今天這一步，俊俊已經沒有遺憾了，真的是謝謝大家啦！」

圖途和蔡濤在下面直翻白眼，楊伯勞和熊霸注意到周圍翻白眼的人還有不少。不過，和圖途、蔡濤那兄弟之間吐槽的善意白眼不同，這些翻白眼的人的神情是帶著嫉妒以及……幸災樂禍的惡意眼神？

之後，前一百名的一百位美人都登上了維納斯明珠號。

就像夏語冰所說的那樣，前十名的美人擁有比其他人更好的待遇和特權。他們住的都是頂級的海景總統套房，其他參賽者只能住普通的海景套房。另外，前十名的美人都會得到一張遊輪金卡，可以在遊輪上免費購物並消費，而其他人只得到了一張消費可以打對折的銀卡。

並不是普通海景套房和銀卡不好，只是它們沒有總統套房和金卡好。於是從登船伊始，因為名次待遇而產生的隱隱矛盾和敵視，便已經出現在這一百個人中。

而後便是為了迎接這一百位參賽美人的豪華午餐宴會。宴會大廳裡已經擺滿了不少精美的菜肴和點心，卻有些盤子是空著的。作為這次遊輪比賽主持人的夏語冰站在宴會廳的最前面，面帶微笑地開口：

「各位在之前一個月的直播中，已經為粉絲們展示了很多各位日常生活上的美和技能。但是我們對於美人的要求，不能僅僅在於表面或者任一方面，應該在氣質及大家的能力各方面都有所展現才行。所以在通向最終頒獎島嶼的旅程當中，諸位還要接受一些小小的挑戰和考驗，這樣才能讓粉絲網友們看到各位在面對突發事件時最真實的反應和美麗。所以，現在我要宣布第一個小小的比賽挑戰了。

各位已經看到了宴會大廳中那些豐盛的菜肴，只是今天中午的午餐宴會還缺了一道主菜，冰鮮的生魚片。第一個挑戰就是在接下來的兩個小時內，希望各位能用自己的方法得到一條可以用來當生魚片的魚。不論是釣魚也好，下海捕捉也好，或者是用技能交換、語言說服也好，只要最後十二點半時各位手中能有一條魚，就是挑戰合格了。

因為是比賽，所以我們不會設定用什麼方法才能得到魚喔，大家可以用各種不同的方法。不過，如果到十二點半時還有人沒有得到魚，那麼我就只能遺憾地請那位美人下船了。畢竟，這是淘汰賽。

啊，還有一點，各位帶上船的保鏢和助理是不能幫忙的，否則也會被直接淘汰喔！那麼，就請各位開始吧。」夏語冰微笑：「我在這裡靜候佳音。」

大廳中的眾人卻沒有立刻行動。

似乎是因為群聚效應的關係，參賽的一百位美人反而大部分都在打量別人，想要看看其他人怎麼行動。但是人多，不行動就顯得氣氛有點怪異的凝滯。

鳳俊俊此時的內心已經開始吐槽，其他人有什麼好看的，有這個時間，還不如直接下海捕魚啊。可惜他現在是乖巧可愛的人設，突然走出去當第一個行動的人恐怕會崩掉。

鳳俊俊就看向圖途和蔡濤。

原本圖途就已經按耐不住，接受到鳳俊俊的目光後嘿了一聲，做了第一個發言的人：「那船上有那種救生艇或者釣魚竿嗎？想要抓魚的話，總要有工具才行吧？」

夏語冰就看向圖途：「當然，各位需要的所有工具都可以找船上的侍應提供。不過，因為排名的關係，能拿到的工具會有些不同喔。這一點大家應該能理解吧？」

真是時時刻刻都不忘提醒在場眾人排名和等級的差距。

蔡濤不想看這個讓他覺得假惺惺的傢伙，直接轉頭走出了大廳，反正他的排名在九十九，大概沒辦法進入前十。但只要讓他上船，他就有辦法之後一直跟著船走。他本身也不是為了取得名次而來，沒有任何壓力。

有了第一個開口問話的人和第一個行動的人，大廳裡的其他美人們也很快就各自開始了行動。而宴會廳裡的這一幕也被無處不在的直播球直播到了靈網上，圖途和蔡濤倒是因為敢做第一人的行為，漲了一波支持和喜愛。

『哈哈，還是我們圖途敢說話啊！由此可見兔子的膽子也不小嘛。』

『不，帥還是我們刀哥帥！我已經迫不及待地想要看刀哥插魚的畫面了！』

圖途的排名因為本就靠前，目前還沒有什麼變化，但是蔡濤的排名在他走出宴會廳時，從九十九位升到了九十五位。

因為遊輪上沒有禁止靈網連接，參賽者們很快就看到了排名的變化。排在靠後名次的美人們臉色微微一變，他們已經明白第二輪大賽的微妙惡意了——因為在這遊輪上有無所不在的直播球，所以他們的一舉一動都會被清晰地展現在看直播的網友前面，而且在比賽中，有其他參賽者的襯托，他們的每一個優點和缺點都會被放大數倍展現，直接影響到最終的排名成績。

這簡直就是在逼他們去爭去搶，還要以不那麼惡劣的方式才行。

有不少參賽者的表情都帶著一些微妙和不滿。很多時候，他們表現在人前的樣子並不是他們真實的樣子，或許人前看起來善良美好，卻有各種各樣的缺點和壞脾氣。如果只是偽裝一時半刻的話沒有什麼問題，但是在到處都有直播球、一直播就可能是一整天的情況下，想要完美偽裝幾乎是不可能的事情，總會暴露一些什麼。

這樣一來，他們還能維持原本美好的樣子嗎？說不定一不小心就翻車了。

可是他們已經上了這艘船，無論此時心裡怎麼後悔、懊惱，都沒辦法再改變或退縮了。為今之計就只能更加注意自己的行為，努力成為最後的勝利者！

很快，宴會廳中的參賽者已經離開了大部分，只剩下零零散散的幾個人而已。鳳俊俊就是這剩下的幾個人之一，鎖定他的直播球的粉絲們都有點著急，俊俊怎麼還不行動？結果就看到他們可可愛愛的俊俊往左右看了看，最後盯上了一張放著精緻小點心的餐桌。

都不用他開口，他的表情已經寫滿了「想吃」。

『俊俊餓了！！快讓俊俊吃、點、心啊啊啊！！』

『樓上是什麼腦殘粉？這時候還吃點心？是該長點心了吧？』

他這樣子顯然也引起了宴會廳內其他人的注意，夏語冰揚揚眉毛，帶著微笑走過去：「鳳俊俊先生？請問有什麼我能夠幫助你的嗎？」

鳳俊俊認認真真地看了他一眼：「我能在吃飯之前先吃個小點心嗎？下海抓魚也是需要力氣的。」

夏語冰的笑容不變：「不可以喔，在沒有得到魚之前是不允許用餐的。不過這裡有供應各種酒水，這個是可以的。」

鳳俊俊：「……那我抓到魚之後，能提前用餐嗎？」

夏語冰不明白這個圓臉大眼的俊俊為什麼這麼執著於吃飯，但他還是道：「還是要等大家一起才能用餐。不過，如果你提前得到了魚，不上主桌，在休息區吃點心還是可以的。」

鳳俊俊就露出了一個大大的微笑：「俊俊這就去抓魚！俊俊可會游泳了！」

鳳俊俊說完就轉身走出宴會廳，在遊輪的觀光甲板上看到了其他的參賽美人們。

排名第一的美人海倫娜一臉憂愁地看著海洋沒有行動，顯然她的血脈原形再漂亮，也無法支援她捕魚。不過或許是因為她太過美麗，此時已經有三個遊輪上的服務生圍在她身邊，想要幫她排憂解難了。

排名第二的步開心也一臉不開心地瞪著海面。他是喜歡吃魚，但是非常非常非常討厭水，要下去自己撈魚是不可能的，大不了一會兒去買一條。這裡有一百個參賽者，總不可能全都抓不到魚，或者只抓一條魚，只要有人有多的就行了。反正那個主持人也說了，可以用任何方法得到魚。

鳳俊俊注意到排名前五的美人中，前四個都沒有行動，而其他參賽者已經拿到了他們想要的釣竿或者漁網，開始海釣了。甚至有膽子比較大也相對有經驗的，還把遊輪的救生艇放了下來，準備坐在救生艇上捕魚，這樣顯然更快更自由一些。

此時參賽者臉上的表情還是輕鬆愉快的，有人還對著直播球直播抓魚的過程，顯然大家對於第一個抓魚的挑戰都沒有什麼太大的心理負擔，不過就是一條魚而已，釣釣撈撈，總能得到的不是嗎？而且就算自己撈不到，也有其他人，只要其他人撈得多，他們也可以買嘛。

但經常吃魚的鳳俊俊卻表示，這些人太過樂觀了。

夏語冰的話裡有一個重點，那就是那些魚最後都會用來做生魚片，成為主菜給大家吃。而適合做生魚片的魚，在海中並不是那麼好捕撈的，不管是鮪魚、鮭魚、鯛魚、比目魚，還是拉廣範圍的大魷魚和龍蝦、海蟹，如果不是在專門的捕撈海域、熟悉附近的海洋魚群範圍，想抓到牠們真的很難。

運氣好的可能會在兩小時裡能釣到一兩條，運氣不好的，兩個小時別說特定的魚類了，就算一條普通的海魚都別想釣到一片魚鱗。

鳳俊俊看著他們忍不住搖頭，旁邊就響起了一個聲音：

「俊俊你為什麼搖頭？難不成，你是覺得他們這樣做有危險嗎？但是我覺得他們這樣滿好的啊，大家都在為了完成挑戰而努力呢！我打算跟著第二條救生艇一起去撈魚。你呢？是要海釣還是坐船？啊，我記得俊俊是銀喉長尾山雀的血脈覺醒吧？這樣的話就有點可惜了呢。

雖然你可以飛在海面上，但體積太小了，怕是抓不到魚。不過你也不用太過擔心，在這裡等也是可以的，說不定我們滿載而歸之後，我可以送你一條魚啊。」

鳳俊俊看著這個走到他旁邊主動跟他說話，彷彿跟他很熟的同齡人，發現他們兩個的風格好像有點像？都是可可愛愛、純真無邪的氣質，就連長相也都是可愛奶氣型的。

但就算外表再怎麼可愛純良，白蓮花的雙方對於對方的氣質還是很敏感的，他直接就聽出了這個白蓮婊那無邪語氣下的惡意和嘲諷。

鳳俊俊：「……」

所以，他和這個人是撞人設了？

鳳俊俊頓了兩秒，露出了一個更加可愛無邪的笑容：「送魚就不用了，雖然我不知道小哥你是誰，又是什麼血脈覺醒，但是還是感謝你的好意，祝你滿載而歸啊。俊俊說了，俊俊特別會游泳，雖然俊俊化形之後的原形小了一點，但是捕魚而已，俊俊可以直接上！」

挑釁還被問是誰的第三十名倉鼠系靈能者孫玉書：「……呃，這裡可是大海上，和在游泳池游泳可不一樣。你就算想要得到魚，也不要這樣逞強，萬一出……我靠，你幹什麼！」

孫玉書的話只說到一半，就看到那個可可愛愛的鳳俊俊幾步走到甲板旁邊的護欄，然後對他露出一個傻白甜的笑容，一個翻身就直接跳海了！

跳、海、了！！！

瞬間，在靈網上觀看直播的網友們都被這個變化驚呆了！

『我靠，這是哪裡的猛人啊！他竟然直接就跳海了，我靠！』

『遊輪甲板距離海面少說也有十五到二十公尺！目測維納斯明珠號甚至高達二十五公尺！這他媽是個沒有好技術就會直接跳死的高度啊！！』

『這小子是腦子壞掉了吧！！他想要搏出位也不必這個樣子啊——我靠？？』

網友們的吐槽還沒有結束，就有了另一波的刷屏。他們原本以為腦子燒壞了的那個少年，竟然在跳下去的中途忽然化了形，從人形變成了一隻胖乎乎、圓墩墩的三彩小山雀，而在飛到海面的時候，小山雀又迅速變為人形，落入了海裡。

然後那個可愛美麗的少年就一邊對跟拍他的直播球呲牙笑了，一邊伸手把飄落在海面上的襯衫和長褲穿上，接著，他猛地紮入了海水中，動作無比嫻熟。彷彿他跳的不是海，而是他的King size 大床。

『我靠……刺激！！』

『哈哈哈！就衝著他高空跳海變身再穿衣服，我就決定粉他了！』

『啊啊啊啊，俊俊勇敢飛！百鳥永相隨！』

鳳俊俊這麼一跳，就把他的排名從第五跳到了第四。

不過除了支持者，網路上還是有很多人在吐槽他。

『只是跳下去的動作好看了一點而已，他自己一個人，又什麼工具都沒有，是絕對不可能捕到魚的！沒有魚，他再怎麼耍帥也沒用！』

然後，在這個彈幕剛發出來沒多久，那個猛紮進海裡的可愛俊俊，不會唱歌也不會跳舞的俊俊就抱著一條大魚冒出頭。

嘩啦一聲，少年的身子向後輕仰，頭髮帶起晶瑩的水珠。在陽光的照耀之下非常耀眼，而在他的手中，是一條活蹦亂跳的……鮭魚。

『……』

靠，厲害了。

因為鳳俊俊的一連串動作太快，等到大家集體趴在甲板上的圍欄往下看時，他已經開始潛水撈魚了。這讓那些正準備用遊輪自帶的快艇下海撈魚的參賽者，和在甲板上等的參賽者都一臉傻眼。

有人表達了震驚、有人露出羨慕的表情，不過還有更多的人卻覺得這小子不自量力。就算水性再怎麼好，海裡和游泳池是完全不同的兩個地方，能在游泳池裡游的好，不代表在海裡還能自由行動，更何況還要在海裡潛水撈魚？

怎麼看都是絕對不可能成功的事情，不過是嘩眾取寵而已。

結果他們就看到了抱著魚出來的鳳俊俊。

大家臉上的表情瞬間變得微妙。有個參賽美人直接嘀咕了一句，他的靈能覺醒也不是幸運啊，怎麼就抓到魚了呢？

顯然其他人也都很疑惑，這小子抓魚的速度也太快了吧？

為什麼俊俊抓魚的速度會這麼快呢？

能抱著鮭魚，當然就要歸功於他的二翅膀啦！雖然從剛剛跳下海到摸到魚的時間，總共也就五分鐘，但海面下方又沒有直播球可以直播他的一舉一動，落入海水之後，他後背的二翅膀自然顯現，然後他就像一個在海水裡飛速疾馳的小馬達，頃刻之間就下潛了幾十公尺。

其他靈能者想要進入深海自由行動，需要把體內的靈力在體外形成一個保護膜，避免水流進入他們的身體，同時讓他們能在水下自由呼吸。聽起來並不困難，但通常能做到這一點的靈能者，靈能等級必然在A以上，而這樣做能堅持多久，也要看他們體內的靈力多寡。

但俊俊不需要！

俊俊只要跳進海裡，就是一條魚。他可以自由地在海水中呼吸、行走，甚至如果他想，在海水中瞬移也不是什麼難事。而且，魚類有的天賦他都有，比如用聲波感應一下周圍有沒有魚群。

俊俊感應到了魚群的存在，後背在海中顯得更加流光溢彩的二翅膀輕輕搧動，他就到了那群海魚的附近。

那裡是一片海藻群，因此也聚集了各種各樣的大魚小魚。小魚吃海藻、大魚吃小魚，這是從來不變的食物鏈。甚至，鳳俊俊還在那些魚群中看到了幾頭鯊魚。

喔，似乎有點危險？

但鳳俊俊過去的時候，那幾頭在魚群中胡亂撕咬的鯊魚忽然頓住了身形，牠們用自己無機質的死魚眼看向這個後背長著奇怪的魚鰭，怎麼看都怎麼畸形的傢伙片刻，然後毫不猶豫地轉頭就跑！

這是從哪裡冒出來的畸形魚？明明看起來都不夠牠們一口吞，但給牠們的感覺卻像是從深海深淵中冒出來的大怪物！

俊俊看著調頭就跑的鯊魚揉了揉臉，忍不住碎念了一句：「俊俊這麼可愛，為什麼要怕俊俊？」

然後他突然咧嘴呲牙，露出一個笑容：「鯊魚又不好吃。」

那一瞬間，鳳俊俊的人設崩得徹底，可惜沒有一個粉絲看到他的樣子。

然後鳳俊俊就在那一群鮭魚裡，挑了一條順眼的抓了就走。他也不貪心，先抓住一條上去打臉再說，反正之後還有將近一個半小時，他隨隨便便在海裡轉一轉就能找到不少好吃的。

咦！突然發現他可能更適合生活在海邊啊，畢竟自己下海撈海裡的東西吃是不用錢的，甚至還能撈魚賣錢呢！

二翅膀又得意地搧了搧。

而在海中依然沒有顏色，卻因為水流的關係，有淡淡形狀的三翅膀也搧了搧。

老三一直沒有長大，就維持在大概半個手臂那麼長的半大翅膀模樣。倒也不是它自己不想長大，而是一旦有了多餘的力量，它就會把靈力用來擴充隨身空間，而不是讓自己長大。反正打架有老大、老二，它可以專攻一下生活方面嘛。當然，還有它要徹底成長需要的靈力太多，到時候如果沒有足夠的力量讓它一次性成型，那它可能會反吸收風鳴體內的力量，最後……

咳，搞不好老大老二都會被連累。

風鳴也是知道這一點，所以才會下意識地多儲存能量。他明白他現在體內的靈力還不夠，但是，夠俊俊抓魚啦！

而且，也夠順帶撈幾條魚進雙人床空間啦！

鳳俊俊感受到雙人床空間的波動，下意識地「看」了一眼，就看到被圈在東南角落的三隻大龍蝦和十幾條鮭魚，好像還有海參和好幾個大扇貝？

「……」

好吧，時時刻刻不忘囤貨。這不是他的錯！肯定是老二想吃魚，慫恿了老三！

然後鳳俊俊就抱著一條鮭魚在海面冒出頭。雖然他剛剛在海面之下游了很遠，但有二翅膀的速度在，一來一回也只要幾分鐘而已。

鳳俊俊冒出海面的時候，他的直播球直接找到了他，繞著他前後左右地轉了一圈，還給他手裡的鮭魚來了個大特寫。

鳳俊俊很開心地對著上面的人大喊：「俊俊抓到魚啦！是特別適合生吃的鮭魚喔！」

然後又對直播球歪著腦袋，提示了一下：「之前那個夏語冰主持人說的是抓到一條魚，用來做生魚片，俊俊想了想，如果抓到的魚不是適合做生魚片的魚，只適合用來紅燒或者清蒸，那樣能過關嗎？這一點不知道其他參賽的哥哥姊姊們有沒有想到啊？可千萬不要因為抓錯魚而失去了資格喔！」

鳳俊俊這番單純好意的提醒，一下子就驚醒了不少人。原本他們還覺得釣魚是一件很容易的事情，但如果釣出來的魚種是有要求的呢？如果他們最後千辛萬苦地終於釣到了一條魚，卻被告知那條魚不符合要求，那真是想哭都沒地方哭了！

立刻就有人去宴會廳詢問了夏語冰，然後得到了一個讓他們心涼的回答——

「既然是做生魚片，那當然是要能生吃的魚啊。這一點我以為大家都知道，不需要我說了呢？」

呵呵！不是不需要你說，是你壓根就不想說吧！果然，第二輪的美人大賽充滿了微妙的惡意。

知道了這一點後，參賽美人們的心情就更加緊張嚴肅起來。

此時，他們看著那飄在海面上抱著鮭魚游來游去，還能在海面上打滾的鳳俊俊，眼神有些微妙的深沉。圖途和蔡濤他們都發現了這一點，心裡微沉。

此時，放下觀光遊艇的聲音還在繼續，卻沒有一個人主動開口說話。

鳳俊俊似乎也感受到了氣氛的不同，他轉頭看著那坐上遊艇，正離他越來越近的那十幾個人。

那艘遊艇裡有準備親自下海插魚的蔡濤。

他坐在人群之中，看著自己的眼神有隱晦的擔心。

而此時看著直播的夏語冰也微微勾起嘴角。這個少年可真是沒心沒肺，沒經過社會的毒打呢。

彈幕也有人擔心了。

『我怎麼覺得氣氛怪怪的？好像很多人看著我們俊俊的眼神都不太對勁啊。』

『哼，這有什麼好想的，他可是第一個抓到魚的人，這一關穩過了。其他人現在連一片魚鱗都沒看到呢，時間只剩下一個半小時了，誰心裡會沒有一點想法？』

『呵呵，每到這個時候，我就覺得人心醜陋。就算有再美麗的皮囊又如何？品性不好，也不值得被人喜歡，看那個排名第四十三名的傢伙，要不是有直播球在這裡直播，他不會是要上去搶了吧？還以為自己的表情偽裝得多好呢！』

『喔喔，快看，有人行動了！』

第一艘觀光遊艇很快就行駛到了鳳俊俊旁邊，站在船頭的，是一個大約二十四五歲的斯文青年，身上有一股沉靜平穩的氣質，再加上鼻梁上的無框眼鏡，讓他有種「知識的美感」。

鳳俊俊認出了他，是排名第十的文青史。他和楊伯勞感覺比較像，但更斯文一些。

他推了一下眼鏡想要說什麼，卻有一個人在他之前搶先開口了。

「俊俊！你真厲害，這麼快就抓到魚了啊！剛才你從船上跳下來的時候，姊姊被嚇了一跳呢，還擔心你會不會受傷。幸好你沒事，還抓到了魚，看起來一點都不費力的樣子呢。」

鳳俊俊歪頭看這個自稱姊姊的參賽美人，露出甜甜的笑容：「還好，就是下去的時候就看到一條落單的魚，因為俊俊喜歡吃鮭魚，所以一眼就認出來啦！」

那個開口的美女見鳳俊俊回答她的話，眼中的喜色更濃了一些，還隱隱帶著得意之色：

「那俊俊這麼厲害，姊姊能不能拜託俊俊幫忙啊？姊姊這幾天身體不舒服，沒辦法下水。但是姊姊又不想放棄比賽，這是姊姊的夢想，所以俊俊能幫姊姊抓一條魚嗎？俊俊才下去幾分鐘就已經抓到了一條魚，之後肯定還能抓到魚的，俊俊你這麼可愛又善良，幫幫姊姊好不好？就當姊姊欠你一個人情！」

話說得十分好聽，但聽在在場十幾個參賽選手的耳裡，都忍不住在心裡罵了一句。話就算說得再好聽，說到底也就是空手套白狼，不就是仗著面前的這個少年是個傻白甜，所以想要騙他嗎？

但現在讓其他十幾個人都覺得操心的是，從這個傻白甜的一路表現來看，他還真的有可能上當！有人想開口提醒，卻被這位漂亮的香水靈能覺醒者看了一眼。

多一事不如少一事，大家都閉嘴了。

而且，不少人也在心裡打定了主意，只要這個鳳俊俊開口答應幫第一個人，他們就能成為第二個、第三個！

結果，那少年對著香水系靈能者的美人露出大大的笑容：「幫忙可以啊！」

宋欣香臉色一喜，然後就聽到這個少年道：「那姊姊準備給我多少錢啊？」

宋欣香的笑容僵了。

「什麼？」

鳳俊俊可可愛愛，認認真真：「俊俊的爸媽說過，有捨才有得，天下沒有白吃的午餐。更何況我和姊姊之前完全不認識，俊俊不要欠人情，還是直接來場你情我願的交易吧。一條鮭魚十萬塊，成交嗎？」

宋欣香瞪大了雙眼：「你搶錢嗎！」

然後，眾目睽睽之下，鳳俊俊翻了個大白眼：「姊姊，這已經是開門價了，越到最後，價錢就會越高喔。畢竟要是成為前十名，就有一千萬呢！」

宋欣香磨牙，笑容僵硬：「可是這一條魚的價格也太高了，俊俊你是個熱情又善良的人，在這個時候談錢，會不會顯得你太市儈了？大家都在看呢。」

鳳俊俊用一句話把她堵了回去。

「大家都知道我是從不說謊的正直俊俊！他們就喜歡我這美好不虛偽的品格。所以姊姊，現在不要跟我談市儈，傷錢。」

『哈哈哈哈哈！傷錢哈哈哈！』

『這是什麼耿直不做作的好男孩！！』

第五章　人設不太對？

鳳俊俊一句「不要跟我談市儈，傷錢。」，直接把他從排名第四位送上了第三位。

如果說一開始看直播的不少網友們都覺得這個愛吃小點心，又傻白甜的少年實在沒腦子，讓人覺得好欺負還火大，以至於不喜歡這一款的話，那當大家看到他特別義正言辭地談錢的時候，都被他的耿直和不做作的性格打動了。

這年頭，傻白甜和妖豔賤貨都很多，網路上賣人設想紅的人更多，大家實在見過太多各式各樣的美人，都已經快有審美疲勞了。正因為有不同的需求，絕色美人大賽雖然受到不少人的吐槽，但觀看的人數也口是心非地多。除了那些真實的顏狗，大部分的人都是想要在這裡找一找不同，看一看有沒有什麼和靈網上那些網紅或明星們不一樣的美人。

哪怕不是大美人，只要他們展現出不同或是自己的特別之處也可以啊。

所以，在絕色美人大賽的前一百名中，還是混進了好幾個畫風不同的「美人」。蔡濤算一個，圖途……算半個。原本有不少人都在關注這幾個畫風不太一樣的美人，但當鳳俊俊不談錢的時候，他們就被鳳俊俊驚喜到了。

從沒見過誰能把談錢說得這麼清新脫俗、認真直白，甚至帶著一點可愛的。就憑這一點，這個少年就已經甩那個香水美人不知道幾條街了。而且說實話，看到這麼一個少年直面妖豔賤貨，說出了他們心裡想要吐槽和打臉的話，看到這少年直接跳海，並且神速抓魚的畫面，一舉一動都讓他們覺得爽！

雖然這個俊俊是可可愛愛善良的俊俊，但是他同樣也是耿直，還不會被欺負的俊俊啊！要是光看他的外表和他的語言就認為他好欺負，香水美人和大賽官方的打臉現場就是最後的結局。

所以，鳳俊俊在不知道的時候已經直逼第二名步開心了。

而聽到鳳俊俊說談人情傷錢的話後，香水美人宋欣香的笑容直接僵在了臉上。她就算再怎麼會裝，在被那樣直白地反駁，甚至是隱隱嘲諷之後也沒辦法平靜了。哪怕她已經相當克制，但直播球還是把她臉上瞬間扭曲的表情直播了出來，一下子就嚇到了她的不少粉絲，以至於她的排名在快速地下跌。

宋欣香之前還覺得這個傻白甜的小子特別好騙，現在才覺得剛剛覺得他好騙的自己才是真的傻。明明大家都是為了最後前十名的名次和獎金來的，就算這個小子說得再怎麼冠冕堂皇，說他只是為了來這裡見到更多的人，能走到這一步已經滿意了，但事實上這些都是他的謊言。

怎麼可能會有人願意放棄一千萬和未來爆紅的機會呢？他們都不是實力強悍的靈能者，不想也不敢自己去探索祕境或野外異變區域，卻又不甘心像普通人一樣窩囊地活著，所以才來參加這次大賽，想要成為靈網上的明星。

一旦成名，金錢和權利都有了。

所以說到底，這個少年展現出的一切也都是偽裝，他根本就不可能真的把手裡那條魚賣給自己。失敗的人越多，他成功的可能就越大，憑什麼要給對手方便呢？是她大意了。

不過，這小子算計了她，也別想得到好處！

於是宋欣香就露出了一個有些難過，又有點悲傷的表情輕輕地嘆了口氣：「也是，這個年頭誰不在乎錢呢。我們參賽還不都是為了錢嘛，姊姊能理解你的選擇，不賣就不賣吧，我也可以自己捕魚的！但是俊俊，你要記住，人和人之間不光是有金錢交易，真摯的感情是金錢買不來的，如果只看重金錢，損失的會更多，這就是姊姊給你的——」

她帶著抑揚頓挫感嘆的話沒說完，鳳俊俊就已經游到坐在快艇上的蔡濤旁邊。蔡濤把自己的智慧手錶和鳳俊俊的對接了一下，清脆悅耳的轉帳聲響了起來。

宋欣香的話戛然而止，她迅速扭頭，看到那個跟他談錢的少年滿面紅光地和另外一個有點陰鬱的小子做了交易，然後把手裡抱著的那條活蹦亂跳的鮭魚給他。

給、那個、陰鬱的小子了！

鳳俊俊再次打臉之後，才笑咪咪地看著宋欣香：「姊姊，妳要是不想掏錢和我做交易就直接說嘛，不要說那麼多奇怪的話。我當然知道金錢買不了感情，但是我又沒讓妳用金錢買感情啊，我只是讓妳用金錢買魚而已。不過，現在就算妳有錢也買不到啦，我已經把魚賣掉了。」

宋欣香：「……」

船上和宋欣香想得一樣的其他人：「……」

怎麼每次聽這小子說話，都有一種想吐血的感覺？

彈幕又笑瘋了。

然後屬於鳳俊俊的單獨直播間，第一名的破產老大又幫俊俊刷了一波玫瑰雨，彷彿在迫切地表示什麼。

鳳俊俊第一次交易成功，一直關注著他們這邊的不少有錢參賽者就有點蠢蠢欲動。其實這個俊俊說得也對，比起最後成為前十名能得到的好處，十萬塊彷彿也不怎麼昂貴？

只是現在鳳俊俊手裡已經沒有魚了，也不知道他後面會不會有好運氣再抓到魚，所以大家猶豫著要不要跟俊俊訂購魚。

就在這時候，之前在宴會上第一個開口的圖途又第一個開口了。

他在甲板上趴著欄杆，對鳳俊俊揮手：「可可愛愛的俊俊！我想花十萬塊跟你訂購一條魚可以嗎？我原形是兔子，水性也不怎麼好，不太會抓魚啊。」

其他參賽者都豎著耳朵聽鳳俊俊的回答，覺得這個兔子可能要失望了，畢竟現在這個俊俊自己手上還沒有魚，哪有閒工夫幫別人抓魚。

結果，鳳俊俊又傻白甜起來：「好啊！那你記得要準備好錢啊！」

圖途笑咪咪：「放心！」到時候十塊的辛苦費肯定會給的～

俊俊在心裡翻了個白眼，表面卻笑咪咪地又下海去撈魚了。

他的速度很快，讓小艇上之前想跟他說話的文青史有些失望地推了推眼鏡，不過很快文青史就轉過身：「既然鳳俊俊已經去抓魚了，我們也不要耽誤時間了。雖然我們沒辦法像鳳俊俊一樣潛入海中徒手抓魚，但是我們各自使用各自的靈能技巧，想要抓到一批魚還是可以的。」

雖然抓魚並不是一件簡單的事情，但只要配合好，第一關的挑戰對他們也沒什麼難度——船上有聲音系的靈能者可以用特定的聲波吸引魚群，有香水系的靈能者可以用香味讓魚群的速度放緩，再加上其他靈能者的靈能技巧，雖然大家的靈能等級都不高，但想要抓魚還是一件簡單的事。

事實也正是如此，當鳳俊俊第二次游上海面，空手而歸的時候，觀光遊艇那邊已經有一小波魚群聚集過來。那一小波魚群的種類雖然複雜，但經過一頓無差別攻擊之後，觀光遊艇上的十幾個人至少每人都已經抓到了一條魚。

這只是第一波魚群而已，時間還有一個多小時呢，所以，自食其力顯然也是可以的。

這時候，遊輪上很多人看鳳俊俊的眼神就帶了點嘲諷。又不是只有你一個人會抓魚，看看其他人不用下水，也抓到了魚不是？你這小子鑽進錢裡了啊，一條魚就要十萬，現在你自己第二條魚還沒抓到，看你怎麼完成第二筆交易。

鳳俊俊顯然是感受到了這樣的目光，抬頭看遊輪上方，微笑。

是時候展現真正的捕魚技術給他們看了。

鳳俊俊就對圖途喊：「那個兔子小哥！剛剛下去看到魚了，卻沒有工具抓到牠們，你能扔一個漁網給我嗎？只要給我漁網，我就能抓到好幾條魚了。」

圖途二話不說，要了漁網後扔給鳳俊俊，然後鳳俊俊就拖著漁網又下海了。

但遊輪上的其他人覺得這是他在強行挽尊，除非他跑到遊艇那邊蹭被聲波吸引過來的魚，不然憑他自己，絕對不可能再抓到魚！

十分鐘後，絕對不可能再抓到魚的鳳俊俊拖著一網的……鮭魚和龍蝦、扇貝回來了。

其他參賽者：「？？？」

這怎麼可能？

然後鳳俊俊就仰頭看遊輪，上面就有三個人同時開口：「我們幫你把漁網都拖上來，分我們一條魚怎麼樣？」

鳳俊俊抬頭看著那三個人，最終堅定地搖頭：「不用，俊俊可以。」

「哼，這也太死要錢了吧？我就不信憑他自己，能把那一網魚帶上……來？」

在這個人說最後一個字的時候，他看到俊俊又變成了胖乎乎、圓滾滾的三色雜毛小山雀，然後以他只有兩個巴掌那麼大的身體，愣是叼起了大約五十斤的魚。

其他參賽者：「……」

對比太過強烈，畫風太過清奇，不忍直視。

偏偏還想看。

最終，俊俊成功上船，飛回去換了身衣服之後，在最後時限到來之前，鳳俊俊又賣了三條魚，成功小富一筆。

夏語冰在宴會廳裡看著笑咪咪的鳳俊俊，突然覺得組織這次設計的第二輪比賽可能會……不盡如人意。不過很快他就收回了思緒，輕輕勾起嘴角。

午宴的挑戰只不過是擺在明面上的小菜而已，真正的殺機和瘋狂，在無形之中才正要開始呢。

他很快就能看到組織最新的研究成果了。

在十二點半之前，參賽的一百位美人中，最終有八十六人得到了挑戰要求的可以做成生魚片的魚。

除了鳳俊俊用他的小身體叼回來的那一大網魚之外，更多人還是在觀光遊艇上靠把魚群吸引過來的方式捉魚。

順帶一提，除了俊俊因為這個挑戰獲得了額外的收入之外，會用聲波吸引魚群過來的第五十一名的美人音悅、雙臂能變成超長尖銳針刀的蔡濤也得到了額外的收入。前者大家需要她吸引魚群，而後者，單純是因為他細長的針刀特別好扠魚，就趴在遊艇旁，插一次中一條，所以蔡濤最後也賣了魚，把十萬塊賺回來之外還有剩。

然而，最終還是有十四個人沒有拿到魚，失去了繼續比賽的資格，這其中就包括第三十二名的參賽美人薛嬌嬌。

這位美人走的是傲嬌小公主的路線，無論是在直播還是在日常生活中，都是周圍的人捧著她誇她，她越嬌氣大家就越喜歡，她想做的事情只要開口說一聲，就會有人立刻替她做，且不會有任何抱怨。

所以碰到這種需要自己做事的情況時，薛嬌嬌有點拉不下身段。她只是嬌氣又不傻，知道現在的參賽者算是她的對手，不可能她說什麼別人就聽，而她也不像海倫娜是排名第一的大美人，只是坐在那裡皺著眉頭，就有幾個服務生傻子上前幫忙，所以最後她只能去自己買魚。

讓她抓魚是不可能的，那種降低身分和格調還會出醜的事情，她絕對不會做。

可即便是買魚，薛嬌嬌的行動也太慢了一些，或許是因為嬌氣的人設和自尊心作祟，等她驅尊降貴，走到鳳俊俊面前的時候，俊俊已經把抓上來的魚賣完了，就連那幾隻能生吃切片的龍蝦和扇貝也被買走了。

薛嬌嬌非常不開心，甚至直接對賣魚的俊俊耍脾氣：「你為什麼不多抓幾條魚啊？你沒看到船上有好多人都不會游泳，也沒下去捕魚嗎？既然你水性很好、擅長抓魚，那為什麼不多抓一點呢？我給你一條魚二十萬的價錢，你再下海幫我抓一條魚！」

薛嬌嬌說出這番話的時候，讓不少觀看直播的網友都覺得難以理解，求人幫忙還能這麼理直氣壯嗎？

更難以理解的是薛嬌嬌的粉絲們，他們覺得薛嬌嬌這樣才是真正的清純不做作，想到什麼就說什麼，而且嬌嬌軟軟的，他們就喜歡這樣的小女孩！

然後薛嬌嬌的粉絲差點被鳳俊俊的粉絲們罵到不敢冒頭。

而鳳俊俊也沒有寵著薛嬌嬌的毛病，在薛嬌嬌耍脾氣的第一時間，正在整理漁網的鳳俊俊就忽然抬頭，眼中露出一個嘲諷的神色。不過那嘲諷之色一閃而過，讓看到的人還以為是自己眼花。

鳳俊俊只是揚了揚眉毛。

薛嬌嬌是嬌氣包，他鳳俊俊難道就是受氣包？他是想到什麼就說什麼，真誠可愛的俊俊！

「這位小姊姊，現在已經十二點了，還有半個小時就要進宴會廳，我這時候下海幫妳撈魚不一定能撈到魚，還有可能連累我不能準時進入宴會廳，所以就算妳出一條魚一百萬的價錢，我也不會再下去了。

另外，俊俊覺得妳的想法有點毛病呢。我水性好、擅長抓魚是我的事，我想要抓多少條魚來賣也是我的事，妳不能因為我擅長抓魚，就理所應當地認為我應該抓魚給妳。就像我不能因為妳擅長賺錢，就讓妳幫我賺錢嘛。妳又不是我爸媽，也不是俊俊未來的老婆，俊俊憑什麼要下海幫妳抓魚？憑妳長得好看嗎？可是俊俊長得也好看啊。

是妳自己之前沒有行動，耽誤到了現在，別甩鍋給俊俊喔。我爸媽說過，想要什麼就該自己去努力爭取，可沒有會從天上掉下餡餅的好事。」

鳳俊俊輕笑一聲：「所以小姊姊，有時間來找我，不如趕緊去看看其他人還有沒有多餘的魚吧。」

薛嬌嬌被鳳俊俊的話嗆得厲害，她想要說什麼卻發現無法反駁。她心中在這時候恨極了不給她面子的鳳俊俊，但直播球就在她旁邊飄，她不能發作。而且她的時間真的不多了，她要趕緊買一條魚繼續參賽才行，等她買到魚之後，她再找機會教訓這個該死的鳳俊俊！

然而最終，薛嬌嬌還是沒有買到魚。越到最後，魚越精貴，有人恨不得拿著兩條魚當雙保險，怎麼可能把自己手裡的魚賣給薛嬌嬌。所以當十二點二十分，大家開始陸陸續續進入宴會廳的時候，薛嬌嬌才真的慌了。

不過，她也跟著眾人進入了宴會廳，心中還抱著一點僥倖。她想，她身材嬌小，吃得不多，實在不行，可以讓別人分她一半的魚做生魚片啊！反正只要有魚片吃不就好了嗎？也不一定非得要魚對不對？

可是夏語冰卻打碎了她的僥倖。

夏語冰站在宴會廳的表演臺上，直接宣布第一關的挑戰成功者有八十六人，然後當眾喊出了薛嬌嬌等十四個沒有拿到魚的美人名字。

「真是非常遺憾，這十四位美人沒有完成第一關的挑戰。雖然我覺得很可惜，但訂好的規則必須遵守，我只能在此宣布這十四位美人失去了繼續比賽的資格，之後會有專門接送的遊艇送各位回海城港口。」

薛嬌嬌聽到這番話的時候，渾身都涼了。她不甘心！她怎麼甘心，她的名次可是第三十二名！明明她的名次這麼靠前，為什麼還要被淘汰？就因為一條魚嗎？這難道不可笑嗎？這是比美大賽，又不是抓魚大賽，憑什麼就因為一條魚沒抓到而淘汰她！

顯然另外十三個被淘汰的美人也很是不服，就有人直接問出了薛嬌嬌心裡的話。

夏語冰面對激動的被淘汰者，面色不變，還微微帶著笑容：「之前我應該跟大家說過，在第一輪比賽中，各位展現的美都是表面上的美，是皮囊的美麗，但到了第二輪比賽，我們想要看到的是參賽者心靈和品質上的魅力。絕色美人大賽從來都不是只看臉的膚淺大賽，我們要找的是從裡到外都極致美麗的人。

就像這次挑戰，雖然只是抓一條魚而已。但是，我們看到了很多積極行動者的美麗。遺憾的是，我們並沒有看到諸位為了目標而努力的美。」

有人還想用身體不適或者其他原因來辯解，夏語冰的神色便直接冷了下來：

「各位，這比賽的最終解釋權在我們絕色網路公司，請不要無理取鬧，在眾人面前露出您更醜陋的一面。」

這番話直接讓那十四個人閉嘴，同時也讓其他參賽者心裡一跳，忍不住都在心中下定決心要更加重視之後的挑戰才行。

不過夏語冰冷臉之後，又露出一個笑容：

「當然，我們公司也不是那麼不近人情的人。各位如果不想離開，也可以當其他參賽者的助力，或者跟隨我們旅行的普通遊客。各位可以一直跟著我們到最後，只是不能再參加直播和比賽而已。」

那十四個人沒再說話，夏語冰便舉起了手邊的紅酒杯，開始這豪華的午宴宴會。

雖然剛開始淘汰的環節讓人心裡不太舒服，不過在美食面前，大家很快就放開了心情。

說是午宴，其實更像是一個大型的豪華自助餐廳會場。除了屬於他們自己特定的一盤生魚片，其他美食都放在宴會廳四周的長桌上。會場前方還有交流娛樂的舞臺，現在就有幾個多才多藝的美人主播上去表演了。

大家都在這個時候努力展示著自己的美麗和合群，鳳俊俊則端著一個超大的盤子在瘋狂夾雞翅和各類海鮮，間或夾一些牛排、豬排、肉丸什麼的。

他基本上已經忘了直播球的存在，直到盤子被他堆得滿滿的，他才笑嘻嘻地找了個角落開始吃。

看他直播的網友們：『……』

所以，其實俊俊是做吃播的吧？這也太會吃了吧？他那個小肚子哪能裝下這麼多肉啊？

而圖途和蔡濤因為鳳俊俊賣魚的關係，主動找他搭訕，三個人就這樣「正大光明」地認識了。又因為三個人端著的都是滿滿一大盤的肉，達成了吃之間的共同愛好，很快就樂呵呵地成了一個小團體。

只能在角落站著看的楊伯勞經紀人、風勃助理和后熠、熊霸保鏢：「……」

這時候，跟著他們的助理、經紀人和保鏢終於可以享受一點福利待遇了。

午宴過後，排名又有一些小小的變化，大家拿著各自的房卡去遊輪上屬於自己的房間。

關上海景總統套房的門，后熠檢查了一遍這裡沒有竊聽器和莫名的靈能波動後，風鳴才用金卡點了兩份牛排套餐給他可憐的堂哥助理和后熠保鏢。

「有發現嗎？」

后熠想了想：「我是保鏢，不能亂走，不過暫時可以確定遊輪上沒有特別危險的A級靈能者。遊輪上的服務生和其他工作人員，靈能等級最高的也只有B＋。」

風勃也點頭：「我四處看了看，也沒有發現什麼大的異常。不過我覺得比起遊輪上的人，那些參賽者們才更應該注意。有幾個人給我的感覺不太好，路過他們的時候我都心跳加速。」

風鳴就有些無語地看了一眼自家堂哥：「那等等你把那幾個人指出來給我看看吧。不管有沒有問題，都先注意點吧。這才登船第一天，那些有目的的人應該不會在第一天就動手，通常是越到後面越危險。總之提高警覺，總能抓到他們出手的。」

后熠斜靠在窗戶旁邊，看著用鳳俊俊的臉說著風鳴的話的少年，面帶微笑。

§

夜晚，薛嬌嬌躺在普通的客房裡，想著今天晚上在宴會廳中那些參賽者的歡聲笑語、想著他們和粉絲互動的樣子，心中的嫉妒和不甘就像是一條毒蛇緊緊纏繞著她。

她憤怒嫉妒，因為不甘心而留在了遊輪上，可她現在有些後悔了。

留在這裡有什麼用呢？她什麼也做不了，只能看著那些勝利者的歡笑和對她的嘲諷，她只能看著他們開心快樂，而自己痛苦難過。

薛嬌嬌緊緊地抓著雙拳大口喘息著。明天，明天她就要下船！她在這裡待不下去了！

就在這個時候，她的耳邊卻忽然響起了一個聲音。那聲音輕柔，說出來的話卻讓她陡然睜開雙眼。

『妳想讓那些嘲笑妳的人後悔難過嗎？想讓他們當眾出醜嗎？我可以幫妳……復仇喔。』

§

遊輪上的第一個夜晚非常寧靜，至少表面上如此。

風鳴原本有夜探遊輪的想法，不過剛說出來就被后隊長否決了。

「在遊輪到達那個未知的小島，和美人大賽沒有暴露出真正的目的之前，你都不要輕舉妄動。你現在是圖途和蔡濤三個裡最可能走到最後的底牌，應該靜待著做更重要的事情。而且，如果什麼事都讓你們這些小傢伙做了，那要我們這些老傢伙幹什麼？不過是探查而已，放著我來。」

於是，風鳴和風勃就在海景總統套房裡睡了個安穩的覺，而后熠在當天夜晚把遊輪前前後後都探查了一遍，並沒有發現可疑人員。整艘船的靈能波動範圍也十分正常，依然沒有強力的靈能者出現在船上。

但越是這樣，越讓人覺得黑童組織所圖甚大。

第二天清晨，風鳴在那張柔軟的大床上睜開眼的時候，看到的就是落地玻璃窗前，坐在圍欄上眺望著整個大海的后熠背影。

初升的日光打在他的身上，像是為他鍍了一層柔和的金邊，光是從背影上來看，那倒是一幅很有意境的畫。風鳴忽然有點明白為什麼這個男人在靈網上有那麼多的粉絲了，他不說話的時候，光是存在在那裡就莫名讓人覺得強大又安心。

然後，那強大又讓人安心的男人忽然扭過頭，露出了他的側臉。

他臉上帶著清爽的笑，「喲，醒啦？」

風鳴下意識地回以微笑點頭，還沒開口，就又聽到男人道：「今天淩晨新出了一套鳥類靈能者熱帶天堂的等比例縮小版沙灘臥室，我搶到了喔！一會兒俊俊要不要試一試？肯定能漲粉的！」

風鳴的笑容頓時收回，「俊俊說讓你圓潤地離開。」

他剛剛肯定是眼瞎了，才會覺得這個人帥。

然後嗚嗚就變成了俊俊，可可愛愛的寶藏男孩又上線了。

早飯還是在之前中午的宴會廳用餐，在鳳俊俊喝著美味的皮蛋瘦肉粥、吃蒸魚片的時候，夏語冰出現在餐廳。

他一出現，就讓原本還算輕鬆的氣氛忽然變得有些緊張，不少參賽者都自動停下了進餐的行為。

鳳俊俊喝了一大口粥，和圖途、鳳勃一起抬頭看向最前面的舞臺。

站在舞臺上的夏語冰見狀，忍不住輕笑了一聲：

「各位不要用這樣的目光看著我，好像我是什麼洪水猛獸一般，這樣我可是會傷心的～而且，雖然我是來向大家公布今天的挑戰內容，但今天的挑戰真的一點都不難，我可以向大家保證，這絕對是在場的每一位美人都能完成的挑戰。如果順利，說不定今天的挑戰過後，參賽的美人們一個都不會少呢。」

雖然夏語冰是這麼說的，但剩下的八十六位參賽美人卻沒有一個人信他的話。

昨天的抓魚挑戰看起來也是很簡單的事情，但就是這一件事直接淘汰掉了十四個人，今天已經是第二天了，他們絕對不會相信今天的挑戰會比昨天輕鬆。

見眾人都沒有說話，夏語冰露出了一個有些遺憾的神色，不過很快便收斂了表情，開始公布第二天挑戰的內容。

「想必昨天各位已經對我們的維納斯明珠號有了初步的認識和了解，我們的維納斯明珠號是總共有十二層的豪華觀賞遊輪。在我們的遊輪中，有電影院、遊戲廳、健身房、餐廳、高級商品免稅店等俱全的設施，甚至在遊輪的最頂層還有日光浴場。」

夏語冰微笑：「大家可能會疑惑我為什麼忽然說這些，那是因為今天的挑戰就和我們的遊輪有關。在遊輪最高的三層娛樂區域內，我們細心地藏了八十六枚純金小彩蛋，只要大家能在今天下午日落前找到刻有自己名字的彩蛋，在晚宴開始的時候擺上餐桌，那就算完成了今天的挑戰。」

夏語冰看著眾人微笑：「怎麼樣？這是不是很簡單的挑戰？只不過是普通的尋寶遊戲而已。」

鳳俊俊和圖途、蔡濤等不少人直接瞇起了眼睛，然後和鳳俊俊撞了人設、排名第三十名的孫玉書用很可愛天真的表情問：「那要是沒找到自己的彩蛋，卻找到了別人的彩蛋怎麼辦啊？要把彩蛋主動給那個人嗎？」

夏語冰似乎早就等著這一問，他輕輕推了推金框眼鏡，露出了一個好看卻十分微妙的笑容。

「沒找到自己的彩蛋，自然就要算挑戰失敗。但如果大家都只尋找自己的彩蛋，最後是不會出現找不到自己彩蛋的結果。至於找到別人的彩蛋要不要給他？這個要看你自己了。

這個尋寶遊戲並沒有找到別人的彩蛋，就一定要歸還他人的要求。你可以選擇把彩蛋給尋找他的人，也可以自己收著。畢竟說到底，這些純金的小彩蛋還是我們官方提供的東西。不過既然是彩蛋，那就代表著意外之喜喔。」

夏語冰的笑容更盛：「一個彩蛋代表著一個名次。最終我們會把你得到的彩蛋數量加在名次上。假如你一下子找到了十顆小彩蛋，就等於把自己的名次硬生生往上提了十名。當然，我們並不會明面公布一個人得到了多少彩蛋，這是屬於你們自己的小祕密。到底要怎麼選擇，就要看各位自己了。」

夏語冰看著宴會廳裡徹底安靜下來的眾美人，對他們彎腰鞠躬：「那麼，現在是上午八點整，各位可以開始去娛樂區尋找屬於自己的彩蛋了。」

宴會廳裡的氣氛凝滯，不過很快就有一個人站了起來，接著有第二個、第三個人也跟著站了起來，就像生怕自己落後一步，彩蛋就會落入別人的手中一樣。很快，宴會廳裡的參賽美人們就跑了大半，留下來的不超過十個人。

鳳俊俊和圖途、蔡濤三人在餐桌旁沒走，另外還有排名第十名的文青史、排名第二名的布開心、排名三十的孫玉書、排名四十五的宋欣香和另外兩個早就認識的參賽美人。

在餐廳中的九個人互相看了看，文青史就推一下眼鏡，往鳳俊俊這邊走過來。他看著鳳俊俊三人，語氣十分溫和地道：「我能加入嗎？感覺你們之間的氣氛很好，我想交個朋友。」

鳳俊俊都沒想到這小子會這麼直接。

旁邊的圖途就跳起來：「突然跑過來說要跟我們交朋友，你是不是別有所圖？我們可是昨天買過魚的交情，你這個和我們沒有金錢橋樑的傢伙想幹嘛？」

文青史面對圖途的質問，一點都不慌，反而點了點頭：「我確實是別有所圖，八十六個彩蛋，一個一個找實在太麻煩了，但如果變成四個人找四顆彩蛋，機率就會大很多。我還想繼續比賽下去，所以想和你們結盟。」

圖途下意識看向鳳傻傻，鳳傻傻卻歪著腦袋問了一句：「可是，傻傻和這兩個新認識的朋友也只有三個人而已，你也可以去召集更多人組隊啊，如果十人組隊的話肯定更快，為什麼要找傻傻、兔兔以及刀刀呢？」

兔兔：「……」

刀刀：「……」

文青史安靜地和鳳傻傻對視，片刻之後道：「因為在所有人當中，你們三個的靈魂顏色最純淨。和你們合作的話，我不用擔心發生其他的意外。」

文青史跟著解釋道：「我能看到一個人靈魂的顏色，透過顏色能判定他是什麼樣的人。雖然這個靈能技能很沒意義，但是我很喜歡。」

被發了好人卡的鳳傻傻三人組：「……」

然後鳳傻傻就點頭：「看在你這樣誇傻傻的份上，傻傻決定和你結盟！傻傻確實是個好男孩，你的眼光真不錯。」

文青史聽著這番話，忽然抽了抽嘴角。因為在鳳傻傻誇自己的時候，他原本明亮純淨的靈魂之色突然閃了一下灰色。

他剛剛來不及說，他的技能還能比較含糊地判斷真話和假話。一般人說假話的時候，靈魂的顏色會突然閃現灰色。

文青史：「……」他莫名有點慌。

鳳俊俊：「文文你放心吧！俊俊雖然沒有什麼特別厲害的戰鬥力，不喜歡和別人打架，也沒有特別厲害的搜尋技巧，更不擅長捉迷藏，但是俊俊會努力幫你找到彩蛋的！我們一起努力加油吧！」

文青史看著對他笑得爽朗燦爛的少年，努力露出了一個僵硬的笑——

剛剛鳳俊俊的那一番話，除了最後一句，其他的靈魂都閃灰。

文青史：「……好。」

細思恐極，他到底幫自己找了什麼樣的組織和夥伴！

鳳俊俊那些靈魂閃灰的話讓文青史有點慌，但他最終還是穩住了自己，沒有轉身就走。畢竟是他主動要求上船的，現在發現這艘船是條賊船，他也下不去了。而且看著這三個人對他微笑的樣子，文青史覺得如果自己現在要拆夥，最後的結果可能會很可怕。

所以，夥伴是自己選的，跪著也要一起組隊完成任務！雖然剛才鳳俊俊說話的時候靈魂總是閃灰，但他不說話的時候，靈魂的顏色還是澄淨美好的。

嗯……總體還是能相信他的人格，只要不聽他說話就可以了。

文青史這樣一想，心情就放鬆了不少，然後開始問話：「那我們現在就去找彩蛋嗎？是分頭行動還是一起？」

鳳俊俊想了想：「總共就三層的娛樂空間讓我們找，而且從現在到下午太陽落山，至少還有七八個小時的時間，就算是運氣再背，肯定也能找到一兩個彩蛋，問題就在於找到自己的彩蛋有點難。

但找到更多的彩蛋對我們來說是有利的，還是分開找吧。我們每兩個小時就在泳池那邊集合、查看一下尋找的成果，並且分享一下情報。盡可能多找到彩蛋，到時候在要求的時間之前還可以公布我們找到的彩蛋號碼，和那些有彩蛋的人交換，這樣最終換到我們自己彩蛋的可能性也會提高。

我個人是覺得只要能找到自己的彩蛋就可以了，其他人的彩蛋，如果我們找到了，可以和他們交換或是讓他們付出一些利益代價出讓，不需要用那些彩蛋來增加名次，不然會造成一些不太好的連鎖反應。你們怎麼想？贊成還是反……嗯？你們幹嘛這樣看我？」

圖途對他擠了擠眼睛：「就是突然發現俊俊很聰明，剛剛沉著冷靜分析的樣子特別帥！」

鳳俊俊：「……」喔，我的人設剛剛差點崩了是吧？

於是鳳俊俊露出了一個十分羞澀又高興的笑容：「哎呀，你不要這樣誇俊俊啦！雖然俊俊確實是個聰明又英俊的男孩子！」

圖途：「我是實話實說啊！剛剛你確實是特別認真和帥氣！都快比上我另一個好朋友啦！喔，我另一個好朋友是風鳴，你知道他嗎？就是第四個神話系的覺醒者，大家都喊他四翼大天使，他可是超厲害的一個人，現在還加入了青龍組！」

「哇！你竟然認識風鳴！他是俊俊的偶像呢！你什麼時候介紹俊俊和他認識一下啊？」

「沒問題沒問題，都包在我身上啦！」

蔡濤和文青史看著他們兩個人的互吹，非常沉默。

前者是知道慘烈的真相，後者是看到了他們明明聊得投機，卻滿嘴沒有一句真話的虛偽嘴臉。

刀刀、文文：「……」

心累。

蔡濤直接打斷了他們的對話：「好了，時間寶貴，去找彩蛋吧。」

蔡濤說完轉身就走。文青史特別感動地看著他一直沒有變的純淨靈魂顏色，立刻跟上。

還是跟著這個看起來有點陰鬱的酷哥更有安全感。果然看人不能看表面，有時候看起來會騙人的陰沉酷哥不會說謊，但看起來不會騙人的可愛男孩子卻……

咳，總而言之，文青史還是很滿意自己尋找的夥伴。

而在蔡濤和文青史離開後，鳳俊俊和圖途也對視一眼，轉身往頂層的三層娛樂區而去。

在他們離開之前，另外五個留在宴會廳的人也已經有四個聚集到了一起。

文青史的行為給了他們啟發，比起一個人單獨尋找有自己名字和排名的彩蛋，多找幾個盟友顯然更有效率和快速。而且盟友越多，找到自己彩蛋的可能性就越大，那邊已經聚集了四個人。剩下的五個人除了布開心之外，也都聚到了一起。

他們很快就決定了結盟，並且報出自己的名字和目前的排名。孫玉書和宋欣香都笑得非常真誠，另外那兩個早就認識的人也回以微笑。氣氛看起來甚至比鳳俊俊他們那一組和諧很多，然後四個人有商有量地一起出了宴會廳。

直到他們都離開了，趴在桌上假寐的布開心才抬起頭，然後毫不掩飾地哼笑了一聲。

有些人結盟是真的把對方當做夥伴來互相幫助，而有些人結盟，到底是為了什麼就不得而知了。人心如果都這麼好算計，那這個選美大賽的主辦單位就不會設計這個挑戰環節了。到時候，不知道有多少人醜惡的嘴臉會出現在看直播的粉絲和網民們的面前，又會有多少人在這場挑戰中表現得幾乎完美，被人記住追捧呢？

在兩種極端的對比之下，這艘船會變成什麼樣子，真是……令人期待。

布開心想了想，就繼續趴在桌子上睡覺了。

也不管他的粉絲和支持者們急得團團轉。

他們開心為什麼還不趕緊去找彩蛋啊啊啊啊！就算覺醒血脈是貓，也不應該懶成這樣啊啊啊啊！他又不是大橘！

這個時候，鳳俊俊他們已經開始在最頂層的區域尋找彩蛋了。

遊輪的最頂層有瞭望台、露天泳池、高爾夫球場和露天燒烤區四個主要娛樂區域。剛好鳳俊俊他們是四個人，就各自分了一塊區域尋找。

「能找多仔細就找多仔細，哪怕把地上挖出一個洞也沒關係！畢竟總共三層，八個小時，夠我們翻到底朝天了。我水性好，去泳池那邊找，你們自己分區？」

圖途直接道：「我去高爾夫球場那邊，我有特殊的打洞技巧～」

蔡濤：「燒烤區吧。我可以多翻翻，必要的時候火爐裡也能找找。」

文青史就只能選擇瞭望台了，然後他就覺得自己的選擇果然沒錯，夥伴們都好有行動力。

「那就兩個小時後見。如果自己的區域確實找得很詳細也沒有發現什麼，就可以去另外的區域尋找。說不定靈光一現就能找到彩蛋，運氣這東西誰也說不準啊。」
鳳俊俊說到這裡，又對大家做了個加油的姿勢：「一定要加油喔！我們隊伍一定會是最後的勝利者！」
另外三個人都敷衍地露出了笑容，然後俊俊就去游泳池那邊了。
他到游泳池的時候，看到泳池裡已經有三四個參賽美人在裡面時不時下潛，尋找彩蛋了，好像都認為彩蛋就在游泳池的最深處。然而直到現在，哪怕他比這些人晚來了至少二十分鐘，也沒有聽到一個人找到彩蛋的消息。
鳳俊俊的出現讓游泳池裡的那幾個參賽美人心中戒備。
畢竟之前的第一個挑戰裡，這小子直接跳海撈魚，把自己的排名硬生生從第五名提到了第三名，現在他的支持率幾乎已經快要和第二的布開心持平了。
雖然這小子表現出來的是傻白甜，但他們要是真的相信，那才是傻白甜。
能在大海裡抓到那麼多魚，就說明這小子的水性非常好，說不定他們需要下潛幾十次才能看到泳池底部，這小子只需要一次就能找到他們想要找的彩蛋了。但他們又不能阻止這小子跳水，泳池又不是他們家的，這讓他們臉上的表情都變得有點不好。
結果，在這幾個參賽者或明顯或不經意地警惕著的時候，他們看到這個少年直接轉身，躺在游泳池旁邊的遮陽躺椅上？？？
這是什麼鬼操作？他以為他躺在躺椅上就能找到彩蛋嗎？
但是鳳俊俊確實躺在躺椅上閉目養神，一動也不動了，然後還對著直播球嘀嘀咕咕。

「其實找東西這種事情，大部分都是靠運氣。就像我在家裡找鑰匙，每當我需要的時候總是找不到，當我忍無可忍、決定用備用鑰匙的時候，那把鑰匙就會主動出現在我面前了。所以有時候俊俊就覺得，命裡有時終歸有，命裡無時莫強求嘛，讓俊俊先思考一下哪裡是藏東西的盲區，然後說不定俊俊一睜眼就看到了一顆彩蛋呢。」

『哪怕我再怎麼支持俊俊，現在都沒辦法不吐槽他。』

『醒醒啊，你這個三彩的小山雀！彩蛋是絕對不可能長腿跑到你面前的！還是趕緊在游泳池人還不多的時候，快點下去找彩蛋吧！』

『雖然有那麼一點奇葩，但我竟然覺得俊俊說的還滿對的，至少我找東西的時候也這樣，想找什麼的時候怎麼樣都找不到，下定決心不找的時候，偏偏就找到了？』

看直播的網友們討論得很開心，這邊說自己在閉目養神的俊俊，事實上卻是閉著眼睛，把自己的意念和靈力波動擴散到他所在的這片游泳區空間。

當他聽到第二個挑戰的內容是尋找彩蛋的時候，後背的三翅膀十分開心地拍了拍。

有時候敵人太貼心也會讓人煩惱，畢竟他只是想潛伏，而不是想要成為最亮的那顆星。可偏偏敵人總是送人頭，他該怎麼樣才能贏得不動聲色一點呢？

這樣想的時候，他的意念已經從頭到尾掃過了整片游泳區的空間。然後，他「看」到了藏在游泳跳臺區的合金柱子裡，那顆圓圓、和雞蛋一樣大的金色彩蛋。

這時候，他已經閉目養神了十分鐘，游泳區又來了好幾個一無所獲的參賽者。他們看到躺在躺椅上的鳳俊俊，臉上露出了微妙又帶著一點嘲諷的表情。

這個人該不會以為睡一覺，睜眼就有彩蛋自己送上門吧？？？

大家一個個跳進了游泳池，這個時候，鳳俊俊卻忽然站了起來。

他在眾人的注視之下，往泳池的跳水台走去。

下面幾個參賽美人仰頭看著他，等著他跳下來和他們一起尋找彩蛋。結果那小子走到跳板那裡的時候，忽然趔趄了一下，啪嘰就摔倒在跳板上，手還扶在跳板的合金柱子那裡。

「哼。」

「哈哈，俊俊可真是不小心。」

「這種不小心可是很要命的喔。」

泳池中的參賽者們心中大笑，但臉上的表情是帶著善意的關心和笑容。

看到這小子吃癟，他們太高興了！

結果，下一秒他們就聽到這小子忽然大叫一聲，跳起來敲了敲被自己扶住的合金柱子，不知道怎麼弄的，那個合金柱子竟然被他打開了一個小洞？

他們眼睜睜地看著這小子從洞裡掏出一顆金色的彩蛋。

在游泳池裡泡了半個小時，皮都泡皺了卻一無所獲的所有人：「……」

靠！！！這不科學！！！！

第六章　是歐皇啾

鳳俊俊從那個合金架裡掏出的金色彩蛋，刺痛了下方看著他的所有選手眼睛。

他們明明上一秒還在笑這個小子走路都走不穩，下一秒就恨不得走路走不穩的人是自己。

其中一個在跳板那邊仔細找過的美男更是憋得臉色通紅，那個跳臺他十分鐘前還在上面仔細地找過，篤定彩蛋不可能被藏在那裡，結果十分鐘後，他就被走路都走不穩的鳳俊俊狠狠打了臉。

這真是太氣人了！他為什麼在十分鐘前不更仔細地找一找呢？如果他伸手敲一敲那有手臂粗的合金架子，是不是就能把那個金蛋敲出來了？

可惜現在說什麼都晚了。

在周圍所有人異常灼熱的注視之下，鳳俊俊看了一眼那顆金色的彩蛋，有些失望又意料之中地發現彩蛋上的名字不是自己。

「齊七月」是這個彩蛋上刻著的名字。

鳳俊俊歪著腦袋想了想，依稀想到這個名字好像是排名第十五名左右的一個小姊姊。

「唔，等最後再交換吧。」

鳳俊俊自言自語地說了一句，就把那顆金蛋隨意放進了休閒褲的口袋裡，然後他沒有從跳水台那裡跳下水，反而是順著原路返回了。

在他剛剛用空間波動搜尋的時候，他還在游泳池池底的一塊瓷磚下面「看」到了一顆蛋型的物體。但不管那個蛋形物體是不是彩蛋，他都不能在這個時候下池子去撈。無意間找到一個彩蛋是很運氣的事，要是在短期內又找到一個，會直接引起懷疑，所以他得緩緩，比如再去躺椅上躺十分鐘再下水。

鳳俊俊就又去躺椅上躺著了。

那悠閒的樣子，看得泡在泳池裡的七個參賽選手都難受得不得了。

然後就有一個人對鳳俊俊喊話：

「喂！剛剛你拿到的那個彩蛋上是誰的名字啊？我叫劉雨澤，是我的名字嗎？」

劉雨澤這樣一問，泳池裡的其他六個人也跟著報出了自己的名字問。

鳳俊俊躺在躺椅上，沒有回答。這種明擺想要占便宜的問題他才不會理，就算真的想要問，也該過來好好和他親切交談，打好關係再問嘛。

鳳俊俊的反應讓那幾個在水裡的參賽者有點急，他們直接從泳池中爬出來，走到鳳俊俊的躺椅旁邊。

如果不是直播球還在直播，這六個人把鳳俊俊前後左右都圍起來的樣子像極了在找碴，不過當著直播球和網友們的面，他們臉上的表情都帶著自以為溫和的笑。

「俊俊，剛才我們在問你話，你怎麼不回答呢？我們又不是向你要這個彩蛋，只是想問問這個彩蛋上面刻的是誰的名字而已，你不會連這點都小氣得不肯告訴我們吧？」

最先開口的劉雨澤笑咪咪地開著玩笑，結果鳳俊俊就非常耿直地點了點頭。

「俊俊找到的彩蛋，當然不能告訴你們名字啊！至少現在還不可以。」

劉雨澤和其他六個人臉上的笑容一僵，有人脫口說出為什麼，耿直的俊俊就抬頭看他們：

「不要看俊俊誠實、開朗、善良就騙俊俊。你說你只是問問我這顆彩蛋上面刻著的名字，並不會和我要，那要是我手裡的彩蛋就刻著你的名字，你問過就會走嗎？」

劉雨澤被問得噎了一下。他當然不會走！這個彩蛋直接關係到他能不能繼續留在大賽裡，要是鳳俊俊手裡的這顆彩蛋真的刻著他的名字，那他無論用什麼樣的方法都要得到彩蛋。

問題是鳳俊俊手裡的彩蛋，刻的真的是他的名字嗎？

劉雨澤對上鳳俊俊那雙漆黑漂亮的眼睛，實在說不出如果彩蛋刻著我的名字，你就應該把彩蛋給我的話，不過很快，他雙眼一亮：「之前你不是賣過魚嗎？如果這顆彩蛋上面刻著我的名字，我就出錢買下來怎麼樣？二十萬！我出二十萬買！」

另外六人聽到劉雨澤承諾用二十萬買蛋，心裡都有點痛，不過考慮到晉級之後能為他們帶來的收入和流量關注，也都各自點頭了。

然而，在他們以為這個賣魚的鳳俊俊會清純不做作地同意的時候，俊俊又搖頭了。

「你們可不要當我傻，這個交易很不划算。我不要錢，如果你們真的想要我手裡的這顆彩蛋，就用另一顆彩蛋跟我換。不管那顆彩蛋上面刻的是不是我的名字，只要你拿一顆彩蛋跟我換我手裡的彩蛋，我都很願意。

我也不會告訴你們我手裡的這顆彩蛋到底是誰的名字。萬一告訴你們，你們心裡有底了就不再認真找彩蛋，那可怎麼辦？這個找彩蛋的挑戰，越多人認真尋找，找到彩蛋的機率才會越大，所以在下午四點之前，我都不會公布我手中彩蛋的名字。

這是我們小組商量好的辦法，你們說什麼我都不會聽的。反正，如果想要我手裡的彩蛋，你們就必須用另外一顆彩蛋跟我換，在下午四點的時候，我們會提前到宴會廳那裡等，如果你們手中有彩蛋的話，可以到那裡和我們交換。說不定到時候，在那裡還有其他參賽者等著，他們如果也找到了彩蛋，可以交換的人就更多了，最後我們就都能找到自己的彩蛋了！」

雖然幾個人對鳳俊俊拒絕告訴他們彩蛋上的名字很不滿，但也不得不承認這小子說的有幾分道理。

天下沒有白吃的午餐，在這個時候用金錢換彩蛋也不划算。最公平的就是彩蛋換彩蛋，如果每個人都找到了彩蛋，那麼只要在日落之前互相換到刻有自己名字的彩蛋，這個任務就能輕易完成了。

但並不是所有人都是鳳俊俊這樣的傻白甜，如果有人找到了彩蛋不願意交換、想要占為己有怎麼辦？

但這時候想這些也沒有用，現在還是先集中精力，找到一顆彩蛋吧，有了彩蛋才能心裡安穩一點。

之後，這六個人又繼續在游泳池周圍找彩蛋了。有了鳳俊俊找到的那顆像雞蛋大小的彩蛋做參照，他們就能根據彩蛋的大小尋找更多地方了。至少從這一點上來看，鳳俊俊也算是做了件好事吧。

在鳳俊俊愜意休息的時候，圖途和蔡濤、文青史也在努力認真地找彩蛋，奈何他們並沒有風鳴像開掛一樣的尋找辦法，到目前半個小時過去了，他們三個人還是一無所獲。

圖途看著面前的這一片高爾夫球場，臉色特別黑。在這半個小時裡，他幾乎沒有放過任何一塊地方尋找彩蛋，他覺得以他的尋找方式，總能找到一顆蛋，可事實卻是他什麼都沒找到。

「那些藏彩蛋的人也太會藏了吧？非得逼兔爺放大招嗎！」

圖途最終怒吼出聲，在其他參賽者同病相憐的眼神中，圖途直接化形成北極兔，然後蹬著他的大長腿，開始在高爾夫球場上從前到後、從左往右地奔跑蹦躂起來！

那奔跑的樣子太銷魂，跳躍的力度簡直把高爾夫球場跳到微微震動，差點就讓圍觀的網友和粉絲們，以及在高爾夫球場尋找彩蛋的參賽者們瞎了眼。

「……瘋了嗎？」這兔子！

圖途忽然停止跳躍，把自己的長耳朵貼到地上。那姿勢有些可笑，不過還沒等其他參賽者笑出聲來，這隻大兔子忽然興奮地轉過他的兔子腦袋，對高爾夫球場旁邊放球桿的長籠子奔了過去。然後在眾目睽睽之下，大兔子從長籠子下面像是底座的地方伸爪子，就撈出了一顆還在震動的金色彩蛋。

所有人：「……」

這也行？

之後，蔡濤也從燒烤架最下方隱藏的空間找到了一顆金色彩蛋。

成功找到彩蛋，心情愉快的三個人忽然聽到高臺那邊傳來了爭吵聲。

北極兔的長耳朵動了動，蔡濤轉過頭看向瞭望台，原本已經脫了長褲和上衣、準備下水的鳳俊俊忽然停下動作，二話不說就奔向了瞭望台。

此時在高臺之上，文青史的眉頭皺得死緊。他看著對面那個無理取鬧、要搶他找到的彩蛋的少女，陷入了深深的疑惑。

很奇怪，他知道這個參賽選手，是排名第三十一名的魏栩衣。她覺醒的能力有點特別，可以在衣服上附加各種栩栩如生美麗的花紋，雖然這個能力並不強大，卻也很受歡迎。

然而，他昨天還和魏栩衣說過話，他明明記得那是一個表面溫和的姑娘，即便她的靈魂顏色不算太純淨，或許不算表裡如一，卻也不能算是惡人。那樣的人或許不誠懇，卻也不會傻到自毀城池，可為什麼現在她卻這樣無理取鬧？還當著直播球的面？不怕掉粉、掉排名嗎？

「我再說一遍！那個彩蛋是我先發現的，就因為我比你慢了一步，你才拿到了它！但那個彩蛋是我的，你別想和我搶！」

魏栩衣的語氣趾高氣昂，看著文青史的眼神帶著毫不掩飾的嫌棄和敵意。

鳳俊俊三人就在這個時候跑上瞭望台。

看著瞭望台上的文青史和魏栩衣對峙，鳳俊俊忽然就笑了：「到底是誰先發現的，重看直播錄影不就知道了嗎？這又不是什麼難事，何必在這裡浪費口舌啊？」

這時候，說著這種話的鳳俊俊似乎和他傻白甜的樣子不太一樣。

就在鳳俊俊說完這話的時候，他忽然皺起了眉頭。

他似乎聽到了像噪音一樣的低頻嗡鳴聲，與此同時，三翅膀在他後背無聲地快速拍打著節拍，這拍子風鳴特別熟悉，前兩天晚上他還在聽——

《暗算》。

當風鳴聽出《暗算》的節奏之後，他就明白從剛剛就響在耳邊的低頻嗡鳴聲，就是藏在暗處的人對他的攻擊方式。

只是他不清楚這種讓人耳朵覺得難受的攻擊還有什麼其他作用，所以他伸出手掏掏耳朵，決定先釣個魚。

這個時候，那個被鳳俊俊打斷的魏栩衣因為鳳俊俊的開口，直接把語言攻擊的目標從文青史身上轉移到了他的身上。

她的暴躁和憤怒也衝著鳳俊俊，毫不留情而來：

「你是誰？沒看見我正在和別人說話嗎？突然插嘴，你還有沒有禮貌？喔，我認出你了，你就是那個排名第三的鳳俊俊吧？哼！不過就是一個賣傻白甜人設的傢伙，渾身上下除了會飛之外，沒有一點優點，我就不明白，像你這樣的人到底是怎麼被其他人喜歡，還得到那麼高的排名的。

現在的社會審美可真奇怪，越是有本事、真正好看的人越得不到追捧，而沒有本事的傢伙只需要裝裝傻、賣賣萌就會得到別人的喜歡，這難道不是有問題嗎？你看看你自己，渾身上下除了會飛，還有什麼優點？除了逗樂別人，你還能為社會做什麼貢獻？就這種樣子，你也好意思來參加絕色美人大賽，你不覺得羞愧嗎？」

魏栩衣嘲諷和難聽的話一句接著一句，聽得周圍的人都直冒火。這幾個人直播間的彈幕更是一下子炸裂開來，大部分都是在瘋狂嗆魏栩衣的說法。

在短時間內，魏栩衣的支援率瘋狂下跌，她的鐵粉們簡直不敢相信他們的溫柔女神怎麼能說出這麼刻薄的話！鳳俊俊的粉絲則是在一起擔心他們俊俊沒辦法承受這麼可怕的語言攻擊，都在彈幕上刷「俊俊別聽！」、「俊俊最可愛！」、「俊俊會抓魚！」等等，支持他們眼中弱小可憐又無辜的俊俊。

結果，在粉絲們擔心她們的俊俊會承受不住壓力而哭的時候，可可愛愛、沒有攻擊力的俊俊忽然就動了。少年先是左右看了看整個瞭望台，像是在尋找什麼，然後把目光定格到瞭望台盛放點心和酒水的小餐桌上。

鳳俊俊抿著唇往那邊走了幾步，魏栩衣看到他的反應，就冷笑著繼續罵：「看你這一臉委屈的表情是想裝給誰看？我說的都是實話，你有什麼好委屈的？一個大男人遇到事情不敢跟我正面說話，還裝可憐，你好——噗！」

魏栩衣的話終於停了——因為鳳俊俊在眾目睽睽之下，拿起瞭望台餐桌上的小蛋糕點心，反手按在她的嘴巴上。

魏栩衣瞪大了雙眼，不可置信地看著站在她面前、臉上沒有什麼表情的少年，一時間連接下來要說什麼都忘得一乾二淨了。

原本還在直播上替俊俊擔心、打抱不平的俊俊粉絲們，也被這個畫面驚呆了。

『**我靠？**』

『我靠，這是俊俊嗎？』

『哈哈哈哈！剛剛真是把我聽得超級火大，我只想說俊俊幹得漂亮！是個爺兒們！』

『哈哈哈！雖然這樣做有些小小不禮貌，但是我覺得面對對方的惡言惡語什麼都不說，還能反手送蛋糕給人家，俊俊真的是一個很善良的男孩子呢。狗頭.jpg』

鳳俊俊對瞪大眼睛看他的魏栩衣，忽然露出了一個可可愛愛的笑：

「這位姊姊，妳說錯了喔。俊俊的優點特別多，多到俊俊自己都數不清了。如果妳去俊俊的直播間看，直播間裡的帥哥美女們都會告訴妳俊俊的優點。還有，雖然妳剛剛一直在說俊俊的壞話，但俊俊是不說髒話的，就只能請妳吃蛋糕了。」

鳳俊俊面帶著微笑，眼神卻有點冷：「吃了甜甜的蛋糕之後，這位姊姊還要說不好聽的話嗎？如果那樣的話，我就只能帶妳一起跳海游泳，去感受一下嘴巴和心靈都被洗滌的美妙感覺了。」

剛抹掉嘴巴上的蛋糕殘渣，又想要口吐芬芳的魏栩衣：「……」

見鬼的跳海游泳，洗滌嘴巴和心靈！當我不知道這是在威脅我再吵就把我扔到海裡去嗎！

不過，或許是因為被按了滿嘴蛋糕渣、太過震驚，這時候的魏栩衣終於恢復了一些智商。證據就是她剛剛的滿臉嘲諷變成了震驚，而後煞白，不可置信地捂住了自己的嘴巴，彷彿很驚恐為什麼自己會說出剛才那一番話。

鳳俊俊看著她的樣子，微微瞇起了眼睛。

能進入第二輪比賽的人不管是真的還是假的，總不會是特別沒有眼力和腦子的。可剛剛這女孩就像是自己扔了自己的腦子，只剩下蠢了，現在這樣突然回神又驚悚的表情，彷彿她剛剛是被鬼上身了一樣。

除了這個魏栩衣，他剛剛好像也受到了影響。

原本他是打算直接叫船上的保全看監視器，就帶著夥伴們離開的，完全不想留在這裡和這些人浪費口舌或者發生爭執，但他的自制力在剛剛似乎被消耗得特別快，那女人每說一句話，他心中的煩躁和憤怒就狂漲一大截，到最後幾乎是忍無可忍，想要跟她動手或者是狠狠地大吵一架才能發洩出去。

好在當時他心中要保持人設的念頭非常強烈，壓過了心中突如其來的憤怒和不滿，最後用一塊小蛋糕結束了一切。他動手之後，心中彷彿被放大的憤怒和不滿的感覺也就隨之消散了不少，頭腦也更加清晰了一點。

重要的是，剛剛在耳邊的低頻嗡鳴聲似乎消失殆盡了。

風鳴又揉了揉耳朵，現在他有九分確定，那個在他耳邊突然響起的低頻、像是噪音的嗡鳴聲就是放大他心中憤怒和不滿的原因。

這樣一想，再看對面滿臉震驚和懊悔的魏栩衣，就能明白她剛剛應該也是受到了攻擊。

此時的魏栩衣捂著嘴巴，身子微微發抖，簡直不敢相信剛剛說出那麼多難聽話的人竟然會是她！她為了這個比賽準備了多久，為了這個比賽一直維持的溫婉人設在剛剛全線崩塌了。

如果只有一兩句惡言相向她還能強行解釋，現在的話，她還能再說什麼呢？誰都救不了她了。

剛剛還盛氣淩人的魏栩衣現在看起來有幾分可憐，但網路上的情況就是她所想的那樣，網友們對她的好感跌到了谷底，現在她即便是真的在傷心，也會被人說是在做戲。

風鳴輕輕在心裡嘆口氣，臉上露出了一個關心的表情：

「嗯，這位姊姊妳怎麼了？就算這一次沒找到彩蛋，剩下的時間還很多嘛，妳還可以繼續去找彩蛋啊！我知道妳肯定是因為特別想贏才會和文文發生衝突，才會遷怒到我身上。不過現在沒關係，只要妳想清楚就好了。妳只是求勝心態強烈，俊俊明白的。俊俊也請妳吃蛋糕了，咳咳，我們打平啦。」

鳳俊俊看著還在默默掉眼淚的魏栩衣，想了想又走到餐桌旁邊，拿了一疊紙巾遞到魏栩衣面前：「雖然工作很辛苦、比賽壓力大，但現在比賽不是還沒結束嗎？不要就這樣放棄了。還有，就算最後真的失敗了，這次比賽也不過是人生中路過的風景而已，未來還很長呢，說不定更好的風景就在前方？」

魏栩衣抬頭看著對她笑得十分燦爛的少年，看著他修長的手指捏著一疊白色餐巾紙，最終吸了吸鼻子，把餐巾紙接了過來。

「……你說的對，就算比賽失敗了，我還有能力可以工作，餓不死。」

魏栩衣這時候也懶得再裝什麼溫柔淑女的人設了，她狠狠地用餐巾紙擰了一下鼻子：「倒是你，除了會飛會抓魚就沒別的本事了，也就是性格還不錯，還是努力地維持自己的排名，最後出道當明星吧！」

魏栩衣說完就轉身打算離開，然後聽到鳳俊俊不贊同的聲音又響了起來。

「當不了明星，俊俊還可以去打漁啊！如果俊俊去當漁民了，那也絕對是漁民中的最帥網紅漁民，也餓不死！」

噗地一下，魏栩衣沒忍住，背對他們笑了出來。

跟著她的直播球也把這個笑容同步直播了出去，倒是讓她原本飛速下滑的支持率和直播間人數一下子穩固了起來。

沒有人在直播間為魏栩衣剛剛的惡語相向強行解釋，畢竟剛剛她說的確實很難聽。但，卸去了人設偽裝的魏栩衣笑容也確實真實好看，所以大家還想再看看之後這個女孩會怎麼做。

魏栩衣離開了，瞭望台上的幾個人都鬆了口氣。

文青史走到鳳俊俊身邊對他道謝，圖途也在旁邊感嘆：「還是俊俊脾氣好，要是換成我，估計早就一腳把她蹬飛啦。好啦，事情解決了，我們繼續去找彩蛋吧！啊，我可是找到了一顆彩蛋，你們呢？」

鳳俊俊、蔡濤聞言都露出了笑容，蔡濤從口袋裡拿出了自己找到的彩蛋：「我查過了，這個大概是排名六十幾名的一個選手。」

鳳俊俊的彩蛋直接被他收進了空間裡，現在他只穿著一條泳褲，可不好從褲子裡掏蛋。

「我也找到了，咳咳，那就注意把自己的彩蛋貼身帶好，千萬別被人搶了。我的衣服還在游泳池那邊，大家繼續再找找吧，如果這裡找不到了，我們就去下面的十一層和十……」

鳳俊俊的話還沒說完，下面十一層的空間就傳來了女人的尖叫聲和男人憤怒的怒吼。

鳳俊俊四人面面相覷。

「去看看嗎？」蔡濤沉聲問。

鳳俊俊想到了那個在暗處攻擊他，對他的耳朵製造噪音的傢伙還沒找到，點頭說：「去看看！」

鳳俊俊先飛奔到泳池旁拿了衣服就走，五分鐘後跟大家一起到下面的第十一層娛樂區。

在這一層有電影院、歡樂遊戲場、音樂酒吧和健身房、按摩室五大主要的娛樂區，而發生爭執的地方就在音樂酒吧區。

哪怕早已經聽到尖叫，心裡有所設想，在看到音樂酒吧前的畫面時，風鳴還是心中重重一跳——

有兩個男人已經互相攻擊到見血了，旁邊三個女人的臉色也非常難看。

讓風鳴覺得驚訝的是，排名第一名的海倫娜竟然就在那三個女人中，而她們三個人的爭執竟然還在繼續。

「妳不要以為我不知道妳是怎麼覺醒成光明女神蝶的！像妳這樣的人，也配覺醒光明女神蝶？誰的心都沒有妳的心黑！妳利用自己妹妹才覺醒，妳死了以後有臉去面對妳妹妹嗎！」

海倫娜的臉色在一瞬間變得冰冷至極。

「我不認識妳，不懂妳在說什麼。」

然而她隱藏在身體中的怒意和殺意，卻被風鳴第一時間捕捉到了。

雖然來自於海倫娜的殺意只有那麼一瞬，也夠讓風鳴在心中戒備這個化形之後異常美麗的光明女神蝶的覺醒者。

這個時候，那個被海倫娜說不認識的女生臉色難看到了極點，她胸膛劇烈地起伏著，彷彿不這樣做就會被堵在胸中的那口氣氣到原地爆炸。

「妳不認識我？妳竟然說妳不認識我！都是在同一個地方長大的，妳竟然說不認識我！海倫娜！不，鄧娜，我就沒見過比妳——」

在那個女人憤怒咆哮的時候，風鳴又在嘈雜的人聲中聽到了很細微、像低頻噪音一樣的聲音。只不過比起他在瞭望台上聽到的那個噪音，聲音小了很多，這個噪音似乎離自己有一定的距離。

風鳴歪著耳朵，閉上眼睛細細地聽著那細小不間斷的噪音，同時後背的三翅膀搧了搧，然後他的耳朵和感應到的空間波動，讓他把目光定格到酒吧門板後面的隱蔽空隙那裡。

因為音樂酒吧的燈光比較昏暗，他們在外面陽光又明亮，從外面看向裡面，幾乎只能看到一片漆黑，更別說遠遠地隔著門縫往裡面看了，根本應該看不到任何東西。

然而，風鳴透過那黑黢黢的縫隙看到了一隻充滿惡意的眼睛。當他的目光和那隻眼睛對上的一瞬間，無論是風鳴還是隱藏在門後縫隙的人都是一驚，不過是一眨眼的功夫，那雙惡意的眼睛便消失了。

風鳴在瞬間閉上了眼睛，靈力波動開始遍布整個空間，用意念追逐著那個逃走的人。

或許別人面對這樣的情況毫無辦法，但在他所在的空間中，沒有任何一個人能逃掉他的靈力波動和意念的追捕。

顯然那個人也不知道傻白甜的鳳俊俊有他完全不應該有的能力，因為篤定鳳俊俊只不過是一個傻白甜或者有心機的白蓮花，所以那個人從酒吧的側門出去之後，就堂而皇之地跟其他被動靜吸引過來的人聚集到酒吧門口。

風鳴鎖定了這個位置後沒有抬頭去看，而是一直盯著酒吧的大門，就像在思考剛剛自己看到的眼睛是不是真實的樣子。

然而，蔡濤看到風鳴的樣子之後主動走到他旁邊，詢問他發生了什麼。風鳴感到了那種惡意的注視，並沒有回頭，還看著酒吧的大門，嘴裡卻說著完全不同的話：「幫我看一下海倫娜旁邊十點鐘方向的人是誰？就算不認識也沒關係，記住他的臉，那個人有問題。」

蔡濤心中頓時一緊，面上卻不動聲色。他先跟著風鳴看了酒吧的大門一會兒，才狀似不經意地抬頭往海倫娜十點鐘的方向看去。

然後一個人的臉出現在他的視野中。蔡濤心中一震，臉上卻只掃了那邊一眼就收回目光。然後輕輕對風鳴點頭，表示他已經看到了人，並且認出了那個人是誰。

風鳴就點頭不再說話。

風鳴才注意到現在的場面似乎變得有些奇怪。

那個剛剛還憤怒地對海倫娜咆哮的女人，此時卻忽然安靜了下來。她的樣子和之前對風鳴惡語相向的魏栩衣非常像，臉上滿是懊惱和不甘。

她對面的海倫娜則非常冰冷地看著這個女人，等她閉上嘴巴的時候才開口：「我不知道是誰雇傭妳專門在比賽中這樣黑我，又或者妳是真的把我認成了別人，但我並不是妳口中的那個鄧娜，我也不是和妳在同一個地方長大，這些在我的身分證和戶口上都有寫，做不了假。

我能理解妳想要不擇手段取勝的心情，但是做人還是要有一些底線，不要為了自己的勝利而詆毀別人，這樣得來的勝利並不值得光榮。」

海倫娜的話讓周圍不少人都點頭，看著那個女人的眼神都帶著不贊同和幾分鄙夷不屑。可那個女人在意的並不是別人的眼光，而是她竟然提前在海倫娜面前暴露了。

她還沒有打聽到海倫娜那幾年消失到了哪裡、沒有弄明白她到底是怎麼覺醒的、沒有為自己最好的朋友鄧娥報仇，她什麼都來不及做卻已經沉不住氣，對海倫娜開火了。

木婻閉上了眼睛，覺得自己實在太沒用了。她明明已經下定決心，要忍著所有的怒意和恨意，為什麼剛剛沒有控制住自己呢？

因為木婻沒有再說話辯解，網友和周圍的人都更傾向於海倫娜說的話。不過看現在木婻的樣子，他們都沒再說什麼，各自散開來。那兩個她們帶來的，已經打到見血的保鏢、助理也被遊輪上的服務生分開，並且分別用治療的靈能卡給予了治療。

但是木婻還是收到了警告，讓她不要隨意挑起爭執。木婻沒有開口，似乎整個人的精氣神都被抽走了一大半，不過很快，她又像是下定了決心似的深吸一口氣，轉身離開了。

風鳴四人圍觀半天，到最後也只是圍觀而已。看完了這個突發的事情，他們乾脆在這第十一層裡尋找彩蛋。

不過在他們進入電影院，聚在一起一一查找彩蛋的時候，風鳴讓靈氣在體內運行，最後一大部分流入三翅膀，製造了一個以他為中心，直徑一公尺的空間安全區後，才對蔡濤、圖途和文青史招手。

「我發現了一個找彩蛋的訣竅！快來，先把直播球推遠一些～」鳳俊俊一臉「我真厲害，快點過來聽我說話」的樣子。

然而，等四個人頭靠著頭，聚到一起之後，鳳俊俊的嘴臉一下子就變了。

「看到那個人了嗎？你認識他嗎？不認識也沒關係，能指出照片就行。」

蔡濤的表情有點嚴肅：「不用指照片。我知道她，是昨天被淘汰的十四個人裡，排名最高的那個女生。之前還專門找你買過魚，但被拒絕了，好像是叫什麼嬌嬌。」

風鳴頓時把眉頭皺得死緊：「薛嬌嬌？」

這是他怎麼也沒想到的答案，然而當這個答案出現在他眼前的時候，他卻忽然明白為什麼會是這個人了，也忽然想起了一個被自己忽視的盲點。

薛嬌嬌之前排名三十二名，而今天在瞭望台上突然真情流露（？），又像鬼上身的魏栩衣是第三十一名。

薛嬌嬌昨天被淘汰之後，整個人的表情和氣質都陰沉得不得了，風鳴以為她下船離開了，但她竟然還在船上。如果她在船上，那被淘汰的十四個人是不是也在船上？如果他們都在，為什麼竟然沒有一點存在感？

這不正常。

風鳴想了想，「……如果我沒猜錯，一會兒可能還會再發生爭執。到時我們儘快趕過去，你們注意一下那些人中有沒有昨天被淘汰的十四個人。以及，如果你們忽然聽到了極細膩的嗡鳴聲，一定要控制好自己的情緒，我懷疑有人在暗算我們，他們想要透過我們很難注意到的聲音來干擾我們的情緒。」

風嗚嚴肅著臉，說出了自己的推論和要求，蔡濤和圖途沒有猶豫地點頭。圖途還忍不住揉了揉自己的耳朵：「真麻煩，總是用一些見不得光的手段，果然是反派標配！」

蔡濤在戒備之中，眼中還亮著驚人的光。他不怕那些人行動，就怕那些人不行動。只有他們動了、露出痕跡，他才能抓住更多的線索找到澄澄。

唯一狀況外的就是文青史了。

他有點發愣地看著性格忽然沉穩，智商也一下子上線達到20G的鳳俊俊，心中忍不住猜想這個俊俊到底是怎麼回事，難不成是雙重人格？還是要幹什麼的臥底？

鳳俊俊看著文青史的表情才忽然意識到什麼，特別敷衍地對文青史笑了一下：「哎呀，俊俊忘記告訴你了，俊俊其實是雙重人格，我還有一個哥哥在保護著我喔！」

文青史：「……」

明白了，你是個臥底，你來這個比賽有其他的目的。

不過，文青史倒是有些好奇這個比賽到底有什麼見不得光的內情，但他沒有多問，而是想了想，把聲音壓到非常低地道：

「剛剛，海倫娜和那個女人的對話，海倫娜說謊了。而且，海倫娜和那個女人的靈魂顏色相差太大了，一個是濃稠的灰黑，另一個卻是非常沉靜堅定的綠色。」

風嗚三人都看向文青史。這個少年推了一下眼鏡，又彎下腰去尋找彩蛋，嘴裡嘀咕一句：「雖然我不知道你們要幹什麼，但是我相信我看到的靈魂，也要幫助自己的夥伴。」哪怕他們只是臨時的找彩蛋小組。

鳳俊俊就露出了一個大大的笑容：「哎呀，文文，俊俊開始喜歡你了喔！」

剛走到電影院門口，手中端著飲料和小點心的后保鏢聽到這句話，也勾起了嘴角。

文青史突然就打了個冷顫。

他抬頭四處張望，就看到那端著盤子的保鏢金色耀眼的靈魂之光。

文青史：「……」

這顏色的靈魂，他要是真的保鏢，我就直播吃盤子！！

然而雖然看清了一切，文青史還是得裝做什麼都不知道，看著鳳俊俊和他的保鏢飆戲。

心好累。

文青史一屁股坐到他搜尋的那個椅子上，表情忽然變得微妙。

半分鐘後，文青史找到了他的第二顆彩蛋，就在他的屁股底下。而且，那顆彩蛋上面刻著「圖途」的名字。

文青史：「……」

圖途：「……」

真是讓人覺得不美妙。

之後的情況就像風鳴所猜的那樣，到中午吃飯的時候，八十六位參賽的美人中，上午有二十幾個發生了或大或小的爭吵，讓整個搜尋彩蛋的過程變得微妙起來。

每一次爭吵的時候，風鳴他們都會第一時間衝過去圍觀。雖然表面上看上去是圍觀，但他們卻發現爭吵的現場，總是會出現昨天被淘汰的十四個人中的幾個。

風鳴看到最多的人就是薛嬌嬌。

當風鳴在爭吵的現場第三次和薛嬌嬌的目光對上的時候，他忽然看到薛嬌嬌對他露出了一個無比的惡意和惱怒的獰笑，下一秒，他的耳邊彷彿從四面八方忽然響起了讓人極為不舒服的細小嗡鳴聲。

然後，風鳴感到了極端的憤怒和嫉妒，一瞬間他雙眼泛紅，幾乎要控制不住地張嘴說些什麼或者做些什麼，一直關注著他的后熠在第一時間就衝了過去。

結果鳳俊俊的行動比他更快，他直接跨步走到旁邊的點心桌，用兩隻炸雞腿塞住了自己的嘴巴，一邊一個，就什麼都說不出來了。

等吃完了雞腿，那種情緒也沒了。

后熠：「……」

薛嬌嬌：「……」

圍觀粉絲：「？？？」

鳳俊俊突然啃雞腿的樣子讓看他直播的網友和粉絲們都愣了一下。他們剛剛也發現鳳俊俊的表情突然不對，好像整個人變得有些激動，在他們以為俊俊要說什麼或做什麼的時候，萬萬沒想到俊俊只是跑到餐桌的小餐盤旁，把兩個小雞腿塞到了自己嘴巴裡？

傻眼過後便是滿螢幕的「哈哈哈哈哈」、「俊俊餓了，等不到吃午飯了」、「忽然覺得那兩個小雞腿超級萌，尤其是在俊俊嘴巴裡」等彈幕。

這個時候，后隊長已經帶著關心走到自家小鳥兒的旁邊，看著小鳥兒那一邊一個，腮幫子鼓出雞腿的形狀，莫名有點想笑又有點心疼。

「你還好吧？剛剛是怎麼回事？」

鳳俊俊嘴裡還塞著雞腿，這時候讓他覺得憤怒和嫉妒的情緒也沒有消失，他只是用特別犀利的眼神瞪著面前這個青龍組的隊長，開始罵：

「烏拉烏拉啦啦房啪門丐氣始！嗷嗚嗚嗚給滴底哼手錶都該始……堅韌！」

后熠：「……」

除了最後兩個字他聽懂了意思，剩下的彷彿哼唧的天書。

而且，鳳俊俊剛剛似乎是在做試驗，發現只要自己一張口就會不自覺地說話，他就閉上了嘴巴，捂著自己的腮幫子一言不發了，只是在嘴巴裡一點一點地用牙齒吃雞腿。

后熠看他除了瞪自己的眼神特別有力之外，沒有其他的負面反應，心裡稍稍鬆了口氣，然後后隊長的臉色就有點微妙。他家小鳥兒嘴巴裡的那兩個字估計也是憋了許久，不然最後也不會說得那麼斬釘截鐵、感情充沛。

后熠忍不住輕笑起來，想了想，從餐桌上端起一杯果汁，遞到鳳俊俊面前：「別噎到了，要不要喝果汁？」

鳳俊俊鼓著自己兩個圓滾滾的腮幫子，對他翻了個大白眼，轉頭又拚命吃雞腿。

『哈哈哈哈哈哈！這個白眼真是太萌了！』

『不要打擾俊俊吃雞腿！你這個保鏢走遠一點！』

鳳俊俊在這邊成功用兩個雞腿堵住了自己的嘴巴，看得在角落裡一直等他發瘋、說出心裡最憤怒和隱祕之事的薛嬌嬌臉色鐵青。

她完全不敢相信自己新得到的能力，竟然被這個小子這麼輕易地破掉了！！

明明昨天晚上，那個人說她的能力是任何一個人都無法抵抗的！明明那個人說，只要她擁有了這個能力，就能把所有人最醜陋的一面展示給網路上的觀眾們看！可是這個鳳俊俊為什麼還沒有露出他醜惡的真面目！

薛嬌嬌越想越覺得憤怒和不甘，她絕對不能就這樣放過鳳俊俊，她心中已經有了不好的預感，這個鳳俊俊很可能發現了她暗中做了手腳，如果不趕緊除掉他，之後的行動會受阻不說，還有可能會被他抓到把柄或者傷害。

她還沒有把那些曾經嘲笑欺負她、那些高高在上，不把她放在眼裡的人全毀了，她絕對不會在這個時候放棄！

薛嬌嬌想到這裡便冷笑起來，就算鳳俊俊躲過了她的噪音攻擊又怎樣？鳳俊俊可不是只有一個人，她就不相信他的夥伴們也能不受她的技能控制！

薛嬌嬌把自己的目標定在圖途和蔡濤的身上——這兩個人，一個看起來脾氣暴躁、容易被刺激，另一個陰鬱冷漠，內心裡肯定藏滿了見不得人的祕密，只要讓他們因為控制不住自己的惡意和嫉妒之心，在眾目睽睽之下自毀長城，他們毀了也會給鳳俊俊帶來極大的打擊。

於是，剛剛還在旁邊看鳳俊俊莫名其妙突然吞雞腿的圖途和蔡濤，在三分鐘之後臉色也忽然變了。

他們兩個人挨得很近，站在一起，這時候耳邊響起了輕微的嗡鳴聲，這聲音非常像是耳鳴的聲音，卻多了一股讓人煩躁的意味。

圖途還抖了抖耳朵，以為自己忽然耳鳴了，卻感到一股強烈的憤怒和嫉妒的情緒占據了他的內心。旁邊的蔡濤更是在一瞬間就紅了眼，似乎被某種可怕的情緒支配了。

圖途猛地一顫，想到了風鳴在電影院跟他們說的話。眼看蔡濤就要憤怒地咆哮出什麼，他直接拉著蔡濤往餐桌旁跑，學鳳俊俊把餐盤上僅剩的四個小雞腿塞了兩個到蔡濤的嘴巴裡，又往自己嘴裡塞了兩個，成功堵嘴！

幾乎已經要脫口質問黑童組織到底把他妹妹藏在哪裡的蔡濤，被雞腿堵得結實，發出了一堆胡亂的吼聲。圖途的嘴巴也烏拉烏拉地說了一大堆，只有他自己知道他在罵那些看起來就很假的參賽選手和假白蓮花……

然後被堵住了嘴，只能烏拉的圖途和蔡濤就非常感謝自己嘴裡的那兩根雞腿。他們的情緒雖然一時之間控制不住，但是心底很清楚他們的狀態不對。

好在現在他們什麼都說不出來，也就放任自己嘴裡塞著雞腿，時不時胡亂哇啦幾聲，等到三人都把雞腿吃完的時候，他們心底爆發的情緒也終於消退了。全程大概不到十分鐘的時間，卻也看得周圍的人一愣一愣，心想這三個小子是突然發神經病了？

有一位男參賽者就帶著一點嘲笑地問：「你們是怎麼回事？表演逗趣集體吃雞腿嗎？」

風鳴剛從之前的負面情緒中平復過來，此時還沒辦法完全恢復到俊俊的狀態，那一雙圓圓的眼睛在一瞬間變得銳利，盯著說話的那個男人，露出一個有些可怕的笑容：「不是集體吃雞腿，是剛剛我忽然覺得情緒不太穩定，特別想打人，還想罵別人全家。」

問話的人：「……」你說這句話的時候，盯著我看是什麼意思？

鳳俊俊突然在這時候可愛地笑了起來。

「但是俊俊不是那種壞人啊！為了平復心情，俊俊就只能吃兩個雞腿冷靜冷靜啦。不過剛剛真的好奇怪，俊俊好像忽然聽見了很低的那種，像是耳鳴噪音的聲音，然後忽然覺得心情特別不好，想要打人、罵人、吃雞腿了？」

在眾人面前，鳳俊俊露出了一個非常疑惑的表情：「這種情況只有俊俊一個人出現嗎？其他人沒有聽到類似的聲音嗎？」

似乎還怕其他人想不起來，可愛的俊俊又補充了一句：「我覺得今天上午好多吵架的人情緒都不太對呢，明明昨天他們都還是很溫柔、很好相處的樣子啊？」

只是這幾句話，就讓在場原本還算平靜的氣氛陡然變得凝滯起來。

大家好像突然想到了什麼可能，每個人臉上的表情都肉眼可見的難看起來，包括剛剛互相吵架、翻出對方真面目、惡言相向的兩個參賽者。

這時候，沉默的蔡濤忽然開口：「我也聽到了，心情不好吃就雞腿。」

然後圖途補上：「老天，刀子，你也聽到了？我剛剛也聽到那種細微的嗡鳴聲了！要不然我也不會跑過來用美食讓自己恢復平靜。」圖途滿臉義憤填膺：「太過分了！到底是誰要害我們當眾出糗！」

在場的眾人沒有說話，薛嬌嬌卻在鳳俊俊開口的第一時間從角落裡溜走了。她不能在這個地方繼續待下去了，太危險了！

然後，吵架的那兩個人也臉色難看地說他們也聽到了聲音。等到中午在宴會廳吃飯時，就有形象已經被毀得差不多的一個參賽者當所有人的面問出了這個問題。他當然不甘心自己的比賽因為別人的算計而結束，想要抓出那個算計的人。

他的提問，直接引起了上午莫名吵架的二十幾位參賽者的憤怒和警覺。於是，所有人都開始懷疑地看向夏語冰，想要他給一個解釋。

鳳俊俊注意到在那一瞬間，夏語冰的笑容有微微的僵硬，然而，他的眼中似乎有一絲隱藏的快意？

這異樣也不過是一瞬間，夏語冰嚴肅著臉，緊急和主辦方的上層聯絡。然後他接連嗯了幾聲，等放下電話之後，就對參賽的那些人道：

「賽方對此非常抱歉，我們沒有想到會有參賽者為了晉級，使出這種下作的手段。不過諸位請放心，等到下午的時候，我們就會開啟靈能監測，只要發現有誰使用了自己的靈能，我們就能第一時間鎖定她，如果大家都不使用靈能，只有那個人使用的話，就能很輕易抓到暗自動手腳的人了。不過我想，那個人應該不會有那個膽量了，下午的比賽應該可以公平進行。至於已經受到影響的參賽者……公司會在今天晚上送上精美的賠禮，還請各位接受。」

風鳴聽到靈能監測的時候，心中微微一跳，不知道自己的老三會不會被監測到。然後他的三翅膀彷彿十分得意又不屑地拍了拍他的背，風鳴就安心了。

上午吵了架的參賽者卻對這樣的答案並不滿意：「那我們受到的損失就這樣算了嗎？你們

知不知道因為你們的疏忽，讓我損失了多少粉絲和流量？」

這個參賽者還想不依不饒地說什麼，夏語冰卻忽然抬眼，微笑看著他，吐出了十分冰冷，甚至帶著嘲諷的話：

「先生，雖然您被攻擊了，但您說出來的那些話卻是您心底最想說的話。說句不好聽的，那個攻擊也只是誘發了您心底的惡意而已，和我們公司是無關的。如果您本身心靈美麗，或許最後的表現就是覺得不舒服，然後去吃個雞腿？」

那個人被說得啞口無言，最後把憤怒的目光對上正在吃雞翅的鳳俊俊。

鳳俊俊：「？」

和我有什麼關係？罵人毀形象的又不是俊俊。

於是，午餐在不是很愉快的氣氛中結束了。下午的時候大家還是小心翼翼的，生怕自己被人偷偷攻擊。不過在最開始的半個小時內，每個人的情緒都很正常，也沒有聽到那種像耳鳴一樣的嗡嗚聲。

似乎一切都變得順利了起來。

然而，在沒有人發現的遊輪最底部，一個有一百個螢幕和大型監測儀器的房間內，幾個戴著護目鏡的人看著那個被放大了十倍的鳳俊俊照片，搖了搖頭。

「他不符合篩選條件，並且已經影響到了實驗。」

「對，淘汰他吧，沒見過這種奇葩，他不能再進入下一輪了。」

「他的彩蛋已經被藏到他絕對無法發現的地方了，如果他運氣特別好地發現了，我們還可以提前通知『蛹』去把那個彩蛋拿到手。」

「無異議。」

「被淘汰率百分之九十九點九九。」

因為鳳俊俊當著眾人的面說出了被攻擊的事情，直接讓賽方作出承諾，也讓暗地裡偷偷動手腳的薛嬌嬌和另外幾個人收到了停止行動的指令。

雖然薛嬌嬌幾個人對此非常不滿意，但在他們同意和昨天晚上突然出現的聲音做交易時，他們就已經選擇了未來的路，喪失了名為「自由」的東西，只是現在他們才剛體驗到而已。

薛嬌嬌的反應非常激烈，她本身就不是聽話的人，於是她表面上答應了不動手，心中卻想著只要自己一擊成功，即便之後再被責罵也沒關係。結果在她看到鳳俊俊、想要動手的時候，卻被一個面帶微笑的服務生擋住了前路，她正要橫眉怒斥叫這個人離開，這個看起來平平無奇的服務生卻說出了讓她瞬間清醒，渾身發寒的話。

「薛小姐，請不要擅作主張。您已經和我們簽訂了實驗契約，如果您不聽命令的話，我們會很難辦。您想讓我們收回您現在用的能力嗎？還是想接受我不建議您體驗的違約懲罰呢？」

明明是很溫和悅耳的聲音，聽在薛嬌嬌的耳裡卻讓她硬生生地打了個冷顫。她下意識後退了半步，有些艱難地道：「……我沒有想動手，我只是想要看看他能不能找到自己的彩蛋。我不會違規的，你走吧。」

那個服務生靜靜地看了她片刻，最終點頭：

「希望如此。那我離開了，您可以隨意遊玩。喔，看您焦急的樣子，我可以告訴您一個讓您開心的消息。不需要您出手，那個叫鳳俊俊的少年也是過不了今天的挑戰的，他的彩蛋沒有人找得到。」

薛嬌嬌站在圍欄旁邊，臉上的表情莫名。她遠遠地看著在健身房那裡東找找、西找找的鳳俊俊，最終露出一個冷笑。

她確實是被嫉妒和憤怒沖昏了頭，比起自己動手，讓這個討厭的傢伙喪失資格，官方在這場比賽中動手腳才是最穩妥和安全的方式。現在她什麼都不用做，只需要靜靜地在這裡看著那個少年隨著時間一分一秒流逝，一直都找不到屬於自己的彩蛋而露出越來越著急、驚慌的表情就可以了。

雖然這樣體驗到的快感不如看他當眾出醜、暴露出自己討人厭的那一面，但看著人慢慢地失望，甚至絕望，也是一件非常讓人愉快的事情呢。

薛嬌嬌這樣想著，嘴角露出了一絲笑容，看了一眼電子腕錶的時間，找一張休息椅坐了上去。

鳳俊俊沒聽到薛嬌嬌和那個服務生的對話，但他同樣看了一眼腕錶上的時間。

現在已經是下午兩點多了，距離這次挑戰結束，最多還有四個小時。為了穩妥一點，至少要在下午五點的時候找到刻著自己名字的彩蛋才行。

現在鳳俊俊四人組已經找到了十二顆彩蛋，卻運氣非常不好地只有圖途的彩蛋在這十二顆彩蛋裡，其他三個人，鳳俊俊、文青史和蔡濤的彩蛋都沒有被找到。

文青史忍不住推了一下自己的眼鏡：「……我們四個人卻只有十二分之一的概率，這個資料有點太少了。所以，我們當中有歐洲非酋嗎？」

圖途第一個跳起來：「我當然不是非酋，至少我的彩蛋找到了！」

文青史也道：「我的運氣通常也很不錯。」

然後這兩個人就轉頭看向鳳俊俊和蔡濤。蔡濤想想自己從小到大都不怎麼樣的運氣，低眉順眼地沒說話，鳳俊俊卻立刻揚著眉毛否認：「俊俊的運氣很好！俊俊才不是非酋！！」

他的話音剛落，遊輪上就響起了廣播：

『現在是下午兩點三十分，現在為大家通報已經被找到的彩蛋數量及相對應的名稱。本輪挑戰共有彩蛋八十八顆，被找到的彩蛋是五十八顆，還有三十顆彩蛋未被尋到。大家可以到十一層電影院查看自己的彩蛋是否被找到了，請大家擦亮眼睛，繼續加油吧！』

鳳俊俊他們四個人現在在健身房，電影院就在他們隔壁，於是四個人快步跑到電影院，就看到電影院的超大螢幕上投放著他們八十八人的參賽照片，照片亮著的是已經被找到彩蛋的參賽者，相反，照片灰暗的就是彩蛋還沒有被找到的人。

四個人一眼就看到了排名第二名，說自己絕對不是非酋的鳳俊俊照片灰著，在前後左右所有照片都亮著的情況下，也算是另類醒目了。

鳳俊俊：「……」不是，我懷疑這比賽的主辦方在針對我鳳俊俊！！

這個時候，職位是生活助理的風勃端著點心和壽司的盤子走過來，替他親愛的堂弟補了一刀：「從吃完午飯開始，我就有不祥的預感了。你很有可能沒辦法通過這輪挑戰，雖然這不是絕對的，但你自己要心裡有數。」

風勃是貼著鳳俊俊耳朵說話的，所以其他人沒有聽到他的話，但從鳳俊俊那突然難看起來的臉色就能知道，這個端盤子過來的生活助理說的絕對不是什麼好話。

鳳俊俊原本就有那麼一點不舒服，彷彿被針對了的感覺，在風勃說完後更確定了這一點。他在心中冷笑起來，臉上卻是一臉難過和好無辜。

「俊俊才不是非酋……明明俊俊運氣很好啊，遇到的人也都很好，為什麼沒人找到俊俊的彩蛋？」

那樣子看得粉絲和網友們都心疼了起來，在彈幕刷著「俊俊別哭」、「俊俊我幫你開光」的話時，鳳俊俊卻又抬起頭，露出了一個堅強（？）陽光的笑容：

「沒關係！現在才兩點半呢，距離太陽落山還有好幾個小時，俊俊的彩蛋一定會被人找到的，說不定到最後，俊俊能找到自己的彩蛋！俊俊絕對不是非酋，你們相信俊俊！俊俊是歐洲人！」

然而，圍觀的網友和粉絲們沒一個人相信他，都覺得這是來自非酋的自我安慰。

在場的參賽者們也各自在心中幸災樂禍地笑，距離太陽落山最多只剩三個小時，而他們已經快把最頂層的三層區域全部翻遍了，越往後只會越來越難找。基本上，現在還沒有找到彩蛋的人已經註定無緣決賽前十了。

在這些沒有找到彩蛋的人中，只有鳳俊俊的排名最高。如果沒有意外，他必然會是前十名中的一個，現在他搞不好會落選，實在是給後面的人一個意外之喜。

圖途和蔡濤、文青史沒說話，但看著鳳俊俊的眼神都有些擔憂，不過鳳俊俊還是那個堅信自己是歐洲人的樣子。

「好啦，不要在這裡耽誤時間了，我們還是繼續去找彩蛋吧！俊俊說的是真的，俊俊是歐洲人呢。」

就算在其他時候不是，但在這一場尋物比賽中，他還真的能夠成為人工歐皇。要不是怕官方懷疑他開掛，如果給他半個小時的時間，他能橫掃所有彩蛋。但現在，他還是要慢慢來。比賽官方已經開始針對他動手腳了，在登島之前，他絕對不能崩了人設。

唔，至少不能崩得太過明顯吧。

到下午四點的時候，又有兩個彩蛋被人找到。那兩個彩蛋都不是鳳俊俊的，但鳳俊俊四人卻已經到宴會廳大門口等待，和別人交換他們手裡的彩蛋了。

當鳳俊俊他們從背包裡掏出了整整十三個彩蛋的時候，那金光燦燦的彩蛋閃瞎了聚集到這裡，想要換彩蛋的人的眼。同樣，也讓大家更加確定鳳俊俊是個非酋了——四個人逆天地找到了十三顆彩蛋，卻愣是沒有一顆是自己的，這得多衰啊。

但鳳俊俊沒有在意，他們直接乾脆地報出了這十三顆彩蛋上的名字，聽到他們喊名字的人簡直像是聽到了勝利的號角。

那十三個人中，包括排名第四的玉無暇都面帶喜色地走到鳳俊俊他們面前，有彩蛋的人就直接把手裡不是自己的彩蛋和他們交換。在這一波人裡，文青史的彩蛋被交換了過來。

剩下五個人沒有找到彩蛋，臉色有些驚慌焦急，甚至有人還想硬搶，結果被蔡濤直接用刀尖指著脖子，差點嚇死。

「你這是什麼意思？那彩蛋上寫的是我的名字，你不至於不給我吧？」

蔡濤完全沒理會這個叫囂的人，看向鳳俊俊。

鳳俊俊就露出一個淡淡的微笑：「我們找到了彩蛋就一定會給你們。一顆彩蛋五十萬，你們要就買，不要就退出比賽吧。反正不參加比賽還可以當觀光遊覽啊～俊俊也沒有彩蛋，俊俊也不著急啊。」

那五個人抽了抽嘴角，最終有三個人掏出五十萬買了自己的彩蛋，另外兩人面色難看地在旁邊軟磨硬泡哭窮，就是不願意掏錢。以至於最後途圖非常不高興，想動手時被鳳俊俊拉住，直接舉著自己手裡的兩顆彩蛋道：

「誰手裡有蔡濤的彩蛋？我們用兩顆彩蛋換他的一顆！你拿著不是你的彩蛋也沒有用，不是嗎？就算一顆彩蛋可以加一個名次，用一個名次換兩個名字不是更好嗎？」

大約過了三分鐘，還真的有一個女孩走出來，用手裡的蔡濤彩蛋換了那兩個不願意掏錢的人的彩蛋，然後在自己保鏢的護送下迅速回了房間，那兩個男參賽者就算想跟過去也不行。

於是，鳳俊俊又收到了四道帶著惡意的目光。

俊俊嘆氣，明明是他們自己不願意掏錢，為什麼卻把責任推到他身上呢？而且這也不是生死攸關的事情，只是一場比賽而已啊，他們幹嘛這麼認真？

事實上，在遊輪上的第二天下午，絕色美人大賽第二輪的氣氛就已經變了。而且這變化越來越明顯，帶著越來越危險、詭異的氣息。

下午四點半，太陽已經落下了一半。

像是半個鹹蛋黃一樣的太陽倒映在海面上，給人一種落幕的美感，但還沒有找到自己的彩蛋，或者沒有交換到自己彩蛋的參賽者卻無暇欣賞這片美麗，越來越焦急，甚至有些瘋狂。

有人直接大喊出錢買彩蛋，讓找到他彩蛋的人不要藏著了，但最終還是沒有人站出來。有人想要去翻別人的口袋，被直接拒絕。

壓力在這時無聲蔓延，氣氛變得非常糟糕，幾乎所有人都認為這時候還沒有拿到彩蛋的人必然會落選。

楊伯勞來送小點心的時候，說出了他的統計：「這一輪，目前只有四十四個人有了自己的彩蛋。」

然而，有六十顆彩蛋被找到了。也就是說，至少有十六顆彩蛋被人藏起來，沒有交換。

鳳俊俊垂下眼點了點頭。

人心如此，才是正常，不過人心和必然在他這裡沒有用。

鳳俊俊忽然抬起了頭。

「俊俊不相信！現在距離最後的時限還有時間！俊俊要再去找一遍！！」

他說完就在第十層飛奔起來，開始從頭到尾翻找，那樣子就像在做最後徒勞的掙扎。

在遊輪最下方的監控者們看著螢幕笑，薛嬌嬌則在角落裡端起酒杯。

距離太陽落山最多還有二十分鐘，二十分鐘的時間，連跑完遊輪最上面的三層都來不及。

而那顆彩蛋被他們藏在最頂層一個誰也不可能想到，即便想到也很難上去的地方。這個少年註定要被淘汰了。

他們看著鳳俊俊像風一樣從遊輪第十層的最東邊跑到最西邊，然後又從第十一層的最西邊跑到最東邊，最後他又在頂層跑了一圈，足足花費了十分鐘的時間。

這時候，太陽只剩下小小的一片了，彷彿在下一分鐘，甚至下一秒就會徹底落下。

被所有人關注著的鳳俊俊忽然抬起頭，看向在瞭望台最中間那根筆直矗立著的國旗旗杆。

監控者們心中一跳。

下一秒，他們看到那個少年直接變成一隻三色雜毛小山雀，用雜毛小山雀絕對不會有的速度像利箭一般飛向旗杆的最頂端。

迎著日落的最後一縷光，他細小的腳爪踩在了旗杆最頂端，那顆金燦燦的彩蛋上。

「俊俊找到自己的彩蛋啦！！啾！」

所有人在這時齊齊張大嘴巴，薛嬌嬌手中的酒杯落地，發出憤怒的尖叫，監控室中則傳出了椅子倒地的聲音。

螢幕中的那隻三色小山雀搖頭擺尾，頭頂呆毛迎風飄著，無比驕傲地對直播球喊了一句：

「俊俊不是非酋，是歐皇啾～」

彈幕和參賽者們都炸了。

鳳俊俊在最後時刻找到自己彩蛋的畫面，成為了今天直播重複點擊率最高的一個畫面。

任誰都沒想到比賽到最後還會有這種反轉，大大刺激到了網友和粉絲們的心，連帶著靈網上的話題度也變得超高，甚至「俊俊是歐皇」的話題還被頂上了熱門第三位。在長期被后熠隊長及池霄隊長占據一二的靈網熱搜榜上，能取得第三的位置，可見熱度之高。

靈網不同於從前那些漏洞百出的網路，不可以隨意用資本操控，這是一個連網軍都生活得小心翼翼，刷票搞不好會被直接查封所有相關帳號，相當真實、只看實力的網路。

所以，鳳俊俊紅了。

但鳳俊俊的最後反轉，除了讓他和他的小夥伴們高興之外，對於反派和剩下沒有找到自己彩蛋的參賽者來說，都是相當重的打擊。那些早就篤定鳳俊俊沒辦法進入下一輪的監測者們被狠狠打了臉，而以為鳳俊俊會和自己一樣被淘汰，心裡多少有點安慰的參賽者們一下子變得更酸了。

憑什麼！憑什麼這個傻白甜的鳳俊俊能在最後一刻找到自己的彩蛋？憑什麼他們找得那麼辛苦還沒有找到？

最重要的是，憑什麼這個排名第二名的少年還能在他們都放棄時堅持到最後一刻去尋找，他們不願意相信這是心態上和觀念上的差距，於是憤怒地認為這是一場炒作。

欲揚先抑，許多事情不都是這樣的嗎？

沒看到這一場挑戰賽結束後，鳳俊俊的人氣高到了什麼程度嗎？他已經直逼排名第一名的海倫娜了。

「我不相信他是在最後找到彩蛋的！他一定早就知道自己彩蛋的位置了！你們肯定早就和他通風報信了吧！」同樣沒有找到自己的彩蛋，和鳳俊俊有點撞人設的倉鼠系靈能者孫玉書突然大喊起來：「還有，你們節目組是不是有內幕？只準備了想要晉級的人的彩蛋，我們這些沒找到彩蛋的人根本就沒有相對應的彩蛋吧！不然我是倉鼠系的靈能者，本來擅長的就是搜尋，我不可能找不到我自己的彩蛋！」

孫玉書的情緒有些激動，眼眶微微發紅，他沒有像之前提出意見的選手一樣咄咄逼人，而是非常聰明地用裝可憐的手段逼節目組給他一個說法。

直播畫面中的少年眼眶微紅，低著頭，倔強不肯認輸的樣子讓他的粉絲們一個個都心疼得不得了，彈幕都在刷讓節目組給個交代。

雖然孫玉書的粉絲們大部分都是讓節目組顯示出剩下的彩蛋位置，但也有一些狂熱的粉絲開始詆毀鳳俊俊，覺得他能在最後找到自己的彩蛋，實在太好運了一點。

而且，在他找到自己彩蛋的時候，幾乎是沒有任何猶豫地飛上了那根國旗旗杆，他是怎麼肯定那根旗杆上的彩蛋就是他的呢？如果不把這個歸於終極的運氣，就真的有點可疑了。

很快，沒找到自己彩蛋的參賽者們都開始用哭哭啼啼，或者故作倔強的樣子來懷疑參賽方對彩蛋動了手腳，夏語冰看著那幾十個人的樣子，嘴角揚起一絲嘲諷。

無法接受自己的失敗、對比自己優秀的人充滿嫉妒，甚至恨意，還擅長煽動並控制粉絲，想來這二三十個人，也會成為合格的實驗對象吧。

和他想的一樣，在此時，遊輪最底部的那個隱祕監測室裡，剛剛因為鳳俊俊最後翻盤而一個個臉色相當難看的監測者們臉色也終於好看了一些。

「呵呵，這個孫玉書一定會是一個很好的實驗品。聰明、嫉妒、不擇手段，最後說不定還能成為組織的骨幹。」
「今天晚上就可以讓惑聲去找他了。不過，還是不夠聰明，不然就不會直接對上那個鳳俊俊，說他作弊。」
「哼，要不是最後有公布彩蛋位置的環節，我剛剛就應該直接把他的彩蛋銷毀。這小子有點邪門，他卡住最後的時間，讓我沒有辦法通知『蛹』提前收回彩蛋，而且他最後尋找彩蛋的時候確實是沒有猶豫地衝了上去……難道他真的知道他的彩蛋就在那裡？」
「不可能，他如果知道的話，早就應該去爬旗杆了，不會等到最後，只能說，這小子有點運氣。看他之前的直播就知道，他的運氣一直都很好，而且人氣也莫名奇妙地高。」
「有點棘手，他的心理和行為都完全不適合實驗，太陽光了，還沒有多少脾氣，但關鍵的時候又異常固執。開朗、溫柔、堅韌，嘖，是我最討厭的三種品質。有他在的話，整個參賽的氣氛都會變得很明朗，這不好。而且如果他登島，很有可能會破壞我們的試驗計畫。」
「那也沒辦法，他這一個挑戰已經過了，只能等明天了。」
「……也是，明天是最後一天，在最後的那個挑戰環節，他將面對幾乎所有人的惡意。我倒要看看他還能不能堅持下去。」
「那個蔡濤和圖途怎麼辦？這兩個可是那位混血神話系的好友。」
戴著護目鏡的監測者頭領低低笑了起來：
「不然你以為我們為什麼要讓他們順利進入第二輪？蔡濤一定把組織裡的不少消息洩露出去了，對於背叛者，組織從來都不會手軟。只是組織很驚訝他為什麼能活到現在，要把他抓回去再做做實驗，讓他物盡其用。

至於那個圖途，是一隻厲害一點的兔子而已。就算加上了楊伯勞和熊霸、風勃，不過是幾個毛孩子，只要他們上了島，誰也跑不了。這些少年還以為他們能拯救世界，但他們只是組織設定好的誘餌而已。最好的朋友和堂哥全都在我們手裡，風鳴那小子就算有四個翅膀，也飛不出我們的手掌心。

……不過，上面讓我們仔細在這些參賽者裡探查一下，沒道理圖途、風勃他們都來了，風鳴還坐得住，那小子很有可能偽裝在這一群參賽者裡。但也有可能是青龍組給了他更重要的任務，他才沒來，不過這五個小子我們得抓牢了。」

監測室中的人齊齊應是。

片刻後，有一個監測者撓了撓下巴：「這樣說的話，那個和圖途他們混在一起的鳳俊俊和文青史，是不是有可能是風鳴啊？他們一起行動了嘛。」

有人直接哼笑起來：

「文青史還不好確定，但那個鳳俊俊絕對不可能。他的原形我已經檢測過好幾次了，就是隻三色雜毛山雀，完全沒有雷霆和水的靈能顯現。靈能等級也很弱，只有C而已。風鳴的靈能等級至少在A+，甚至S級。雖然現在市面上有可以削減、隱藏靈能等級的藥劑，但最多也是降兩個等級，連降四五級那是笑話。」

「對，我也覺得鳳俊俊不可能。那個傻白甜我看到牙都疼，但風鳴那小子可是囂張又淩厲得很，我倒覺得排名第七的冷逍有點像。」

不管這些監測者們怎麼討論猜測，在遊輪的宴會廳裡，夏語冰已經帶著理解的笑容為大家打開了宴會廳舞臺上的雷射投影。

「諸位請平復一下心情，然後看螢幕。我能理解大家想要晉級的心，但我同樣也要聲明，我們絕色美人大賽是完全透明、公開、公正的比賽，絕對不會有暗中動手腳的可能。在這個環節，我們彩蛋隱藏的位置或許有點難找，但每一個參賽者都是有對應彩蛋的。

大家可以看螢幕，下面我們將會把剩下那二十七顆彩蛋的位置一一展示給大家。其實有很多次，諸位已經距離彩蛋非常近了，可惜總是差那麼一點點。」

夏語冰說到這裡，又看了一眼開心地吃著龍蝦的鳳俊俊：「所以說，有時候運氣真的是實力的一部分呢。」

眾人的目光就對上了鳳俊俊，鳳俊俊心裡笑呵呵，表面上抬起頭來認真道：「還有不到最後一刻，絕不能放棄的決心！」

夏語冰抽了抽嘴角，此時大螢幕上已經開始顯示出二十七顆彩蛋的位置了。

服務生們從讓人非常忽視的不同角落找到刻有參賽者名字的彩蛋，包括椅子靠背裡、桌腳裡、紅酒瓶底部，甚至是最高層甲板的救生圈裡。其中和鳳俊俊的彩蛋一樣在非常醒目顯眼的位置，卻完全沒被人發現的，還有的藏在遊輪吉祥物手上端著的那顆圓明珠裡。

等二十七顆彩蛋都被找回的時候，無論是參賽選手們還是圍觀的網友粉絲們，都被這個維納斯明珠號的藏東西手法嚇到了。

圖途都忍不住搖了搖頭：「我真是佩服這個藏蛋的傢伙，他玩捉迷藏肯定是個好手。」

鳳俊俊就在旁邊點點頭：「唉，這一點俊俊就差遠了，俊俊不擅長玩捉迷藏。」哼。

文青史：「……」

有了官方的解釋，孫玉書等人就算再不想接受這個結果，也無話可說。而且那些沒找到彩蛋的人被淘汰了，除了他們這二十七個人之外，還有十七個人雖然找到了彩蛋，卻不是自己名字的彩蛋又交換不到自己的，最終也跟著淘汰了。

最終，在夏語冰口中很簡單的第二輪挑戰，直接刷掉了四十四位參賽美人。八十八位參賽美人一下減半，剩下了四十四個人。

在這四十四人的網路支援排名中，蔡濤竟然不是最後一個。他看著自己四十三的排名，覺得很滿意。

在這個時候，夏語冰再次開口：

「諸位，明天是我們在海上航行的最後一天。在明天會有最後一輪的挑戰，不過是需要大家團結合作的挑戰，而不是互相競爭。在明天的挑戰中，我們會讓大家展現出最堅強和美麗的一面，之後在登島的那一刻，最後的網路排名就是最終的成績，我們會在島上為最後的勝利者們送上璀璨的王冠。」

夏語冰看著神情緊張起來的眾人，微笑：「明天，請務必好好努力和表現。」

鳳俊俊看著夏語冰臉上的微笑，伸出手肘捅了一下旁邊的文青史，低聲問他：「看出來什麼了？」

文青史推了推眼鏡：「……他的靈魂顏色很複雜，一半明亮，一半黑暗，不好分辨。以及……明天的挑戰估計會有點危險。」

風劭的聲音這時候在身後響起：「不是有點危險，是非常危險，大家都要小心。」

當晚，風鳴和后熠在海景總統套房裡梳理著今天發生的事情。

「你剛才有沒有和風勃他們去觀察薛嬌嬌那幾個留在船上的人？他們給我的感覺非常不對勁，就像整個人都被負面能量充滿了一樣。而且，薛嬌嬌似乎突然就擁有了能讓人忍不住發狂的能力？」

后熠坐在陽臺的躺椅上，臉上帶著輕微的嘲諷之色，「她和另外幾個人應該是接受了黑童組織的試驗計畫。根據我們掌握的線索，黑童正在研究的三種主要藥劑，分別是『覺醒藥劑』、『吞噬藥劑』和『生命藥劑』。

覺醒藥劑顧名思義，就是喝了之後能讓人覺醒靈能的藥劑，蔡濤和他的妹妹應該都是這種藥劑的實驗對象。薛嬌嬌他們這些人應該也是，只不過他們使用的覺醒藥劑是可以覺醒特定能力的改良版。

而吞噬藥劑是給混合靈能者使用的藥劑，讓體內強大的某一種血脈力量能吞噬另外一種力量，等吞噬徹底完成，就算解決了混合靈能者靈能暴動的事。你之前遇到的那個，最後被雷劈死的吳燕來應該就是靠著吞噬藥劑續命，但黑童的吞噬藥劑應該還沒有研究成功，不然那吳燕來也不會想抓你來吃了。

現在國家靈能研究院也在研究解除混合系靈能者靈能暴動的藥劑，不過國家研究院的方向和手法都比黑童溫和許多，進度相比之下可能也有點慢。」

說到這裡，后熠看了一眼風鳴：

「這件事情處理完之後，應該就會有研究院的專門研究者來找你了。畢竟你是唯一一個過了三個月還活蹦亂跳的混合系靈能者，就算你有再多的藉口和完美的理由，他們也是絕對不會放棄研究你的。

他們原本是想讓你住進研究院配合他們研究，不過因為我不同意，你本人也不同意，他們就決定退而求其次，主動上門了。」后隊長輕輕地哼笑一聲：「還不是因為他們打不過我們。」

甚至若是風鳴一個人鬧起來，研究院頂都頂不住，畢竟這傢伙長著翅膀，能飛啊。

風鳴有點想笑，咳了一聲：「瞎說什麼大實話，那生命藥劑呢？」

后熠臉上的笑容收了一下。

「那是最邪惡的藥劑。雖然它的名字聽起來像是很美好的東西，但本質上非常邪惡。黑童組織有三位首領，其中的大首領黑童、二首領頑童、三首領巫童，分別是一個腦子有毛病，想要稱霸天下的老東西、一個只知道破壞殺戮，沒有半點道德觀感的小屁孩，還有一個是看整個世界都不順眼的跳大神青年。」

后隊長的語言異常犀利：「老東西想要長生不老、小屁孩天性惡毒愛殺人，而最後那個跳大神的就是什麼事都想摻一腳，恨不得世界毀滅，全都是腦子有病的傢伙。

黑童因為想要長生不老，本身也是一個研究組織的首領，所以在靈能時代到來之後，就開始做各種可以增加壽命的實驗。之前西區雲城的警衛隊隊長為了拿到生命藥劑而失去生命，研究院研究了那個生命藥劑之後，判定這藥劑確實有能讓服用的人增加壽命的功效，服用一管藥劑只能增加一個月的壽命。但想要製造出這一瓶生命藥劑，至少需要十個健康普通人全身的血液，或者一個靈能者全身的血液。」

后熠陰沉著臉：「這根本就不是生命藥劑，而是吸血奪命的藥劑才對。」

風鳴聽到這裡輕輕地吸了口氣，黑童組織果然比他想的還要沒有下限，不擇手段。

然後再順著這三個藥劑往深處想，風鳴就大概就能猜出黑童組織舉辦這一場大賽想幹什麼了。

「我們來整理一下。」風鳴坐在床上，盤著腿開始說：

「不管是為了生命藥劑、吞噬藥劑或者覺醒藥劑，黑童組織都需要大量的實驗對象才能把實驗進行下去，甚至加速他們的研究。但現在國家對於人口管控非常嚴格，又有警衛隊在監管各地治安，想要神不知鬼不覺地抓人進行實驗，難度很高，所以乾脆他們就想方設法，引誘一些健康的人，甚至是靈能者主動自投羅網。

至於要用什麼方法引誘那些人呢？當然是長得好看的小哥哥或者小姊姊了。對自己喜歡的明星主播，粉絲們別說大把大把地砸錢，一旦他們的明星或者主播拜託他們做什麼事情，估計粉絲們也會眼睛都不眨一下就去做。

就比如說現在，我要是在網路上對粉絲們說缺錢或者缺什麼東西，粉絲們肯定會用最快的速度給錢給東西。要是我找到一個粉絲，跟她說想要見她，讓她過來找我，粉絲估計也不會有任何懷疑。因為是自願的，所以家人不會報警，後續也就很好操作，搞不好還會有死忠粉願意為了我獻身，主動成為試驗品……」

風鳴越說臉色越難看。

黑童組織這是在玩弄人心，也踐踏粉絲們對喜愛的人真實的喜歡。

「所以這個絕色美人大賽不是在找美人，而是找一些對粉絲有影響力的主播，再透過這些主播讓他們的粉絲做些什麼。」

后熠在旁邊，目光帶著讚賞：「然後呢？」

風鳴坐直身子：「然後因為有影響力的主播都相對比較有名，想要一個一個找到那些主播再控制實在很麻煩，所以他們乾脆舉辦了一個選美大賽，把最有影響力的主播聚集到一起，然後透過船上的挑戰和落差對比，選出一些符合他們控制條件的對象和他們做交易，達到控制這些主播的目的。

所以不管這次登船的一百位主播最後能不能進入前十，只要他們上了這條遊輪，就已經進入了陷阱。薛嬌嬌他們這第一批落敗的，已經有好幾個和他們做了交易，所以有了靈能，然後他們再破壞其他人的晉級，讓落選失敗的人產生不甘和憤怒，等到今天晚上……」

風鳴微微閉了閉眼：「今天晚上應該會有更多人主動和他們達成交易。」

風鳴此時的心情異常複雜，他憤怒於黑童組織玩弄人心的手段，卻也同樣失望於薛嬌嬌他們的選擇。他們就算不知道自己面對的是黑童組織，還會不知道他們做的交易是不好的、不應該的嗎？

他們當然知道，但就因為無法接受自己的失敗、無法容忍別人的成功，被嫉妒和不甘沖昏了頭，就這樣輕易地成為了別人手裡的刀，比砧板上的魚還不自知。

「我真想直接炸了這條船。」

風鳴的臉色冰冷。

后熠輕笑一聲，揉了揉自家小鳥兒的腦袋，半路被嫌棄地躲開。

「現在還不行，要沉住氣。即便我們現在炸了船、阻止那些人，只要黑童這個組織還在，這種事情就還會發生。他們應該會等所有人上島之後集體控制住，所以，等我們找到了他們的大本營，你再把大本營炸了，才是解決了源頭。

還有，今天我和風勃、楊伯勞、熊霸注意了那些第一輪落選的人，發現整艘船上的服務生有一半都不像是服務生，更像是殺手。而且我注意到有幾個服務生很關注風勃、楊伯勞和熊霸的行動，他們可能早就已經注意到圖途和蔡濤幾個人了，還沒有揭穿他們，估計是想要抓他們當誘餌，引你過去。

你雖然還沒有暴露，但怎麼看都不符合這次黑童選人的條件，偏偏還那麼高調。所以明天的挑戰，他們一定會想方設法淘汰掉你，為此可能會不擇手段。我到時候不一定能夠保護你，你要小心。」

風鳴聽到這番話，已經卸掉偽裝的漂亮桃花眼斜睨了后熠一眼，「我可不是鳳傻傻，我是風鳴。大海和天空，甚至包括海天之間的空間，都是我的主場。」

后熠看著這樣的風鳴又笑了起來，他果然還是更喜歡這樣的小鳥兒。

「嗯，我知道。所以，我是讓你小心不要崩了人設，也不要一不小心就掀翻了遊輪，再怎麼說也得到島上才行啊。」

風鳴看著滿面笑容的后熠，移開了眼神左看右看。嘖，就知道這傢伙喜歡他喜歡得要死，但是就不知道稍稍收斂一下嗎？

「行吧行吧，明天看著辦。還有，你自己也小心，萬一落海了……記得喊我。」

后隊長聽到最後那一句話，臉上的笑容更大了。

「好。」

他這時候是真的希望明天遊輪能翻船了。

可惜，第三天的早上晴空萬里，風平浪靜。

后隊長醒來的時候，對天空和大海失望地嘆了口氣。

到了吃早飯的宴會廳裡，參賽的四十四人和已經落選的五十六人涇渭分明地坐在宴會廳左右兩邊，夏語冰再次登上餐廳的舞臺。

「今天已經是大家登船第三天，想來大家已經在海上待得有些無聊了。不過在今天傍晚的時候，遊輪就會到達我們這次的目的地『美人島』了。到今天晚上，就會有華麗的頒獎晚會等著大家喔。所以，大家不要著急，繼續享受最後的遊輪時光吧！喔，今天的挑戰我也一起公布吧。」

夏語冰笑起來：「在下午即將登島時，我們會路過一片風暴和礁石並存的危險海域。因為礁石的存在，我們的遊輪是無法靠近島嶼的，只能乘坐船上的觀光遊艇登島。但觀光遊艇的抗風暴能力有點弱，到時候大家或許會被風浪吹打，請大家共同努力，展現自己的堅強和能力，成功度過風浪和礁石區登島吧。

不過大家不用太過擔心，我和船上的五位救生員會和大家一起登上觀光遊艇，如果有人落海，我們也會第一時間把人救上來的。但落海的選手，就直接喪失比賽的資格了喔。那麼，距離登島還有八個小時，大家可以好好準備了。」

在知道下午要登島，並且會遇到礁石和風暴的情況下，剩下的四十四位參賽者都沒有繼續在船上遊覽、浪費時間，他們聚在一起搜索、討論對海上的風浪、礁石的應對方法以及注意事項，然後去船上的運動免稅商店購買必備的物品。

雖說夏語冰承諾會有遊輪上的五位救生員跟他們一起上遊艇，但他們有四十四個人，加上沒有離開的落選者們也跟著一起上島，總共就是八十七個人。如果真的在風暴中掉下去了，那五位救生員可不一定救得過來。

所以，充氣救生衣是必備的。為了不讓自己在風暴中被捲下船，固定自己的繩子或者類似的東西也要有，再來就是一些能量含量比較高的食品，比如巧克力、能量豆什麼的也要備著。

鳳俊俊看著幾位參賽者美女像是饑荒搶購一樣購買運動商店裡的東西，手裡還提著大包小包的食物，覺得這些女人準備的東西不光可以防風暴落海，簡直都可以去荒島求生了。

他鳳俊俊才不會亂買那麼多東西，掉到大海裡他一點都不會慌！

不過在他這樣想的時候，忽然感到背後的三對翅膀動了動，目標好像是那個最新的高科技海面漂浮球。眼看著那顆海面漂浮球微微地飄了起來，他三步併兩步地跑過去，一把抓住那顆球，然後在店員小姊姊的注視之下掏出了金卡。

「這個球我要了。」

不要不行，老三要是自己把這顆球囤進去，他不就變成小偷了嗎！但他剛剛只是多看了這個救生球一眼而已！沒打算買！

店員小姊姊剛剛還在疑惑鳳俊俊在商店裡什麼都不買的行為，現在疑惑消解了。原來不是不買，而是一買就買最貴的啊，反正有金卡在，可以全額免費嘛，她懂。

鳳俊俊：妳不懂。

然後鳳俊俊在蠢蠢欲動的三翅膀的刺激下，又陸續買了酒精爐、打火機、小匕首和野營帳篷。他覺得剛剛自己不該吐槽那幾位美女的，他現在自己囤的貨也夠去孤島求個生了。

但俊俊決不承認他潛意識裡也有上島後，搞不好會缺衣少穿的心思。

圖途、蔡濤和熊霸他們也各自買了一個充氣救生衣，楊伯勞和風勃倒是沒有買。畢竟在關鍵時候他們可以化為原形飛天，一點都不怕。

而後，在中午吃飯的時候鳳俊俊吃了很多，三翅膀也偷偷藏了很多。鳳俊俊專注於吃，就沒注意到他每次從自助餐盤裡夾菜的時候，旁邊的菜品都會憑空少掉那麼一兩個。

就這樣，時間在大家緊張又期盼的心情中快速流逝，黃昏來臨。

此時在遊輪上的眾人似乎也感受到了遊輪開始輕輕地晃動，甲板上有人忽然驚呼：

「快看前面！天啊，那是海龍捲嗎？」

鳳俊俊和其他人都抬頭往那個人指的方向看去，一眼就看到了那幾乎通天徹地，可怕的巨大海上風暴。

明明那個地方距離他們的遊輪不遙遠，但就好像有一道看不見的牆，把海面分成了兩個世界。遊輪所在的位置風平浪靜、夕陽照海，在遊輪的前方卻是狂風暴雨，巨浪滔天。

「老天，這到底是怎麼形成的啊？不像是氣旋，更像是那片地方完全被雷雲暴雨覆蓋了。而且沒道理那片暴雨區域完全不變啊……」有一個對氣象有些研究的參賽者助理忍不住喃喃自語，然後他忽然渾身一震：「該不會是新出現的靈能爆發區吧？」

夏語冰的聲音在這個時候響了起來，帶著幾分愉悅。

「這位先生說的沒有錯，容我向大家介紹。這裡是我們絕色網路公司最先發現的靈能爆發區，又名靈能混亂區，或者靈能探險區。

當時我們的遊輪在經過這片島嶼的時候，發現原本風平浪靜的小島上空忽然聚集了許許多多的烏雲，而後這些烏雲越聚越多，把整片小島都覆蓋了，還在繼續往島周邊的礁石區蔓延。我們就意識到這可能是一個新的靈能爆發區正在形成，便停留在這裡半個月的時間，觀察小島的變化。」

夏語冰的語氣中帶著得意：

「最終我們確定這座小島就是新的靈能爆發區，經過我們測量計算，被暴風、烏雲覆蓋的這片區域內，靈氣濃度已經達到了C級小祕境的靈氣濃度，和國內那些名山大川的靈氣濃度也沒差多少，所以我們就停留下來，想要上島。

雖然在上島的過程中有些困難，也犧牲了一些探險隊員，但最終我們還是成功了。而且，我們發現像是暴風眼最中央是寧靜的一樣，在這個被快覆蓋的小島中心沒有任何風雨，彷彿是度假勝地一樣平靜美麗。而我們的目標就是要登島、進入小島的中心，那裡已經有我們在島上的工作人員準備好了一切。」

夏語冰此時看向距離自己最近的一顆直播球，伸手把直播球對準自己：「當然，這個新發現的靈能爆發區並不屬於我們公司，而是屬於國家，所以只要是我們國家的公民，都可以自由前往。靈能者們也可以來到這裡冒險、採集小島中心的一些靈材。

但作為曾經登島的人，我要給大家一個提醒，也給參賽的選手們提個醒。登島有危險，上島需謹慎，我們公司掌握了一條稍稍安全的登島路線，但即便是這樣，我們也不能保證所有參賽者完全安全。如果是想要來這裡觀光或探險的靈能者們就更要注意了，畢竟在靈能混亂區探險，生死是需要自己負責的。」

鳳俊俊聽著夏語冰的話，眼睛微微垂下。這個人半點都不隱瞞這片靈能爆發區的存在，很明顯是想要引誘普通人或靈能者來這裡探險。根據他最後的那一句話，就表示只要這些人選擇來這裡登島，就算是死了，也是因為被海上的風暴和風暴裡的海獸弄死的，和他們公司無關。

又是一個不會被人發現的抓試驗品的好計畫。

不過，看看這座島被狂風暴雨包圍的樣子，他想要炸島怕是有點困難。

但鳳俊俊仰頭看著島嶼上空密布的滾滾烏雲，和烏雲中隱隱閃現的雷光，又忍不住咧了咧嘴。

不炸島也可以用別的方法嘛，感覺大翅膀很久都沒有充電了？

后熠在鳳俊俊旁邊看著他對天空的烏雲笑，想到了某種可能，有些無語。他伸手把他的腦袋轉過來，聽夏語冰最後的話。

「所以，在上島之前我要再問一次船上的諸位，上島是有一定風險的。雖然上了島，能得到我們公司特地準備的島上靈材當禮物，最終的前十名也能得到一千萬的絕色美人大獎以及出道的機會，但上島有危險，甚至可能會受重傷，如果運氣極度不好，或許還會死亡。各位真的決定好了嗎？這是最後的選擇機會，我們希望大家能認真考慮，不要拿自己的性命開玩笑，畢竟生命誠可貴。」

二十分鐘之後，所有還在船上的八十七位美人都選擇了坐遊艇上島。不光是那四十四有可能進到前十名的美人，落選的四十三個人也都沒有離開。

夏語冰看著他們輕輕嘆口氣，然後又微笑起來：「我為大家的勇氣和堅定傾心，此時面容堅定的你們，非常美麗。那麼，開始登船吧。」

即便夏語冰還說了那些危險的話，但對於處於靈能時代的人們來說，進入靈能混亂區有危險是大家都知道並且接受的事情。從靈氣開始慢慢覆蓋地球、名山大川，出現異變的時候，大家就已經知道靈氣越濃郁的地方越危險，因為那裡的天氣和在裡面生存的動植物都因為靈氣的關係，異變覺醒得更多。

但除了危險，靈能混亂區域裡的機遇也非常多。

這片島嶼是新發現的靈能混亂區，就算這個直播平臺的人登島了，但那麼大一片區域，裡面的天材地寶肯定還有很多沒有被發現。只要他們上島，找到一兩個的靈材，甚至是靈石、晶石，那和得到一千萬也沒什麼大區別了。

人嘛，只要有足夠的利益，就可以不顧一切地去行動。所以沒有任何一個人退縮，八十七個人全部都上了船。

一艘觀光遊艇最多乘坐百人。八十七個人帶的助理、保鏢、經紀人等等都要去另外的兩艘遊艇。很明顯，這是要把參賽選手和他們的自己人隔離開來，但沒有人覺得不對勁，畢竟人多，位置不夠。

等按照順序上了遊艇之後，跟隨著每一個人的直播球也按照單數保留、雙數暫時收起的要求被收了起來。

也沒人多說什麼，畢竟遊艇內的空間不大，二十二顆直播球完全可以直播到所有人了。

鳳俊俊看著自己被收走的直播球，看看離自己有兩個走道的圖途和蔡濤，再轉頭看看在隔著一條走道坐著的孫玉書、薛嬌嬌和宋欣香，忍不住輕嘖一聲。

小夥伴離他有點遠，帶著惡意的傢伙離他很近，黑童想要搞掉他的心思也夠明顯了。

忽然，遊艇發動機的聲音響了起來，豪華遊艇便在這道聲響中衝進了前方的狂風暴雨中。

當遊艇進入雨幕的第一時間，便有一道巨浪夾雜著什麼，咆哮著衝了過來，狠狠地拍打在豪華遊艇的玻璃窗上，而後玻璃窗出現了蜘蛛網狀的裂紋，下一秒，直接炸裂。

尖叫聲倏然響起，鳳俊俊迎面就看到一條渾身長滿尖刺，像顆凶殘皮球的河豚順著海水飛撲到他的面前。

鳳俊俊：「……」

我這時候一張嘴咬死牠，會不會崩人設？

鳳俊俊看著那條凶殘的河豚，忽然有點想動嘴嘗嘗味道，不過這種凶殘、受到二翅膀血脈影響的想法也不過只是持續了一瞬間，就被他壓了下去。

在旁邊美女小姊姊的尖叫聲中，鳳俊俊一個精準閃身，把靈氣凝聚在手掌上作為防禦，左手在空中畫了一道玄妙的弧線，一巴掌就拍飛了那個差點撲到小姊姊臉上的尖刺河豚。

這一巴掌看起來隨意，力量卻非常大，準頭也不偏不倚。即便是在晃蕩不穩的遊艇中，那個像凶殘刺皮球的河豚直接被按照飛撲過來的軌道拍了回去。那就像是倒放的鏡頭，又飛出了遊艇。

差點被河豚刺到臉的美女小姊姊還在尖叫，鳳俊俊忍不住掏了掏耳朵，轉頭露出一個禮貌的微笑：「姊姊，現在已經沒有危險了，保護好妳的嗓子好嗎？」

美女小姊姊被少年微笑中帶著一點莫名威嚴的表情嚇了一跳，下意識閉上了嘴點頭。

「你、你剛才把那條魚拍回去了？」

鳳俊俊又露出一個可愛的笑：「對啊，海魚就應該在海裡嘛，隨便上船是不對的，搞不好會被吃掉喔。」

美女小姊姊：「……」

不不不，我不是這個意思，我是想問你為什麼能那麼輕而易舉，理所當然地把魚拍回去。你的手不痛嗎？而且如果她沒有記錯，這個排名第二名的人氣超高的少年，應該是個可愛軟萌的傻白甜吧？他剛剛拍魚回去的樣子……好像不太對？

不光是美女小姊姊覺得不太對，盯著二十二顆直播球的直播畫面，為他們俊俊加油打氣兼擔心的粉絲們這時也有那麼一點點慌張，過了好一會兒才有彈幕發言。

『……俊俊剛才的樣子滿帥的嘛。』

『對，是滿帥的，但我覺得好像有哪裡不對？』

『哎呀，有哪裡不對？面對飛撲而來的危險魚類，當然要一巴掌拍走啦！難不成還要把臉送上去給那個刺球刺嗎？』

『樓上說的很有道理，但我就覺得好像不太對？』

『好了，現在管什麼對不對啊！快看直播！我靠，這靈能風暴島周圍的海浪也太大了吧！現在才傍晚，這裡的天都快黑了！而且整艘遊艇都在劇烈晃動，還有海水沖進遊艇裡，我覺得搞不好很快大家就要棄船了！』

事實上，粉絲和觀眾們猜想得沒錯，此時平常看起來很大又結實的豪華觀光遊艇，現在已經被狂風巨浪吹打得東倒西歪，遊艇周身的金屬船壁都發出了被海浪擊打的砰砰聲，時不時還有玻璃承受不住，碎裂開來。

伴隨著時不時從天上劈下來的道道閃電和陣陣雷鳴，彷彿給人末日侵襲之感。

當又一扇玻璃窗被海浪拍碎，船艙裡有參賽者再也受不了地尖叫起來：「這遊艇要沉了！

我要出去！我要出去！反正我買了漂浮球！漂浮球有靈能罩，總比船裡安全！！」

她這麼一尖叫，船艙裡本就混亂的場面更加混亂了幾分，購買了漂浮球的參賽者們臉上露出猶豫之色。這艘遊艇顯然支撐不了多久，與其在這有限的空間裡互相亂撞，不如直接出去，在自己的漂浮球裡待著還比較安全一點。

在這個時候，有人耳邊忽然響起了輕輕的，像是淺唱低吟般的聲音，因為船艙中的海浪聲和混亂的呼喊聲太過明顯，這時斷時續的聲音沒有被那些人注意到。

然而，當那淺唱低吟消失的時候，船艙中有些人的眼神已經不知不覺地在閃爍的燈光中變得暗沉，還有人在往外衝，船艙的出口便擁擠起來。

圖途直接跳起來，雙腳踩在椅子上，對隔著兩個走道的鳳俊俊喊：

「風、呃，鳳俊俊！快點出來！船艙不安全了！我們直接去海上，你水性好，我們又買了救生衣，不怕！」

鳳俊俊聞言也喊了出來：「我知道了，那你們先從右邊的門出去，我從左邊，我離這邊比較近。記得在海上開燈，我到時候就去找你——」

他的喊話還沒結束，忽然遊艇內的照明燈狂閃了兩下，直接熄滅。瞬間，整個遊艇陷入一片黑暗，哪怕此時還是黃昏，可在這片被風暴占據的海域，無論是日月星辰都無法把光芒透過雲層灑下來。

只有時不時打下來的閃電能讓人恍惚一瞬，看到周圍。

「我靠！竟然連燈都滅了！誰帶了應急燈？啊，腕錶上就有照明功能啊，快點把照明功能打開，我靠靠靠靠，誰拿刀子砍我！」

說話的青年剛打開腕錶上的照明燈，便看見黑暗中有一道黑影直奔而來，那黑影手上的泛著寒光的玩意兒怎麼看也不可能是個勺子。他下意識伸手去擋，腕錶直接被那一刀擊碎了。

「我靠，發什麼神經！他媽的，到底是誰想砍我？老子排名才十六，需要這麼早就剷除對手嗎！」

那青年終於忍不住爆了粗口，但混亂的遊艇內沒有人回答他。

而後又有幾個人發出驚呼的聲音，但因為大家早已經穿好了防禦和救生的衣服，那些黑暗中的攻擊並沒有起到太大的作用。也或許是因為這些攻擊只不過是小打小鬧、轉移視線而已，真正面臨殺機的人在另一邊。

在那青年喊出聲的時候，風鳴遭到了同樣的黑暗攻擊。但他的血脈之力讓他的視力比其他靈能者好上太多，更別提他還可以直接使用空間波動，監測整個空間，所以當身後的攻擊襲來的時候，風鳴就原地一個轉身，伸手精准地握住了那個拿暗色匕首刺向他的人的手，借助他攻擊過來的力量，把他的身體往前拉，手臂向上，直接讓他手中的那把匕首滑向那個人自己的喉嚨。

攻擊者發出了低低的驚呼聲，顯然是沒想到風鳴能躲開她的攻擊。那匕首在她的脖頸處劃出一條血痕，雖然沒有劃得太深，卻也夠讓來人心驚膽顫、驚慌後退了。

這個時候，從其他方位又有三四個人無聲無息地攻擊過來。

此時，船艙外有一道驚雷閃過，風鳴在一瞬間看清了他們的面容，心中怒氣大盛。

這些襲擊他的人竟然不是薛嬌嬌、宋欣香那幾個本身就對他帶有惡意的參賽者，而是和他之前並沒有交集，性格還算溫和的人。

只是在那驚雷的一瞬中，風鳴清晰地看到他們臉上凶殘又無神的表情，所以這些攻擊他的人全都是被控制的無辜者。

對於無辜者，他自然不能動手傷害。

風鳴很快就想通了黑童組織這種陰毒黑暗的算計。如果他真的是傻白甜鳳俊俊，這樣的情況幾乎就是死局了。然而，可惜那些人算錯了他的力量，雖然他沒辦法對這些人下狠手，但要讓他們喪失力量、不能再攻擊自己還是可以的。

於是，當風鳴再次抓住一個想攻擊他、被控制住的參賽者的手時，五指微微用力，體內的雷電之力便透過他的手指直接傳到了參賽者身上。

強力而短暫的電流讓那個攻擊的女人直接悶哼一聲，身子猛地顫動了一下才恢復過來。她似乎完全不知道剛剛自己做了什麼，只是驚訝於風鳴抓著她的手不放。風鳴面上沒有其他表情：「妳剛剛快摔倒了，我扶了妳一把，不用謝，趕緊跑。」

這樣說著，他又轉身躲過了另外一個人的攻擊，然後再次抓到了攻擊者的手腕。

在黑暗之中，大家都很難看到周圍的人，更別說整個船艙都處在混亂之中。

控制了參賽者的人似乎斷定風鳴無法逃過這黑暗中的圍殺，隨著其他參賽者一同離開了。然而，他或者她都沒有想到，在他們眼中特別好攻擊圍殺的那隻雜毛山雀，在露出獠牙的時候會那麼凶殘。

不過是幾秒鐘的接觸，攻擊者們就相繼恢復了意識。此時的黑暗船艙裡除了他們，已經幾乎沒有人了。

這幾個人怔愣了片刻，在風鳴的提示下都快速地跑出船艙。比起漆黑的船艙，外面的海域因為狂風暴雨和烏雲，讓人的視野更加模糊不清。但當他們出來的時候，還是有人驚喜地喊出聲：「出來了出來了！還有人出來了！好像是五個人！這樣的話，我們就全出來了！」

「俊俊！鳳俊俊！你聽見我的聲音了嗎？如果你聽見了就吱一聲，別讓我以為你走丟了，找不到了啊！」

那是圖途的聲音，清亮中帶著一點尖銳，十分有辨識度。

風鳴感受著雨點一顆顆砸在他身上，水的力量在無聲地增長著。他臉上露出一個笑容，直接喊了回去：

「兔兔！！俊俊沒事！俊俊也出來啦！不用擔心！我這就去找你們啊！」

很快，那邊傳來了圖途響亮又帶著一點高興的回應聲。

在風鳴準備打開漂浮球，坐在球裡漂過去的時候，第二波攻擊夾雜著狂風巨浪和雨點，向他侵襲而來！

比起剛剛那只是普通參賽者小打小鬧的攻擊，這一次攻向他的人，每一個身上都帶著凶殘的靈力。

幾乎是一瞬間，風鳴耳邊響起了讓人非常難受的尖銳嗡鳴聲。這應該是精神攻擊的一種，顯然是要讓他喪失行動力和防禦力的手段。

與此同時，無數細小的冰椎從暴雨中向他疾射而來，封鎖了他前後左右所有的路。
他耳邊響起了一個人陰沉的嘲諷聲：「鳳俊俊是吧？你逃不掉的，乖乖去死吧。這片疾風暴雨的海域便是你的葬身之處！」
鳳俊俊：「……」
在這幾個靈能殺手的圍攻注視之下，少年臉上露出一個冷冷的笑：
「不好意思啊，少爺我現在還不想死。所以，還是你們去死一死吧！」
他話音落下的瞬間便騰空而起，雙手猛地向上揚起，帶起了身後的滔天巨浪！
在少年當著他們的面，沒有任何憑藉就飛起來的時候，圍攻他的四個靈能者殺手一愣。
沒聽說過可以化身為鳥類的飛行類靈能者可以不化形，就以人形淩空飛翔的啊？
這和資料上的不一樣啊？這小子不就是一個運氣比較好的銀喉長尾山雀嗎？沒有翅膀就飛起來已經非常超出他們想像了，現在怎麼還能控制海浪？銀喉長尾山雀這種血脈這麼厲害嗎？
殺手們在心中震驚，突然覺得這個任務的難度增加了。如果不認真對待恐怕無法完成，還會把自己賠進去，於是同時提高了警惕。
四個人中也有一個人是能控制水的靈能者，他最得意的便是自己可以把水化作冰椎，殺人於無形的技能，但看著那迎面打來、像是海蛇一樣的巨浪，他有點慌，也有點嫉妒了。
都是控制水的靈能者，為什麼他就差了那麼多！
不過別以為控制這樣的海浪就能殺了他們，他們可是組織裡排名前二十的殺手，每個人都有自己的絕技。剛剛的第一次攻擊只不過是試探性的攻擊，他們覺得對付一個三色的雜毛山雀實在不用太多力量，所以有些輕敵而已。但只要他們認真起來，無論是他們其中的哪一個，都能輕易地了結掉鳳俊俊的性命，組織讓他們四個一起來，也不過是以防萬一而已。

「全力攻擊！不留後手！」

帶頭的水系靈能者厲喝一聲，雙手放出藍色的靈能光芒，對那四條巨大的滔天水蛇射去。

他不信一個才十九二十歲的少年，體內的靈能力量能高過他！他和這三個人都是靈能等級A的靈能者，就算這個鳳俊俊的力量有點特別，打持久戰也絕對不可能贏過他們。而鳳俊俊現在還要面對另外三方的攻擊，他可以搶奪水的控制權。

風鳴感受到那個水系靈能者在和他搶奪四條海浪水蛇的控制權，與此同時，高亢得讓人頭皮發麻的音攻在風鳴耳邊響了起來。這一次他沒有辦法再像前一次那樣，輕易地用靈力封住耳朵，一同封住聲音。這聲音透過空間震動直接傳達到他的大腦，讓他整個人都有些發暈。

就在這個時候，一個黑衣人猶如鬼魅一般閃到了他身後，他手中在黑暗中閃著幽藍色光芒的匕首直直刺向風鳴的後心。

另外站在遊艇上的黑衣人，雙手忽然朝風鳴的方向噴射出許多濃稠、讓人噁心的黏液，那黏液遍布四面八方，顯然無論風鳴往哪個方向跑，都會沾染到那些綠色的黏液。

這幾乎又是一個可怕的死局。

而在暴風雨中，一個個漂在漂浮球裡的參賽者們表情目瞪口呆。

他們不可置信地看著前方遊輪的方向，覺得自己可能被暴風雨刮壞了腦子。

「我是看錯了嗎？還是我的腕錶照射的光有問題，我看到有人在攻擊參賽者？」

「你沒看錯，我們這麼多人看著呢，難道大家都眼花了嗎？就算我們看不見，直播球也有夜拍功能，難道外面的觀眾們也看錯了？」

「就是有人在攻擊參賽者，不知道那四個人是從哪裡冒出來的，但顯然那個被圍攻的人有了麻煩。」

「那、那……」那我們要去幫他嗎？

那參賽者說了兩個字就閉上了嘴，現在外面都是暴風雨，別說他們想幫了，還不一定能幫上忙，重要的是為什麼會突然有人攻擊參賽者？他們如果出去了，會不會也遭遇危險？

這時候，也透過腕錶射出的強光看到對面情況的圖途、蔡濤已經在文青史的漂浮球裡憤怒大吼了：「我靠！你們這個不要臉的組織！趁著黑暗，四個人攻擊我們傻傻一個人，有本事上了島之後再打啊！」

他們非常想出去幫忙，可在這暴風雨之中，連游過去都困難。

另一邊，已經變化成血脈原形的楊伯勞和風勃搧著翅膀想要去風鳴那邊幫忙，但他們實在錯估了這地方的天氣，狂風巨浪和暴雨的夾擊，讓他們別說飛過去，就算想在半空中維持住身形也費盡了力氣。

后熠此時坐在漂浮球上眼神微沉，右手上暗自凝聚的金色小箭已經微微顫動起來。

他在等風鳴的呼喊。

嘖，他就不該答應小鳥兒只能在他支撐不住、叫他的時候動手。

這個時候，在網路上看直播的觀眾和粉絲們已經快瘋了。

他們只是看一個比美大賽而已，賽方要不要這麼瘋狂？從登船上島的時候，他們就覺得有點不對了，這不像是在選美，反而像在選敢死隊啊！

等到遊艇差點被海浪掀翻，大家在一片黑暗中尖叫著擠出去的時候，看直播的觀眾已經標註后熠隊長和池霄隊長了。這不對勁！就算辦比賽也不能這樣辦！

但問題是他們的大美人、小可愛們已經為了最後的排名，走進了那片靈能風暴區，這時候不管誰想趕過去都來不及。最後他們也只能眼睜睜地看著自家小可愛、大美人們去探險，心裡抱著最後的期望。

萬一之後的路很順呢？說不定他們只是瞎操心了。搞不好這個選美的主辦方就是想看看大家在危難時的表現，再突然出現，帶領大家平安上島呢？

他們忐忑地繼續等待，結果沒等到主辦方帶大家上島，卻等到了鳳俊俊一人被四個黑衣人圍攻的畫面！！鳳俊俊的粉絲們差點嚇得當場去世。

在場的參賽者們因為風浪暴雨的關係看不清，但他們透過高功能防水、防風、可夜視的直播球看得清清楚楚啊！就算那些直播球並沒有全部對著他們可愛的俊俊，但只要有三四個球對著遊艇的方向，他們就能看到那突然攻擊的四個人！

『啊啊啊啊啊！我靠，誰偷襲我俊俊！』

『快放我進去，老娘要砍死那四個突然出現的黑衣人！！』

『怎麼回事？直播球呢？都給我對準我們俊俊！他還是個寶寶，為什麼有人喪心病狂地偷襲他！』

『靠，俊俊的直播球為什麼會被收掉，是不是就為了更好偷襲他，不被人發現？』

『我俊俊要是出了什麼事，老子拆你們全——我靠？俊俊飛起來了？？？』

『俊俊本來就會飛，飛起來有什麼大驚小……我靠！他抬手，水就起來了嗎？直播球被巨浪擋住了，我眼瞎了嗎剛剛？』

鳳俊俊的人氣和支持率原本就和排在第一名的海倫娜非常接近，當他面對那四個人的突然偷襲，瞬間升空，又雙手帶起滔天巨浪的時候，靈網的速度都有一瞬間的卡頓。

無數感嘆號在網友和粉絲們的心中刷屏，震驚過後，第二名的鳳俊俊人氣瞬間就超過了海倫娜，成為第一。

但這還沒結束，網友和粉絲們很快就看到了直播鏡頭中，那四個靈能者殺手的第二波可怕攻擊。

有網友直接就評判出這四個人的能力分別是「控水」、「瞬移」、「音攻」和「黏液延遲或者固定」，並且看樣子，靈能等級至少在B以上。

『不是我想為這個鳳俊俊插旗，但這樣的攻擊，除非有四方組在職警衛隊員的實力，不然他必死無疑。』

『別指望場外的其他參賽者們，他們的實力都非常一般，而且在這種風暴雨之下，他們根本就過不來，包括保鏢也是。除非后隊長能透過混亂靈能區的阻隔定位，或池隊長就在這裡，不然沒人救得了他。但我們都知道，靈能區有自己的靈能壁障阻隔，很難定位，池隊長現在也不在這片海域。』

『所以，別想了，去報警吧。』

鳳俊俊的粉絲們雖然不想承認那個網友說的話，但他們心中也非常悲觀。

他們的俊俊只是一個可愛又爽朗的大男孩，他的血脈原形是銀喉長尾山雀，還是雜毛的，靈能等級也只有少得可憐的C而已。除非兩位隊長突然出現在這裡，或他們的俊俊突然爆發，不然他們的俊俊怕是過不了這一關了。

但他們還是死死地抓著雙拳咬著牙，雙眼死死盯著螢幕。

不到最後一刻，他們是不會死心的！俊俊找彩蛋的時候也是到最後一刻都沒有放棄！而且他們相信俊俊說的話，鳳俊俊是歐皇啊，歐皇怎麼可能會死在這個地方！

當那黏乎乎的液體沾上鳳俊俊，當那拿著淬了毒的匕首殺手如影隨形，刀尖再次紮向鳳俊俊的脖子，當他們隔著螢幕都能感覺到尖銳高亢的叫聲刺耳難忍，當那四條由鳳俊俊控制的巨大水蛇突然停下攻擊，當所有人的心神提到最高點的時候——

他們看到鳳俊俊瞬間轉身，直接閃開了幾乎不可能閃過的幽藍色匕首，之後伸出長腿，一腳踹飛了拿著匕首的偷襲者。

他的速度在這一刻彷彿到達了極致。

然後，少年臉上露出了和之前完全不同的冷漠嘲諷神色，帶著少年人的傲慢和毫不掩飾的戰意。

他開口：「傻子，來戰啊！」

在所有人為鳳俊俊人設直接崩塌的五個字感到傻眼時，黑色的暗夜之中，滾滾烏雲和雷霆之下，少年的背後陡然顯現出了一白一金兩道耀目的光。
他一把抹掉了臉上的雨水和破掉的偽裝，露出比鳳俊俊更加凌厲又俊美的眉眼，手上豎起中指：「靠！早就想打你們這些孫子了！」
纏繞在他身上的綠色黏液在一片電光之中消融，原本似乎被搶走控制權的四條巨大水蛇陡然仰天，無聲咆哮後化為更加猙獰的水龍，瞬間吞噬了整條遊艇和站在遊艇上目瞪口呆的水系靈能者。
不過一瞬而已，局勢便天翻地覆。
在場所有人：「！！！」
俊俊的粉絲：『……！！！？』
風鳴的粉絲：『！！！？……』
無論是在場的參賽者們，還是透過直播球圍觀的網友和粉絲全都傻了。
文青史雖然早就透過靈魂的顏色，判定出鳳俊俊是一個表裡不一的好人，但是他真的萬萬沒想到鳳俊俊的裡子會是風鳴，那個他當做偶像和目標追趕的風鳴啊！
連他這個早知道有貓膩的人都驚呆了，就更別說在場的那些參賽者們了。
很快，他就聽到隔壁的一個漂浮球裡響起特別憤怒又心酸的聲音：「鳳俊俊竟然是風鳴！他在靈網上已經有過億的粉絲了，他竟然還跟我們這些小透明網紅搶粉絲、搶前十！真是太過分了，嗚嗚嗚！」
文青史抽了抽嘴角，都到這時候了，這傢伙竟然還惦記著排名？？

而這心酸的控訴就像是一個開始，開啟了參賽者和粉絲們的驚聲咆哮。尤其是網路上之前還對軟萌傻白甜的鳳俊俊擔心萬分的粉絲們，一個個都傻眼到了極點。

前一秒還在擔心俊俊會有生命危險，後一秒俊俊就把生命危險扔給了別人。心理不強大的粉絲都受不了這個刺激，就算不少粉絲的心理都還算強大，也有點受不了這刺激。

『啊啊啊啊啊啊啊啊啊啊！！我的俊俊啊啊啊啊啊！！！』

『啊啊啊啊啊啊啊啊啊啊！我看到了什麼？我看到了俊俊比中指！我看到了俊俊打群架！我還看到俊俊罵髒話！！！老天爺，我死了，你還我軟萌可愛的俊俊啊啊啊啊！』

『不，我不相信！媽媽的俊俊不可能那麼凶殘！』

『那個豎中指、罵髒話超凶、超狠還超帥的傢伙不是姊姊的俊俊，嗚嗚嗚嗚！』

『……』

『……但是我還愛他 QAQ ！！』

『捧著碎掉又拚好的心上來說一聲，我花了半分鐘的時間，接受不了俊俊崩了人設的事實取關，甚至想要轉黑回踩，但是當我明白俊俊崩掉人設之後，竟然還是我最愛的大天使嗚嗚，我……就滿血復活了。』

『雖然我兒子死了，但我老公還在！！莫名還有點小激動？』

『樓上加一。我是一個花心的人，我既愛俊俊的傻白甜可愛爽朗，也愛嗚嗚的又美又強！不過我記得我家的大天使是個溫柔巨美、自帶聖光的人啊……所以今天晚上我看到了最真實的嗚嗚嗎？』

『大天使粉絲前來打卡，據說我們鳴鳴出現了？嗷嗷嗷嗷，每次看到鳴鳴戰鬥都超激動！咳，不過我今天不是來看戰鬥大天使的，搓手手，聽姊妹說在這裡能看到我們鳴鳴賣萌比心傻白甜的樣子？嘿嘿嘿嘿，我以為這種畫面只會出現在我的妄想裡，結果上、天、待、我、不、薄！』

『大天使粉絲前來打卡，什麼都別說，軟萌可愛的傻傻在哪裡？哈哈哈哈哈！我要看看他！！』

『最愛的牆頭和第二愛的牆頭變成了同一個人，所以風鳴可鹽可甜，姊妹們不要猶豫！看死他！』

靈網上早就因為這直播爆掉了，甚至因為鳳俊俊的當眾掉馬，風鳴在靈網的人氣短暫地跳崖式下跌又沖天式上漲，直接超越了靈網兩大高峰頂流——后隊和池隊，站上第一的位置。

看到靈網上的留言和話題、評論全是一片俊俊和風鳴崩了人設的哀嚎時，那些看不慣風鳴在短短幾個月就紅成全網第三的流量明星們，差點沒高興得笑出聲來！這下子，風鳴自己作死了吧！這下子擋在他們前面的人就少了一個！！

結果在他們剛準備開個香檳慶祝一下的時候，不過五分鐘，情勢就逆轉了——

因為風鳴在黑夜的大海上如同唯一閃亮的光，華麗凶殘的戰鬥畫面，一人單挑四個靈能暗殺者還絲毫不落下風，甚至越戰越勇、越打越帥的勁頭，那些前幾分鐘還在哀嚎的粉絲們很快就停止了哀嚎，開始從一片「啊啊啊啊」中變成了「嘻嘻嘻嘻」，最後到「嘿嘿嘿嘿」。

然後鳳俊俊的粉絲就和風鳴的粉絲合二為一了，特別乾脆的那種，他們變成了可鹽可甜的大小天使粉絲。

大天使風鳴負責帥和美，小天使鳳俊俊負責萌和甜。完美，沒毛病！！！

然後這些大小天使粉就開始瘋狂屠版，讓原本一下子落到第八的風鳴，直接變成了靈網最受喜愛的靈能者第一。因為這個投票，每個人、每個身分證都只有一票，所以在這個時候喜愛風鳴的人總數量是真的超越了后熠和池霄，多到可怕。

那些原本還想要慶祝的明星網紅們看到這樣的驚天反轉，一個個都差點摔碎手裡的杯子，所有人都不可抑制地酸成了檸檬。然後就有人開始認真沉思，要不要自己也效仿風鳴，先偽裝一個化身再崩掉人設，以反差萌來吸粉呢？

萬一成功了，他們就能一下子逆襲了！但是問題又來了，他們得找個什麼樣的理由，才能光明正大地讓自己披個假身分呢？

想到這裡，這些人和網友們及那些參賽美人的想法終於同步了，人們開始集體疑惑——為什麼風鳴要參加這個比賽，還為此特地披了假身分？

所有人的目光再次集中到被直播球對準，已經用水龍鎖住了四個黑衣暗殺者的風鳴。

此時卸下假身分，開了大招的風鳴已經戰鬥完畢，他身後的四翼舒展，懸空於海面上方。對別人來說非常可怕的暴風雨到了他的面前，似乎變得溫和起來，甚至如果仔細觀察的話，就會發現無論是海水還是雨水，都沒有砸到他的身上。

風鳴把靈力聚集在雙目，看了一眼周圍，並沒有看到夏語冰和其他遊輪上的工作人員。

他露出一個並不意外的冷笑，以為不出面就能把這件事情糊弄過去嗎？既然他已經把假身分卸掉了，也已經找到了可能是黑童組織大本營的島，這件事也不需要隱瞞什麼了。

於是，風鳴在暴風雨中隨意一抓，從空間抓出了他偷偷藏起來的豪華多功能直播球，打開直播球之後，在所有人的注視之下開口：

「想必這時候，大家都非常疑惑我為什麼會偽裝成鳳俊俊參加這個絕色美人大賽，畢竟鳳俊俊和我的性格完全不一樣，而且我也不擅長當一個軟萌的小可愛。」

『不！你特別擅長！俊俊超可愛！！』

「這確實是有原因的，國內的混亂組織黑童，大家都應該聽說過。這是一個為了目的，不擇手段的邪惡組織，我們調查到這次的絕色美人大賽可能就是黑童組織的一次圈套，所以我就負責潛入裡面，跟隨這艘遊輪尋找這組織的據點。

因為一開始我們不能確定這個絕色美人大賽有問題，所以只能進行偽裝，但上船之後，黑童組織就對不少參賽選手下手了，我們才確定這個比賽有問題，所以才有了之後的爭吵和暗殺這些事情發生。對於那些關心和喜愛風俊俊的粉絲們，我表示抱歉，欺騙了你們。不過同時也感謝你們的喜愛，如果可以的話，希望你們不要討厭現在這個站在你們面前的人。

接下來便是我們警衛隊的事情了，後續不適合直播。我們會盡力把所有參賽者安全送回，以及最後提醒各位，生活總有美好的一面，即便遇到了困難，只要有一顆堅定向上的心，困難總會過去的。」

鳳鳴對直播球露出了一個極為認真的表情：「永遠不要把希望寄託在別人身上，你才是你命運的主宰。」

這個卸下假身分後顯得有點高傲冷淡的少年，忽然露出了一個十分溫柔的笑，對直播鏡頭用食指和拇指小小地比了個心，輕笑著道：「風嗚嗚給你們比心。」

然後就在一片尖叫彈幕中關掉了直播球。同時身後的金色羽翅忽地一震，海面上的浪花忽然成片成片地凝結成薄薄的冰刃，四散射向漆黑的空中和海下！

看著冰刃朝自己飛來的參賽者們一個個都還沒反應過來，滿臉驚悚的時候，就發現這冰刃擦過他們，射到了他們身後的海面之下，之後讓他們頭皮發麻、無數渾身帶著尖刺的魚怪從海中躍出，直撲向他們，卻被冰刃擋了下來。

與此同時，像是海妖的聲音在整個海面響起，幾乎所有參賽者的腦海中都是一空。

同時響起的，還有另外一個他們已經有些熟悉的聲音。

夏語冰站在黑暗的海面，用一種莫名讚嘆又有些可惜的目光盯著彷彿自帶光芒的風嗚。

他忍不住感嘆一聲：「果然不愧是我們傾盡全力，寧願放棄美人計畫也要得到的人啊。」

當這個少年出現在他們眼前的時候，其他所有美人都無法入眼了。

他就像是最完美的造物。

「可惜，你即將要成為籠中鳥了。」

也浪費了我一番苦心。

夏語冰的面容變得冰冷。

他伸出左手，五指在風雨中輕輕一握，那還在直播的二十二個直播球在一瞬間全部炸裂開來。而後，他面帶著笑容地道：「等不到上島了，那就在這裡攤牌吧。請我們的新夥伴過來站到我的身後。」

此時，海妖的歌聲還在繼續，明明那聲音悠揚婉轉，在這個時候伴著夏語冰的邀請，卻彷彿惡魔的低語。

一瞬間，和黑童組織做了交易的失敗參賽者們臉色煞白。

他們實在沒想到不過是做了一個交易而已，竟然會和混亂組織產生聯繫！

他們在這一瞬間非常後悔，又想要裝作什麼都不知道的樣子，但身體中越來越冰冷刺痛的血液在提醒著他們，他們已經別無選擇。

在這個時候，一個漂浮球被打開了，從裡面緩緩飛出了身後有深藍色翅膀的光明女神蝶血脈覺醒者，海倫娜。

她在木婻無比憤怒的注視之中，飛到了夏語冰的身後。

她是第一個倒戈者，卻不是最後一個。

十分鐘之後，夏語冰帶著微笑，和身後表情各異的四十七個曾經的參賽者，看向風鳴和他身後的三十多人。

「我說了，今日你要成為我們組織最珍貴的籠中之鳥了。」

狂風暴雨之中，在海面上對峙的兩方人馬都顯得十分渺小，只有三十多人的風鳴一方更顯得力量薄弱。

不過，風鳴在聽到夏語冰篤定的話之後，忍不住哼笑一聲：

「你說我成為籠中鳥，我就是籠中鳥了？你還想把所有人都騙到島上控制住呢，但你控制住了嗎？而且，你該不會認為憑你們比我們多十幾個人，就可以把我們抓起來了吧？」

夏語冰看著風鳴的樣子笑了笑：

「我們當然不會這麼愚蠢。事實上，從你露出真面目的時候開始，頭領就已經對我們發話了。最好的情況是這裡只有你自己一個，我們可以趕在青龍組的其他人過來之前抓住你，然後迅速離開。

當然，我們也預估了最壞的情況，那就是在這些人中有一位我們絕對不想正面面對的大靈能者，他從一開始就跟你一起上船了。這樣的話，我們也只能為了你，和他搏一搏了。」

夏語冰說著，目光卻越過了風雨，定在安安穩穩地坐在漂浮球中的后熠身上。

「現在看來，是最壞的情況發生了，所以我們也只好傾巢而動了。」

夏語冰的話剛落下，從他身後看不清真容、被風雨包裹著的小島上爆發出了一道比一道強烈又刺目的光。

與此同時，他們腳下的那片海底也有轟隆隆的聲音響起。

當黑色的潛水艇把夏語冰、海倫娜等五十幾人穩穩地馱在海面上的時候，從小島上飛出來的二十多個身後揹著機械靈能飛行器的人，也出現在風鳴等人面前。

風鳴心中微沉。

這些人和海倫娜他們那些剛接受了藥劑改造的人不同，他們每一個身上都帶著強大的靈力波動，每一個人的表情和眼神都顯示著他們的麻木和瘋狂。

在這二十幾人的最前面，是沒有揹機械靈能飛行器，卻依然能懸浮在半空中的一男一女靈能者。

女人衣著華貴、頭上戴著金色的王冠，輕揚的嘴角、慵懶的氣息和半掀開的眼皮讓她看起來有致命的吸引力。最吸引人注意的是她後背那兩對薄如蟬翼，卻在風雨中異常堅固的透明翅膀，這讓她看起來就像一個落入人間的精靈。

風鳴還注意到她的腹部有些鼓起，就像是……懷孕不久的孕婦？

而那個男人，或者說小男孩，比這個孕婦還要古怪。他明明看起來只有八九歲的樣子，穿著印著骷髏頭的上衣，裸著雙腳，眼神卻沒有半點孩童的純真，有的是無盡的凶殘和彷彿野獸看到獵物的興奮和殺意，後面還看到他對自己咧嘴，咽了咽口水，就像他是什麼特別好吃的大補之物一樣。

被這樣一個小孩死死地盯著，風鳴覺得非常不舒服。

偏偏這個時候，那小男孩還咧開了嘴，看著風鳴問道：「你就是風鳴？是現在最厲害的神話系靈能者之一？老大說只要抓到你就能讓他長生不老，老三說吃了你的肉，我的力量就能翻倍增長的風鳴？」

風鳴看著這個又欠缺社會毒打的熊孩子，冷笑起來：「風鳴是我。但抓到我，能不能讓你的老大長生不老、讓你力量翻倍，我就不知道了，說不定咬一口，你們就會爆體而亡呢。」

他這個時候已經猜出這個小孩是誰了，不得不說，黑童組織為了抓他，確實是下了很大的力氣。

這個小男孩應該就是黑童組織的二首領頑童，他的戰鬥力在整個黑童組織中穩居前三。而且至今為止，警衛隊也沒有完全弄清楚這個黑童組織的二首領靈能到底是什麼，只知道他至少擁有兩種截然不同的技能力量，其中一種和風有關，另一種卻是工具系的異變。國家研究院甚至懷疑這個黑童組織的二首領頑童，是和風鳴一樣活過了三個月的少見混合系靈能者。

不過這些也只是猜測而已，畢竟從前和頑童戰鬥的人都已經慘死在他手下了。

頑童看起來雖然是個孩子，但他殺人的手法非常凶殘，而且最喜歡做的事情就是在獵物死之前盡情捉弄他們，所以頑童的危險等級甚至比第一位的黑童還高上幾分。

很顯然，頑童是衝著風鳴來的。

當風鳴帶著肯定和冷漠回答了他的疑問後，這小男孩尖聲笑了起來。他的身體帶著一陣旋風，忽地衝向風鳴。在這個過程中，他雙手舉起，手心中豁然出現兩個像槍口一樣的黑洞，無數帶著硝煙氣息的子彈便如狂風暴雨一般，對風鳴射擊而來！

風鳴的羽翅張開，快速升空，為了不誤傷其他人，他不能和這個瘋子在這裡打起來，要去一個寬闊又沒有人的地方打！

於是，風鳴和頑童就這麼一前一後、一追一跑地離開了這一小片海域，即便如此，頑童在路過圖途他們的時候，也大笑著控制自己手中的靈能炮彈，射向了好幾個人。

下方的參賽者中有人忍不住尖叫起來，圖途轉頭對他大吼了一聲閉嘴，然後高高躍起，一腳就把朝他這邊射來的炮彈遠遠踢飛出去。

炮彈在遠處炸出明亮的火花。

「參賽者們都聚集起來，往海域外面划！接下來的情況不是你們能應對的，以免被誤傷，大家聚集在一起離開這個地方，走出風暴混亂區，就會有海域警衛隊過來救你們了！」楊伯勞在這個時候大聲開口：「不要想在這時候進入前面的島嶼、碰運氣！那個島上肯定到處都是黑童組織的人！去了就是送死，國內有那麼多的名山大川靈能區域可以讓大家去探險，不要在這個時候自己找死，也為其他人添亂！」

這三十多個靈能者早就被這大場面震到了，他們不是傻子、呆子，在潛水艇和揹著飛行器的黑衣人出現的時候，他們就已經想撤退了。

只不過，那個時候他們完全沒有說話和反應的餘地，只能老老實實地待在風鳴、圖途和蔡濤他們的身後，就算風鳴剛卸下了假身分，人設有點崩，但他到底是神話系的覺醒者，站在他後面就很有安全感。

現在風鳴和那個頑童去打架了，他們早就想跑了。楊伯勞的話一出，漂浮球裡的參賽者們便把漂浮球聚集到一起，形成一個更大的漂浮球，集體往風暴雷雲籠罩的區域外漂。

文青史猶豫著想要留下來，被風勃阻止：「你看著大家，讓他們不要作怪，趕緊出去，這就是對我們最大的幫助了。兄弟，等這件事結束之後，我們再一起吃飯啊！」

文青史最終點頭：「你們一定要小心。那些人的靈魂顏色一個比一個黑暗。」

文青史一群參賽者想要離開，夏語冰他們卻不會讓他們就這麼逃走。

這是他們早就選定的實驗材料，就算現在計畫有了變更，但是這些已經到了嘴邊的材料是萬萬不能讓他們跑走的。

潛水艇的速度飛快追了上來。眼看著潛水艇的能量炮口已經開始積蓄能量，就要對著那個大的漂浮球射擊了，這個時候，一直坐在漂浮球上沒有動作的后熠才抬了抬眼皮。

當潛水艇的四個能量炮口噴射的瞬間，后熠抬手，四道金色的箭光劃破漆黑夜色和風雨，筆直地刺進潛水艇的四個能量炮口。前一秒還顯得氣勢洶洶的能量炮頃刻間碎裂成渣，要不是這潛水艇中還有被控制的普通參賽者，只怕整個潛水艇都會四分五裂，重新沉入海底了。

夏語冰在潛水艇頂端輕輕嘆口氣，「果然是最壞的結果啊。真沒想到會是您大駕光臨，看來我們對於您對風鳴的重視程度還小看了一些。」夏語冰的語氣雖然可惜，嘴角卻上揚著。

「我們覺得，最多是林包先生或者富先生來啊。」

后熠在雙方參賽者無比震驚的目光下從漂浮球上站起，十分不在意地彈了彈自己的手指，開口就嗆：

「別把我和你們那些腦子不正常的首領相提並論。我的人，我當然要親自看著。以及，我看你們這個組織不順眼很久了。天涼了，你們也該集體進局裡了。」

當后熠說完最後那一句話，周身陡然爆發出驚人凶殘的靈壓，在這巨大的靈壓之中，普通的靈能者比如想要戰鬥，連動一下都很困難。

他的右手生出無數支細長的金箭，在他面前的半空中顯現，下一秒便如金色的雨點射向對面的所有人，要一網打盡的樣子。

這個時候，對面那位腹部微微鼓起，渾身都充滿吸引力，彷彿精靈的女人突然笑了起來。

「久聞后隊長大名了。如今一見，果然名不虛傳，可惜奴家還不想那麼早進警局呢～」

她的話音落下，身後就有像小怪物一樣，黃色猙獰的蝗蟲鋪天蓋地地蜂擁而出！

與此同時，在她身後還有另外六個人也都各自開啟了技能！

楊伯勞在這個時候脫口而出：「蝗蟲之母！黑童十梟！！」

當鋪天蓋地的蝗蟲出現的時候，楊伯勞一下就認出了那個小腹微鼓、慵懶又迷人的女人身分。在后隊長如此強大的靈壓之下還能動手攻擊的那六個人，也沒有一個是好東西。

「蝗蟲之母？黑童十梟？這都是什麼亂七八糟的東西？」

圖途一邊面對撲飛過來，密密麻麻、巴掌大的黃綠色蝗蟲渾身炸毛，感到噁心，一邊掏出一張飛行靈能卡讓自己飛起來，腳上用力帶起巨大的靈光，直接蹬飛了一團團的蝗蟲大螞蚱。

旁邊一直沒吭聲的熊霸也直接往自己身上拍了一張飛行靈能卡，然後化身為巨熊，一巴掌就拍死了一片蝗蟲，和圖途說：

「連蝗蟲之母和黑童十梟你都不知道？黑童十梟是黑童組織最厲害的十個戰鬥者，也是黑童三大首領下十個小隊的隊長。據說他們每一個都有非常可怕的能力，能當上十小隊隊長的人戰鬥力都不亞於四方組的普通組員。

靈網上還有玄武組隊長圖長空，和十梟的四隊隊長異變老鷹的戰鬥影片，最後圖長空算是險勝，但據說那個時候，老鷹之前就已經打了一架、受過傷了，所以到底誰更厲害一點，私底下很多人討論。但就算是這樣，老鷹也只不過是黑童十梟裡排名第四的人而已，排名第一的就是蝗蟲之母，看看這漫天招人恨的螞蚱吧，應該就是那個女人沒錯了。」

熊霸說到這裡，身形忽然頓了一下，原本懸浮在空中的身體晃了晃，臉色相當難看：「這螞蚱身上有毒！大家都小心點！」

不光是漫天撲過來的螞蚱有毒，蝗蟲之母身後的六個黑童隊長的攻擊也接連而至。

一片紫色的霧氣突然從那六人中的一人身上爆開，被強烈的海風吹散到這周圍的每一個區域。與此同時，留下來的風勃幾個人和不遠處正在逃離的參賽者們，忽然發現他們的眼前變成了徹底的黑暗，耳朵也聽不到任何聲音了！

這是聲音和視覺的遮罩。

當他們因為聽不見、看不著而驚恐的時候，更無法發現在海面下已經躍躍欲試，準備攻擊的凶殘異變海魚。

除了那四個負責群攻的黑童小隊長之外，剩下的兩個小隊長把自己的所有攻擊都用到了后熠的身上——

其中一個人對后熠擲出了一條金色的鎖鏈，另外一個人則是口中念念有詞，依稀彷佛是佛家的某種經文。

后熠先是感覺到周身的靈氣像被什麼抽空了一樣，整個身體都變得沉重、僵硬起來，然後幾十隻金色的蝗蟲就直奔著他的面門而來，還有後面那條金色如龍蛇的鎖鏈。

他微微瞇起眼睛。

縛神索、惡鬼難藏經，怪不得黑童在知道他有可能親自出現的時候，還敢對風鳴下手。派出二首領頑童親自抓風鳴，十梟的十個小隊長來了七個，最厲害的蝗蟲之母、縛道人和惡佛陀一起出來對付他，一時半刻間，他想把這些人全滅了，去幫他的小鳥兒倒是有些麻煩。

而且，若是單打獨鬥、只有他自己一個人在這裡還好，大不了無差別地亂射，除了自己，不會誤傷任何人，幾輪下來敵人就死透透了。

但現在這個地方有至少八十個以上的人質，他要是離開這裡，這八十多人必死無疑。就算他不離開這裡，現在那些人也吸入了毒氣，得趕緊離開了。

「嘖，應該帶花千萬一起來的。」

那傢伙能解毒還能治傷，在這個時候再好用不過了。

在后隊長短暫想這些的時候，他手上已經凝聚出了十二支金色小箭，如果仔細觀察，就會發現這十二支金色的小箭上面彷彿天生就篆刻著不同的文字。

當那幾十隻金色蝗蟲就要撲咬上后熠的臉時，他依然站在原處，聲音冷漠：

「天干十二，去。」

話音落下，這十二支金色的小箭以某種玄妙的陣型，往一個方向疾射而出。當那嘶聲尖叫著的幾十隻金色蝗蟲和這十二支金色小箭接觸的瞬間，十二支金色小箭爆發出耀眼的光芒，從那幾十隻蝗蟲的中央穿插而過，速度都沒有減慢半分。

那幾十隻蝗蟲在短短一瞬間被消磨掉了一大半，只有五六隻飛得比較遠一點的蝗蟲才躲過了這必殺的一擊。

不遠處的蝗蟲之母嘴角溢出一絲鮮血，臉色也由之前的紅潤變得有幾分蒼白。那幾十隻金蝗是她悉心培育出來的最強品種之一，她一下子放出這麼多，就是想要拖住后熠的動作，本以為怎麼樣也能勉強和那位隊長打成平手，卻沒想到不過是一個照面，她就輸了。

「真是好狠心……好狠的男人啊。」蝗蟲之母這樣說著，輕輕地捂著自己的小腹：「要是能跟他培育一個後代，不知道會有多強？」

旁邊對后熠投出縛神索的縛道人聽到蝗蟲之母的話，笑了兩聲：「這還不簡單？只要道人我捆住了他，接下來想怎麼做還不是順妳的意？嘿嘿！不管他攻擊再怎麼強，只要他沒有在第一時間躲掉我的縛神索，他就永遠都躲不掉了！哈！！我捆住他了！」

縛道人猛地大笑出聲：「這青龍組的后熠也不過如此嘛！只要我們三個同時對付一個人，哪怕他是個天神，也得乖乖下來給我們當狗！哈哈哈，收！」

縛道人這樣說著，把自己的縛神索收了回來，連帶著被金色鏈條鎖得嚴實的后熠。

從表面上看，后熠確實是被縛神索捆得無法動彈了，但蝗蟲之母和惡佛陀臉上卻沒有一絲喜悅的表情，反而非常慎重。

那可是后熠，華國第一個神話系覺醒者，是大首領最忌憚和深惡痛絕的一個男人，也是憑著一己之力，解決掉了全國所有S級靈能犯罪者的超級靈能者。

這樣一個把自己活成傳說的人，會這麼輕易地就被縛神索鎖住嗎？哪怕縛神索是真的非常厲害，號稱連神也無法逃脫，但……對這個男人真的有效嗎？

三首領讓他們不要硬撐，以拖延和自保為主，預言家對他們直搖頭，讓他們千萬小心，如果這麼簡單就能對付后熠……

蝗蟲之母和惡佛陀越想越不安，在第一時間就為自己加上了防護，甚至緩慢地向後退。縛道人看到他們的動作，忍不住哈哈笑起來：

「不用這麼小心！你們兩個不是也參與過實驗嗎？連二首領都掙脫不了我的縛神索，更別說我如今的縛神索還附帶了吸血之力，他是四方組的隊長又怎麼樣！我現在已經在吸取他體內的力量了！天啊，這力量真是美妙至極！只要把他吸乾，我一定會成為最強大的人！！」

縛道人越說神色越激動，看著距離他越來越近的后熠，就像是在看什麼絕世大補丸。

就在這時，被他的縛神索綁著，本應該一動也不能動的后隊長突然嘖了一聲。

「就這樣？」

縛道人激動的神色微微一頓，「什麼？」

蝗蟲之母和惡佛陀在這時面色大變地往後退。

在他們轉身就跑的時候，后熠身上忽然爆發出耀眼的金色光芒，他周身的肌肉微微鼓起，被捆縛在一起的雙臂驟然發力。那捆在他身上一圈又一圈的縛神索，竟然就那麼輕易，像麵條一樣碎裂了。

縛道人驟然噴出一口黑色血液，雙目驚恐地瞪到極大，口中發出了因為本命力量被毀掉的嚎叫：「啊啊啊啊——不、你怎麼可能、你怎麼……！這是連神、神也、無……法、呃！！」

后熠踏空向前走了一步，左手隨意揚起，直扣向縛道人的臉。當他扣上去的時候，一支金色的箭頭便從縛道人的後腦穿頭而出。

「那你口裡的神，可能是沒怎麼見過世面的小土地吧。我可是當眾射過太陽的那種神。」

雖然我現在還沒成功把它射下來。

與此同時，那名為「天干十二」的十二支金色小箭也在一片迷霧和黑暗中找到了它們的目標，直接擊殺了迷霧的釋放者和封閉視覺的副隊長。

在不遠處的蝗蟲之母和惡佛陀看到縛道人這麼輕易地被后熠殺死，另外幾個副隊長也被金色的箭追得滿場亂逃，整個心陡然沉入谷底。

他們太小看這個男人了！以為他們出動七個隊長和十三個副隊長就能穩穩地拖住，甚至反殺后熠，但現在他們才清楚地明白等級之間的差距有多可怕，那不是用人數就可以彌補的，是一條間隔著絕對力量的鴻溝。

蝗蟲之母臉色蒼白：「不能和他硬碰硬！我們要借用毒氣、隱身以及瞬移的力量，還有那些人質拖住他！千萬別被他近身，也別被他的箭射到！只需要半個小時！只要拖住他半個小時的時間，讓二首領抓住風鳴那個小子，我們就贏定了！！」

惡佛陀神色鄭重地點頭，「二首領剛覺醒第三血脈，必然能抓住風鳴。」

這個時候，在距離這邊的戰場數千公尺的海域上方，風鳴和頑童已經打了快十分鐘。

在這十分鐘裡，幾乎都是風鳴在前面飛逃，頑童在後面瘋狂追擊並掃射。

然後在頑童追得雙眼通紅、恨不得直接用巡航導彈炸死風鳴的時候，這個只知道逃跑的傢伙終於停住了身形，轉身面對他。

頑童頂著一張小臉，露出了猙獰又嘲諷的笑：「膽小的弱雞，你終於不跑了？」

風鳴甩了甩頭髮上的水，回了他一個同樣的笑：「小屁孩！跑到這裡是為了更方便揍你，你該接受社會的毒打了！」

第八章　帝江現

風鳴和頑童互相對對方露出不懷好意又凶殘的笑容。

笑不過三秒，兩人便同時控制著翅膀和風的能力，直直衝向對方。

頑童一邊控風一邊舉起雙手，對風鳴射出能直接炸毀一間小房子的能量彈，風鳴則是後背的二翅膀一搧，比能量彈還要密集、表面被凍上了一層冰的水球砸向頑童。

中途，冰凍的水球和能量彈撞到一起，炸開了冰渣水點和煙火碎片的飛屑。

頑童瞇起雙眼：「你果然能控制水。可是你不是長著翅膀嗎？為什麼長翅膀的鳥會可以控制水？你的第一對翅膀應該是西方的天使系神話覺醒者，據說還能放電，那第二對翅膀呢？是什麼血統？什麼金色的鳥可以控制水？」

風鳴再次控制著水球，和頑童的能量彈互相攻擊，手中同時凝結出一把纏繞著雷電之力的冰劍。這是最近他在十八羅漢群組裡，和大家互相討論試驗出來的最新攻擊方法。

金石幫他製作的那把靈鐵劍已經被他當成收藏品收起來了，現在的他可以靠自己的力量凝結出雷劍或冰劍使用。不過因為力量還不穩定的緣故，他最多也只能使用幾分鐘，用雷和冰凝聚出來的劍就會消散了。

不過沒關係，他空間裡還有一把被評定為極品的金色骨劍，拿出來絕對能閃瞎這小屁孩的眼睛，但風鳴並不想這麼快就暴露他的第三對翅膀。

「你猜啊。」

風鳴冷笑一聲，身形一閃，幾乎就到了頑童的身邊，手中帶著電光的冰劍一下便刺向了頑童的心臟，彷彿要一擊斃命。

他的速度非常快，在移動時，那些瘋狂的水球也沒有停止攻擊。

頑童沒想到這個傢伙在面對自己的攻擊時，還有這種餘力和速度，一時之間反應稍稍慢了一些，就被冰劍的劍尖劃破了衣服，露出裡面黑色的防禦鎧甲。

冰劍沒有傷到他，但冰劍上附帶著的雷電之力卻直接透過他的鎧甲，蔓延到了他的全身。頑童一下子就感覺到身體麻痹，疼痛的感覺讓他臉上頓時露出憤怒的表情：「你竟然讓我感覺到疼了！」

他很久沒有體會到被人打的疼痛了。因為他的速度太快，又可以用靈能彈遠端狙擊，幾乎都是他在天空中追著人打，可現在，在他眼中不過是一個會飛的傢伙卻傷到了自己。

「我要打死你！！打死你打死你打死你！」

頑童的表情突然變得瘋狂，速度提高了一大截。他躲過了風鳴之後接連的幾劍，並且在他的身後醞釀出一個個半公尺高的小旋風。

當五個小旋風全部成形的時候，頑童臉上露出一個得意又殘忍的笑：「嘗嘗我的旋風絞肉機！哈哈哈！只要被我的旋風沾上，你就會被捲入裡面，被打成肉餡！等你成肉餡之後，我就把你扔了餵狗，哈哈哈！」

那五個旋風帶著能割破空氣的風之力量衝向了風鳴，同時，頑童再不像之前那樣隨意地用靈能彈攻擊。他落在下方的一個礁石上，那雙又小又凶殘的眼睛死死地盯著風鳴的方向，準備在風鳴躲避五個小旋風的時候來一個必死的冷槍。

而風鳴看到這五個小旋風，臉上露出意外之色，他還有些好奇地控制著自己的速度，往旁邊躲了幾下。但他很快就發現這五個旋風似乎擁有自動追擊的能力，並且已經把他訂為了攻擊的目標，無論他怎麼躲，這五個旋風絞肉機都會跟著他，並且速度越來越快。

「這個旋風在吸收周圍的空氣和風的力量。」風鳴下了判斷，「怪不得他能當上黑童組織的老二。」

光是控制風和那可怕的能量彈力量，四方組的普通組員怕都不是他的對手。

但這旋風對他沒有用，不就是空氣和漩渦嗎？他也會。

風鳴冷笑一聲，後背的二翅膀一搧，五個水龍捲便從海面沖天而起。每個水龍捲都有一公尺高，因為水流轉動的力量，讓這一片海域都被帶出一個個漩渦。

風鳴飛到了五個水龍捲中間，那跟著他不放的旋風也捲了過去。幾乎是瞬間，風龍捲和水龍捲互相碰撞到一起，根據旋轉方向的不同，成了兩種截然不同的情況——

旋轉方向相同的水龍捲和風龍捲開始漸漸融合在一起，帶起更大的水花，但風龍捲卻不能夠再次脫離，彷彿被水纏上了。而旋轉方向不同的水和風在互相消磨對方的力量，因為都有補充，似乎短時間內不會有一個結局。

此時，站在礁石上等著放冷槍的頑童看到那一幕，雙眼和臉蛋同時跟著變紅，那是憤怒到焦躁的紅。

這個人實在是太討厭了，太討厭了！他一定要殺了這個人！

在組織裡，所有人都打不過他，就連老大和老三都讓著他！他說什麼就是什麼，沒有人會忤逆他，他想打誰就打誰，所有人都跪在他面前痛哭流涕，說他厲害。所以頑童就理所當然地覺得所有人都應該這樣對他，所有人看他的眼神都應該是崇拜、恭敬又討好的，他就是這個世界的國王！

可現在，這個比他大不了多少的傢伙卻一而再，再而三地反抗他！

他沒有心情放冷槍了，他凝聚起身體中最大的力量，要用所有的能量彈炸死這個風鳴！

風鳴一抬頭，便看到對面瘋狂射擊而來的能量彈，這樣的力量即便是他也不能硬碰硬。他搧動翅膀，飛速後退，同時將手中冰劍對海面一畫，一道、兩道、三道冰牆接連升起，一層層削弱、擋下那可怕的能量彈攻擊。

當冰牆一面面炸碎，冰屑和海風有點遮擋到風鳴的視線。就在這時，他心中猛地一跳，強烈的危機感升起，後背的三翅膀也猛然拍打起來。

他快速向前衝，卻已經晚了一步。

明明之前還站在礁石上的頑童，竟然不知何時出現在他的身側，他手中是一把熟悉的、泛著幽藍色光芒的匕首，被頑童獰笑著刺進了風鳴的腰。

「哈哈哈哈！你這個該死的垃圾大人！沒想到吧！我不光會控制風和能量彈，我還能製造幻境讓自己隱身，讓你分不清現實和虛構！你已經被我的匕首刺到了，那是最毒藍環章魚的匕首，你死定了！垃圾！讓你跟我作對！你死定……呃！」

頑童得意的炫耀和大笑還沒有結束，迎面就被帶著冰刺的手狠狠甩了一巴掌。

他放鬆了防禦，被風鳴這一巴掌打得滿臉是血。

再抬頭，他眼中的惡意彷彿要射出來，同時還有更不掩飾的憤怒：「你打我！！你這個該死的垃圾、渣子、蟲子竟然敢打我——不對！你為什麼沒有死？你應該中毒了才對！」

他瞪著眼睛去看風鳴應該流血的腰，卻發現那裡並沒有任何血跡，只露出一件有花紋的綠色背心？？

風鳴哼了一聲，直接把祝麻衣小姊姊特意製作的苧麻衣收起來，放進空間，然後露出他之前在靈能者商城裡花重金，請別人製作的蛇皮背心。

「就只有你能有背心，不許我有背心？都知道要打架了，還不穿裝備是當我蠢嗎？」

頑童眼珠又紅了：「但我的匕首是特製的，老大說削鐵如泥！！是上品上等的武器！！」

風鳴就對這個神經病小屁孩露出一個非常討厭的炫耀笑容：「不好意思啊，我這個背心剛好是極品上等的裝備。」

製作完的邊角料都被那個專製防具衣的大師老頭死皮賴臉地全吃下來了，還多幫他製造了一個綠色小短褲和綠色安全帽呢。但是，不管是綠色短褲還是綠色安全帽，他都絕對不會穿就是了。

必殺的招數沒有作用，自己的寶貝還被人比下去了，頑童的心態再也穩不住，直接崩了。

他本來就只是一個不到十歲，性格惡劣之極的頑童而已，這時候，他除了憤怒到想要不擇手段地殺掉眼前的人，沒有其他想法了。

不過，他還是知道自己的優勢在哪裡。

老大在他離開之前，塞了很多藥劑給他，有補充靈力的藥劑、提升力量的藥劑。老大告訴他，他這邊有這麼多藥劑，哪怕是最後拚時間、拚力量，他都能耗死所有和他作對的人！

雖然老三告訴他不要全部用完，身體會受不了，但現在的他才管不了那麼多。他要弄死這個風鳴！要把他的翅膀掰斷，然後一根一根拔掉他的羽毛，要看他痛哭流涕、對自己求饒磕頭的樣子，要他死！

於是，頑童灌下了第一管靈力藥劑和爆發藥劑。

風鳴注意到他在喝藥劑，而在他喝完藥劑之後，之前有些放緩的攻擊忽然又如狂風暴雨一般砸了過來。

而且，他又召喚出了十個更巨大的龍捲風向他攻擊而來，同一時間，風鳴發現自己的視野閃動了一下，那十個巨大的龍捲風不知什麼時候已經到了他身前。

速度、視覺幻境和風的同時強力攻擊。

風鳴第一時間開啟靈能波動，破解掉幻境的時候，他險險地躲過了那如影隨形的龍捲風，卻也被狂風暴雨般的能量彈擊中了幾下。

然後風鳴聽到頑童尖銳的笑聲：「你打不過我的！你絕對打不過我的！我有無數的藥劑但你沒有！放棄吧！求饒吧！我可以選擇少掰斷你一對翅膀！」

風鳴被這接連不斷的攻擊打得心中冒火，在這個時候，他還感覺到體內靈力在瘋狂地消耗掉。

剛剛那高強度的戰鬥很明顯消耗掉了他體內的力量，而頑童剛剛喝了藥劑。

風鳴被氣笑了。

「小混蛋，你以為只有你有藥劑嗎！」

他忽然放棄了所有力量，直接沒入海中。在海水中，金色的二翅膀舒展開來，大海平靜又洶湧的力量迅速湧入他的身體裡，在這個時候，風鳴覺得他就是這裡的王。

他陡然睜開雙眼，看著密集地被射入海水，卻無法接近他身邊半步的能量彈和旋風，眼神漠然。

打到現在也該結束戰鬥了，雖然這個頑童真的很厲害，但他的運氣實在不好，選了這裡當戰場。

——這裡是他的主場。

除了大海，他還有烏雲滿布的天。

此時的頑童，面上的表情非常興奮，他以為是自己把風鳴打到了海底，但他水性不好，不能追到海裡去殺人。但沒有關係，他可以不間斷地攻擊，只要風鳴一冒出頭就徹底打死他！

他又喝下了兩管藥劑，雙眼專注地盯著海面，卻忽然發現他四周的海面陡然湧起了彷彿高牆的巨大海浪，直接阻斷了他前後左右的路。當他冷笑著要往上飛的時候，看到驟然從海底衝上天空的風鳴，並且用手中一把雷電的長劍直指天空。

這該死的蟲子竟然還沒死！

頑童憤怒後又發愣——他這是幹什麼？

此時，頭頂被他當成背景的烏雲陡然劈出一道聲勢浩大的閃電，狠狠劈在風鳴的長劍上，又順著長劍直接劈到了他的身上。

頑童：「……我靠？」

他年紀有點小，還真的沒見過這麼自己找死找雷劈的。

然後，頑童發現那個被雷劈的人沒死，甚至對他露出了猙獰的笑容。

風鳴依然是長劍指天的樣子，但他背後在雷電之下閃耀著耀目電光的白色翅膀，忽然張開搧動！

十幾道閃電從他後背炸出，交纏在一起，如一條雷龍咆哮著衝向他！！

頑童看著這聲勢浩大、海天之間彷彿巨獸的雷龍，第一次從心底感受到了恐懼。

頑童想過今天出任務時，自己可能會有的樣子。有一招就把敵人打得跪地求饒的，有一開始他稍稍大意，但是認真起來就把對方打趴的，他甚至還想過自己會因為對手太強，而使用第三個技能，最後把敵人困在幻境裡折磨得死去活來。

但不管哪一種，都不是現在這種自己會失敗，甚至可能死亡的。

他接受不了。

但此時比起憤怒，他心中的恐懼更甚。

他瘋狂地叫嚣著逃走，然而他的身體卻被巨大的雷龍震懾壓制，以至於完全無法動彈，只能像一個可憐蟲一樣站在那裡。

當他被雷龍徹底吞噬、意識陷入黑暗的時候，頑童腦海中想到的是他今天晚上吃不到最喜歡吃的基圍蝦了。那一瞬間，他忽然感覺到有點莫名的情緒，叫做後悔。

在這幾乎連接了海與天的巨大雷龍出現時，西南邊大約五千公尺的地方，眾人也看到了那彷彿通天徹地，直接照亮了島嶼週邊整片烏雲風暴區的閃電雷龍。

所有人都被雷龍嚇到了，只不過雙方震驚的情緒是不相同的。

正在勉力和黑童二十幾個隊長和副隊長戰鬥的圖途，頓時開心地一腳蹬飛了一個渾身長滿尖刺的敵人，蔡濤反手就砍斷了和他拚刀的副隊長靈能刀，而熊霸的大熊咆哮原本已經用到力竭了，在這個時候又氣沉丹田，多吼了一分鐘，愣是突破了他的咆哮極限，把兩個黑衣人身後的靈能飛行器吼裂掉了。

楊伯勞和風勃正在互相配合打風箏戰，看到那閃電的雷龍，風勃直接大喜：

「我弟贏了！哈哈哈哈！這雷電之力肯定是他引來的！所以你們這些倒楣的傢伙還不趕緊認輸？再跟我們打下去，信不信馬上就會被雷劈了！」

對面的副隊長們自然不信，結果他們追了風勃不到半分鐘，頭頂上的烏雲忽然打下一道閃電，硬生生劈到那兩個副隊長的身上，把人劈到海裡去了。

風勃搧著自己變成黑色羽翅的手臂，突然覺得這朵烏雲滿給他和他弟面子的？

遠處，在巨大的逃生漂浮球裡，不小心吞進了一些毒氣、渾身僵硬的無辜參賽者們也面面相覷。

他們左看看右看看，好一會兒才有一個主播拉了拉文青史的袖子：「史史啊，你說……那邊巨大的雷龍是不是……是不是風鳴搞出來的啊？」

文青史抽了抽嘴角：「不要喊我史史。以及，我也不知道那雷龍是不是風鳴搞出來的，但我知道他會使用雷電之力，之前在全國靈能者大賽上，他最後就用了水和雷電的力量。」

於是主播們高興起來：

「那肯定就是他了啊！那麼大的聲勢，他肯定會贏吧？這樣我們的戰力又多了一個！最後肯定能贏！就是……就是不知道我還能不能撐到那個時候，也不知道那個放毒的人到底是什麼類型的覺醒靈能者，我身上那麼多解毒劑都不管用，現在只能躺在這裡等死了。不過，能在死之前看到那麼威風凜凜的雷龍現場版，我也滿……嗚嗚嗚，我不想死啊！警衛救援隊怎麼還不來啊，再不來我就要被毒死了啊啊啊啊！」

文青史也同樣不能動彈地躺在漂浮球裡，感受著身體越來越冷的狀況，嘆了口氣。

雖然他們只是沾染了一點點被稀釋的毒氣，但因為他們的力量都不強，無法用靈能自主淨化，現在的情況確實有點糟糕。但是，他開口：「放心吧，后隊都親自過來了，警衛隊他們馬上就會來的，再堅持堅持吧。」

此時，躺在漂浮球最角落的一個參賽者忽然興奮地叫了起來：「我聽到遊艇的聲音了！肯定是警衛隊來救我們了！」

大家瞬間精神一振，等待救援。

和他們這邊情緒完全相反的，卻是黑童那邊的人。

蝗蟲之母和惡佛陀在這二十多分鐘裡，一直在等頑童把風鳴抓住，扭轉戰局。為此他們想盡了各種辦法拖延時間，甚至犧牲掉好幾個和他們簽訂契約的新實驗品才把后熠拖到現在，但即便是這樣，他們也已經快要支撐不住了。

在潛水艇上的背叛者們早已經被冷漠強大的后熠隊長嚇破了膽子，尤其是當薛嬌嬌被蝗蟲之母拉過去當墊背，后熠連眼皮都不眨地直接一箭刺穿了她的胸口，幾乎要了她的命卻扔給她一張治癒靈能卡之後，那些自以為能開啟新生活，或者自以為他們也是被害者，理所應當會受到保護的背叛者們就一個個都被嚇得再也無法動彈，甚至連夏語冰讓他們進入潛水艇裡，他們都不敢。

后熠的強大已經在他們心中根深蒂固了。之前在后熠是保護者的時候，他們還不覺得有什麼，甚至覺得理所當然。但當這個保護者成為殺戮者或懲戒者的時候，他們就被嚇破了膽。

這時候，他們無比後悔自己當時的選擇，甚至痛恨自己為什麼會那麼貪婪、嫉妒和不甘，老老實實地當個普通人不好嗎！

就在這個時候，他們看到了那條在黑暗中異常顯眼、震撼的紫色雷龍。

他們剛開始還不知道到底是誰製造出來的，直到他們看到從一開始就沒有笑過，神色冰冷的可怕后隊長對那條雷龍露出一個自豪，甚至帶著一些寵溺的笑，直到他們看到蝗蟲之母和惡佛陀大驚失色地喊出不可能——他們就明白，連遠處的另一場戰鬥，黑童組織都輸得徹底。

蝗蟲之母簡直不敢相信自己看到的，然而，那條雷龍還在她眼前張牙舞爪地顯現著。頑童雖然成功融合了三種血脈的力量，但他絕對沒有雷霆之力。

擁有雷霆力量的，只可能是那個有西方雷霆大天使血脈的風鳴。

但，他們誰都沒有想到，那個風鳴竟然可以製造出如此強大的雷霆。

蝗蟲之母閉上眼，毫不猶豫地轉身就跑。風鳴贏了二首領，他們一直在等著，可以威脅后熠的籌碼也沒有了。

沒有了顧慮的后熠將會是一個無比可怕的敵人，所以她一定要跑到島上去，島上還有他們最大的籌碼和最凶狠的攻擊。

蝗蟲之母的嘴角露出一絲冷笑，就算他們這一場贏不了，后熠和風鳴他們這些警衛隊的人也要為此付出慘痛的代價！

后熠在第一時間就發現了蝗蟲之母和惡佛陀的逃離，自然不會讓他們就這樣輕易地逃走。那十二支金色的小箭如流星一般追了過去，同時，后熠手中還慢慢地凝聚出一把金色的華麗長弓。

蝗蟲之母心中危急之意大起。

她當即不再猶豫，讓自己所有的蝗蟲在後面護衛她，同時尖叫著開口：

「后熠！那艘潛水艇上的靈能者全都中了我的蟲毒，在我死的瞬間，他們會毒發身亡！到時候我死了，那四十多個主播也會全部死亡！！你想清楚！！」

她的聲音非常尖銳，清晰地響在戰場上的每一個人耳裡。

后熠的手微微一頓，潛水艇那邊早就被嚇得一動也不敢動的四十多個主播也尖叫著，哭喊了起來。

「后隊長！后隊長，求求你，不要殺她！！我錯了，我不該被自己的嫉妒衝昏頭，成為背叛者！但是我也很無奈啊！我也不想啊！我怎麼知道這會是黑童組織的陰謀啊！我還想回家，我才二十歲啊，我還有大好的年華啊！」

「后隊長！后隊長，我們錯了，求求你放過她，也放過我們吧！！我們回去以後就在靈網認錯！我們配合一切調查和研究！千萬別讓我們死了啊！嗚嗚嗚！」

就在后熠被這些人吵到頭痛的半分鐘裡，蝗蟲之母和惡佛陀已經沒入了那迷霧小島中，不見了蹤跡。

「嘖。」

后熠手中的金色長弓消散，轉頭眼神冰冷地看著那些背叛者，露出一個沒有感情的笑。

「看看你們現在的樣子，就算蝗蟲之母沒死，你們也活不久了。所以，好好回顧一下你們自己失敗又無聊的一生，下輩子投胎做個好人吧。」

后熠的話讓遊艇上的參賽者們才想起，他們似乎之前就受到了無差別的毒氣攻擊。他們不像早有準備的風勃、楊伯勞、蔡濤幾個人有解毒高級靈能卡可以使用，體內的靈力也達不到自主淨化，甚至控制毒素的程度，現在他們已經面色發紫，幾乎不能動彈了。如果不在短時間內解毒或者得到救援，他們怕是真的就要死了。

直到這時候，他們才意識到后熠不是在跟他們開玩笑，死亡的恐懼在心中達到了最高點。瞬間，他們的心就崩潰了。

「……為什麼、為什麼啊啊啊？我不想死啊！」

「我還是個孩子，我只不過是做錯了一件事情而已，為什麼就要這樣懲罰我？」

「我不甘心啊，嗚嗚嗚，我不甘心！后熠你這個冷血瘋狂的傢伙！你根本不是一個合格四方組組長！你們難道不應該以我們的性命為重，難道不該保護我們嗎？這就是你的保護？你根本不是在保護我們，你是要眼睜睜地看著我們去死！！就因為我們做錯了事！！你這樣算是一個人嗎？我就算是死也要詛咒你——」

當薛嬌嬌尖利絕望的聲音響在黑暗和暴雨中時，忽然之間，這片海域的暴雨竟變得溫和起來。原本砸在臉上生疼的雨點變得輕柔，似乎在安撫他們幾近瘋狂的情緒，同時體內的疼痛似乎也在減弱，像是泡在溫暖的泉水之中。

然後在這片區域的人都發現，不光是狂亂的暴雨變成了細雨、狂風變成了微風，就連時不時掀起的巨大海浪都漸漸緩和下來，開始蕩起一層層溫柔的波。

后熠看著這變化，直接「嘖」了一聲。

提著昏死過去的頑童趕來的風鳴也被這樣的變化嚇了一跳，他身後的金色翅膀忽然搧動了兩下，似乎有喜悅之意。

「大海的力量？」

他順著那力量傳來的方向看過去，看到了從月光下進入黑暗中的男人。

那個人有一雙深邃如大海的眼睛，和銀灰色的魚尾。月光照到他的時候，他的魚尾閃著月華的光，在黑暗之中，他長而有力的魚尾是夜的顏色。

他有一張近乎完美的臉和無可挑剔的身材，卻因為那淡漠的神色，讓人不敢靠近又不自覺沉迷。

他坐在一頭巨大的鯨魚腦袋上，手中的三叉戟正釋放著治癒的力量。

風鳴倒抽一口冷氣，和許多人一樣脫口說出了那個人的名字。

「池霄！」

風鳴在很早之前就聽過這位和后熠並列為華國兩大頂級靈能者的大名。

並且在靈網上，他也看過關於這位的照片、影片和各種資料，甚至還曾偷偷混入這位神話系鮫人老大的魚粉群組，跟他的粉絲一起吐槽過某個箭人。

風鳴覺得自己怎麼說也對這位有點了解，但現在看到他的瞬間，風鳴覺得比起網路上的那些影片和照片，活生生的南方朱雀組隊長還要更耀目一些。尤其是當他出現在海上的時候，幾乎放大了他的所有優點和光環。

被他操控的海域裡正下著治癒的細雨，風鳴能感受到自己體內的靈力也在緩慢恢復。

那些以為自己快要死掉的反叛者和無辜參賽者們也很快就發現體內的毒被解掉了，一個個都忍不住熱淚盈眶，恨不得像看救世主一樣看著池霄。

不過，坐在巨大鯨魚腦袋上的池隊長並沒有給他們任何一個眼神。他先看了一眼表情非常冷漠的后熠，回以一個同樣冷漠的假笑，就把頭轉向了風鳴飛來的方向。

當他看清楚風鳴身後的那兩對翅膀時，精緻卻淡漠的眉眼微微動了動。
他從那對金色翅膀上感受到了同樣的海的力量。
那個少年手上提著一個小孩子，看到他的注視後，對他露出了一個友善的笑容。
池霄頓了一下，片刻後在后熠不可置信的目光中也回以微笑。
后熠：「？？？？？！」
於是，在風鳴落到他們所站的礁石上面時，都來不及說話就被后熠直接拉到了身邊。
「你贏了？我就知道你會贏的。受傷了嗎？我有治療靈能卡和藥劑。」
風鳴發現后熠似乎比之前更囉嗦了一點，結果就聽到身後傳來一個淡淡的聲音。
「我的『和風細雨』是大範圍群體治療恢復技能，他如果受傷了，也會被治療的。」
后熠的表情變得不太好看，哼一聲：「我是給他專屬的治療藥劑和靈能卡，你那一點水能比嗎？快點把這一群人綁上帶走，在這裡太礙眼了。」
池霄沒理后熠，看向風鳴：「……我感受到了鯤鵬之力，是你的第二種血脈嗎？」
風鳴看著池霄的魚尾巴，搧了搧自己的翅膀，在后熠的瞪視下還是點頭了：
「對，是鯤鵬。我聽說之前你洗掉了一種鳥類的血脈，現在想想，如果你不那樣做，說不定我們還能當當同族？畢竟是鳥和魚嘛。」
池霄聞言，微微勾了一下唇角，不過還是搖頭：
「不一樣，鯤鵬本就是一種存在，不過有兩個形態而已。但在我體內是鮫人血脈和金雕血脈，兩種不同的血脈之力在角逐。金雕血脈雖然同樣很強，但終究差了神話系一個階層，當時如果我不尋找洗靈果、洗掉金雕血脈，鮫人血脈就會直接破壞掉金雕血脈在我體內占據的血管和經絡，當金雕血脈被徹底破壞的時候，我的身體也被破壞得差不多了。所以，我只能去找洗靈果，好在我最後成功了。」

風鳴也笑了起來：「嗯，鮫人很好，很厲害。」

后熠：「……」

看著他的小鳥兒和他相當討厭的鹹魚相談甚歡的樣子，他真想拔箭亂射。

好在風鳴和池霄並沒有繼續聊下去，南方朱雀組警衛隊和早在待命的花千萬、林包他們很快就帶著更多警衛隊員過來了。

他們速度非常快地先把漂浮球裡的三十幾個參賽者領上船帶走，又來到這邊的潛水艇上，把以為自己必死無疑，最後卻逃過一劫的背叛者們也一一帶走。

薛嬌嬌在被警衛隊帶走的時候，還非常憤怒地瞪了后熠一眼，然後用溫柔又痴迷的眼神看向坐在鯨魚腦袋上的池霄，感動地道：「池隊長！謝謝你救了我們！你才是真正合格的四方組隊長，我——」

池霄聽到這句話眉頭微皺，那雙深藍的眼睛看向薛嬌嬌，不帶半分感情：「只是不能讓你們死了而已，我討厭背叛者，不要來謝我。」

薛嬌嬌的臉色瞬間變得很難看。

剛剛還沉迷於偷看池隊長尾巴的風鳴，這時候倒是沒看尾巴了，反而非常配合地哼笑了一聲，然後在薛嬌嬌的瞪視之下，轉頭看了看天空，把他堂哥拉下來。

「哥，你說，那些恩將仇報、狼心狗肺、不識好歹、心靈醜惡的人，最後的結局會怎麼樣呢？」

風勃剛落下來，還沒理解他堂弟的意思，不過還是第一時間給出了答案：「喝涼水都塞牙，倒楣一輩子吧。嘖，這種人的福報都被自己折光了，肯定沒好結果，還用問我嗎？」

風鳴滿意點頭：「沒有，我就是看看你和我想的一不一樣，然後發現我們果然是兄弟，想法相同啊。」

風勃就樂了起來。

旁邊，從風鳴和池霄開始說話就冷著臉的后隊長，此時眼中也閃過一分笑意。

薛嬌嬌被他只差指名道姓的話氣得渾身打顫，紅著臉想要罵什麼的時候，忽然腳下一滑，差點就摔倒了不說，海裡還有一條大魚突然躍出來，精准地躍到她的面前，用牠的魚尾巴狠狠搧了薛嬌嬌兩巴掌又落入海中，飛快地遊走了。

薛嬌嬌幾乎要氣瘋了。

風鳴勾了勾嘴角，轉眼看到后熠雙眼帶笑地看著他，彷彿明白剛剛那意外的由來。

風鳴對他翻了個白眼，卻又忍不住笑了一下。他想要說什麼時，看到最後被警衛隊帶出來的夏語冰。

他的笑容淡了下來。

在風鳴引雷放大招，確定了結局之後，以蝗蟲之母為首的黑童組織隊長、小隊長們都逃得一乾二淨，就連光明女神蝶海倫娜也偷偷地逃了。但偏偏這個從頭到尾一直都在的夏語冰完全沒逃，甚至在現在這個時候，他的臉上還帶著一種詭異複雜的微笑。

當他被帶著路過風嗚、后熠和池霄他們的時候，夏語冰忽然停住腳步，不再動了。

抓他的警衛隊員立刻推了他一把：「別發愣！」

夏語冰卻紋絲不動，只是繼續帶著笑看風嗚。后熠冷下臉上前一步，他還沒開口，夏語冰就開口了：

「我快死了，活不過今晚，你們總得對死人有點優待不是嗎？我想要海葬。而且，你們該不會認為現在就贏了吧？雖然我們的美人計畫徹底失敗了，臨時改的任務也沒成功，但兩位隊長和我們組織認識了那麼久，總該知道我們頭領是什麼樣的人。就算失敗了，他也會咬掉你們一塊肉。」

后熠皺起眉，池霄則是用眼神示意警衛隊的隊員放開夏語冰。

夏語冰這才鬆了一下被抓痛的手臂，看向前方那個依稀被靈霧籠罩的小島。

他突然在人群裡找到了蔡濤。

「你是澄澄的哥哥？」

蔡濤剛剛還事不關己的表情陡然一變，神色突然狠厲起來，上前一把抓住夏語冰的衣領：「你怎麼知道澄澄？你對她做了什麼？她現在在哪裡！」

夏語冰嘖了一聲，拍掉蔡濤的手。

「澄澄那麼聰明安靜的女孩，怎麼會有你這麼狂躁的哥哥？不過算了，既然遇到了你，剛好又需要你抉擇，那我就說了吧——那小丫頭就在島上，和至少一千多個實驗體、半成品在一起。本來如果你們乖乖跟我上島，我心情好的話，還會偷偷告訴你們她被關押的地方，讓你救她出來。但現在，她和那些實驗體、半成品都死定了。」

蔡濤就要發狂：「你憑什麼說她死定了？我現在就上島去救她！我有最高等級的治癒卡，我肯定能把澄澄救出來！」

夏語冰的臉色卻更冷了幾分。

「放棄吧，這是一個死局，沒人破得掉。這座島，黑童早就已經發現了，作為我們最重要的據點之一，在一開始就有棄島反擊的計畫。島上有組織研究出來的短距離空間跳躍靈能陣，現在三首領、研究者們和蝗蟲之母那些人估計早就已經離開了，而剩下的那一千多人就是引誘你們過去送死的餌。當你們找到那一千多人的時候，就是整個島嶼靈能爆炸的時候。

我們組織裡有一個心理變態、扭曲到極點的瘋狂研究者。他是個天才，他把靈能炸彈和整個島嶼的混亂靈能連在一起。相信我，哪怕是身體素質最強的后隊長，只要站在爆炸的中心，也必然逃不過被炸得粉身碎骨，連渣都不剩的結局。」

所有人聽到這裡，臉色都陰沉下來。

夏語冰看著他們的樣子，彷彿早有預料一般地笑了笑：

「所以我說，就算失敗了，首領也會咬下你們的一塊肉，那是一個心理扭曲到極點、睚眥必報的惡魔，他應該很快就會行動了。」

就在夏語冰這句話落下的第一時間，海城警衛隊的隊長就收到了屬下傳來的緊急消息，后熠、風鳴、池霄他們手上的腕錶也閃動起來。

當風鳴點開手環並打開雷射投影，便看到已經在靈網點擊量第一的錄影畫面。

畫面中有一個看起來慈眉善目的老者，他把鏡頭對著身後的一千多名穿著白色病患服的男女老少，只笑著說了三句話。

『這是島上的所有試驗品。二十分鐘後，我會放毒氣毒死他們所有人。四方組的隊長們，誰來救人？』

靈網上對這個老者罵聲一片，同時還有許多人標註后熠、風鳴以及池霄等四方組的隊長、隊員們，請他們快點去島上救人。

這當然是不知情者的第一反應。

然而，對從夏語冰那裡得知島上早已準備好能炸塌一座島的靈能炸彈的風鳴等人來說，上島就等於是送死了。

夏語冰看著他們的表情，笑起來：

「去也是死，不去也是死。無論如何，人都救不下來，你們還猶豫什麼呢？」

夏語冰的話中帶著毫不掩飾的惡意，他心情愉悅地欣賞著對面這些厲害的靈能者嚴肅又難看的表情。

看，所有的事情都是註定好的，就算付出了最大的努力又能怎麼樣呢？上天總能在你覺得希望就在眼前的時候，硬生生把你打入地獄。

「認命吧，這才是這個世界的真實。」

夏語冰似乎是在對蔡濤和風鳴說話，又像是在對自己說。
但蔡濤猛地抬起頭，雙眼猩紅地瞪著夏語冰：「我不認命！！澄澄也沒有認命！！如果我們認命就不會有今天，不會有現在！！」
蔡濤看著夏語冰，一字一句地道：「我要上島，我不相信我會死在那裡。就算我真的死在那裡了，那也是我自己願意！！」
他說完就想轉身往島上衝。那個該死的黑童首領只給了他們二十分鐘的時間，現在時間剩下不多了，他得用最快的速度上島，找到自己的妹妹、帶她出來！
他為了今天已經等了太久，只剩下最後一步，哪怕知道那有可能是陷阱，有可能帶來最壞的結果，他也絕對不能不去。
不過他沒走幾步，就被風鳴伸手按住了肩膀。
「就算要去，也不是這樣去的。你知道你妹妹他們在哪裡嗎？總要問清楚那裡的地形和最危險的爆炸中心在哪裡。」風鳴的神色認真：「如果這是九死一生的選擇，我們就要抓住那唯一的生機。另外，你一個人去也救不了那麼多人。島上還有直播球正在直播，一個人去恐怕堵不住悠悠眾口啊。」
風鳴此話一出，后熠的表情就瞬間冷了下來，伸手就把風鳴拉到自己面前。
「你要去？我不許。」
不說后熠的表情非常冰冷，就連剛來這裡的池霄也露出了不贊同的表情。
「這件事太危險了，就算一開始那些人不理解，但等到島嶼爆炸，他們總會明白的。我們有救助那些人的義務，但並不代表我們要在明知有陷阱的時候主動送命。」池霄的話在這個時候顯得有些冷漠：「若是每一次面對這樣的陷阱、陰謀，我們都要踩進去，日後就永無寧日了。瘋狂的混亂者們永遠不會有道德的感官和枷鎖，他們只會死死咬住你的弱點，直到讓你潰不成軍。」

警衛隊隊員們的表情都和池霄差不多。不是他們不願意去救援，而是他們曾經遇過這樣的人命陷阱。為了救人，他們死了一波又一波的兄弟，最後還要面對那些被救助的人的責怪，為什麼不早一點來救他們？

現在是靈能時代，危險的區域和突發情況都大大增加，人們應該多學會一些自救和自保的手段，而不是把所有的希望都放在別人身上。

風鳴和風勃明白池霄說的意思，蔡濤也明白，所以他看向風鳴：

「老大，謝謝你一路陪我到這裡，我真的非常感謝能認識，並且遇到你。本來我是想為你打一輩子的工、當一輩子小弟的，但現在可能不太行了。

島上太危險了，你不能去，我也只是不甘心，要去試一試而已。就算最後失敗了，我也能和澄澄見面，好好抱抱她。我是她的哥哥，不能讓她在最後也一個人孤獨地死去。」

風鳴皺著眉沒說話。

此時，網路上的網友和粉絲們都開始著急。

黑童首領給的倒數計時就在直播球的螢幕上顯示著，每當時間減少一分一秒，網友們便心驚肉跳。甚至有些人情緒激動，忍不住開始說一些激進的話，問警衛隊的人都是幹什麼吃的。

后熠和池霄是被標註最多的人。

蔡濤這個時候已經從夏語冰那裡拿到了島上的地圖，記住了他妹妹被關的實驗室位置。

他拿著地圖就準備上島離開，結果第二次被人擋了下來。蔡濤有些憤怒地轉頭，看到了面無表情的后熠和池霄。

此時，后熠周圍的靈壓變得非常恐怖，那一身高級訂製的西裝和領子前掛著的墨鏡，在這個時候看起來非常像一個黑社會老大。而池霄原本是銀灰色魚尾，已經恢復成兩條筆直有力又穿著銀灰色西裝褲的大長腿，他接過副隊長遞過來的襯衣和西裝，套好之後走到后熠旁邊。

蔡濤瞪大了眼睛。這兩個人現在的氣勢和樣子，像是要去做什麼大事一樣。

「后、后隊？池隊？」

你們不是不上島嗎？

后熠輕嘖一聲：「我說的是你和風鳴不能去，老老實實地在這裡待著，別去送菜。不管島上是不是真的有接通了混亂靈氣的超級炸彈，我和鹹魚總能在爆炸之前跑出來。」

池霄揚了揚眉毛，然後點頭：「必死的任務不能去，所以只能我和箭人去了，其他的我不能肯定，但在海洋之中，想要徹底殺死我是一件非常困難的事情。如果可以，我們會儘量帶出你妹妹。」

蔡濤看著這兩位整裝待發的隊長，忽然眼眶泛紅，心中酸澀得厲害。而旁邊的圖途、熊霸還有楊伯勞、風勃也一時之間心中酸脹，被不知是崇拜還是感動的情緒充斥了胸膛。

在他們感動的時候，忽然有一個人影走到那兩位隊長的中間，後背的兩對大翅膀直接把兩個隊長往旁邊擠，顯示出了他的絕對主位。

蔡濤啊了一聲。

后隊剛剛還特別冷酷的表情瞬間破功：「不都說了，讓你待在原地嗎？」

風鳴伸手拍了拍激動到想要去拍池霄的二翅膀。

「我也是神話系，也是警衛隊的，而且我非常適合這次的救人行動，隊長你覺得呢？」

后熠低頭看著最近這幾個月又長高了一些，變得更加俊美鋒銳的少年，明白了他的意思。

到現在為止，無論是國家研究院還是黑童組織，對於風鳴的第三對翅膀「帝江血脈」還沒有太多了解，自然也不知道帝江血脈那逆天的空間之力。就連風勃、圖途這些和風鳴最好的朋友也只知道他的三翅膀是可以隱形的，是別人看不見又自帶隨身空間的生活系翅膀而已。

但同為神話系靈能者的他，卻能清楚地感應到風鳴體內偶爾會出現的可怕又帶有吞噬之力的力量。

只不過，因為風鳴一直沒有大動過三翅膀的空間之力，才讓他差點忽視了那幾乎可以改變一切的力量。

但即便如此，后熠也沒有第一時間就答應風鳴。他的眼神一瞬間變得深邃：「你有把握嗎？我要實話，你明白我看得出來。」

風鳴的雙眼直視后熠：「至少七分把握救人，九分不死。」

后熠沉默了片刻，最終輕輕嘆氣，伸手非常不開心地抓住大翅膀狠狠地揉了揉，揉到風鳴的二翅膀放棄偷摸池隊，劈哩啪啦地對著他狂搧，三翅膀隔空打人才停下。

剛剛差點摸到想摸的金色飛羽的池隊：「……」

總覺得那個賤人是故意的。

池霄看向后熠後，后熠道：「我家的小鳥兒要露一手，鹹魚你就好好地瞪大你的死魚眼看著吧，那可是只有極少數人才能看到的限量版絕美畫面。」

池霄揚了揚眉毛，眼中露出意外之色，卻沒有反駁后熠的決定。

花千萬就在旁邊對朱雀組的副隊長撇嘴：「你看他們平時誰都看不上誰的樣子，結果每到這種時候，卻完全不懷疑對方的話，我都不知道他們的關係到底是好還是不好了。」

朱雀組的副隊抱著肩膀想了一下：「我覺得這大概就是西門吹雪和葉孤城？東邪和西毒？南帝和北丐的關係吧？畢竟唯二能碰面的神話系，就算看不慣對方，也是唯一的同等級對手，實力還是值得尊重的。不過你們組的那個新人風鳴好像很不錯的樣子，我難得看到隊長對一個人這麼有耐心，而且有好感的樣子，要不要讓給我們？」

花千萬差點沒把白眼翻到天上去：「作夢吧你！相信我，只要你敢搶，我家后隊就會把你掛在箭上，射向宇宙。」

他家隊長為了天使嗚嗚，光碰瓷救命之恩就碰了三回，那就是守著小鳥的惡龍，誰都別想從他嘴裡搶食物。

這個時候，池霄、風鳴、后熠三人已經飛向了前面雨霧繚繞的小島。

夏語冰看著他們三個人的背影，臉色變得複雜起來，竟也忽然站起來衝出去，跟在他們三個人的身後。

警衛隊員們阻止不及就看著他跟了過去，蔡濤的身體僵硬在原地。他原本也想跟過去的，只是夏語冰竟然比他還早一步，甚至用靈能定住了他的身體。

他聽到了夏語冰最後的傳音。

『以後看緊你妹妹，別再讓她丟了。』

蔡濤緊繃著臉，不知夏語冰到底想要做什麼。

而當風鳴三人登上小島的時候，小島上的直播球就拍攝到了他們上島的畫面。

在網路那邊一直等著的網友們看到這三個人同框，直接驚呆了。

不光是那三張不分伯仲、各有特色的俊美臉龐，也不光是捨我其誰，讓人一見就腿軟的氣勢，實在是三大神話系靈能者同時聚在一起的畫面太難得了。

反應過來的時候，他們已經瘋狂地截圖了。不過很快，網友們發現這三位路過的直播球很快就會直接報廢或者消失，所以即便他們想要瘋狂截圖，但因為那三位的速度太快，又彷彿有自帶躲避攝影機的技能，以至於他們截到的圖都有點糊，看不清三人的正臉。

但是這不影響所有人的興奮和熱情。

三位神話系靈能者！兩位四方組隊長！他們親自上島救人，那一千多名的受害者一定能夠得救的！

黑童組織的人則是一個個忍不住狂喜起來！他們原本打算引誘警衛隊上島，沒想到能引出這三條大魚！！

立刻就有人用肩膀撞了撞研究家：「嘤！這次能不能一下子重創他們，就看你的超級爆炸了！」

那個面容有些蒼白瘦弱的青年笑了笑：「我研究過后熠和池霄的身體強度極限，我的超級爆炸即便是他們也承受不住。只要不發生奇跡，他們必死無疑。」

而後，三人一路快速地到達了島嶼最中心的實驗室，在直播室的直播球全部爆炸時，風鳴一眼認出蔡澄澄，把她拉了出來，卻發現她神情呆滯。這時，夏語冰的聲音陡然在實驗基地響起：

「我最多能把爆炸延後三十秒，快帶著能帶走的人出去！他們都被控制了！直接打暈帶走！」

與此同時，另外一個有些冰冷的聲音響了起來。

「語冰，你太讓我失望了。」

此時，池霄製造出海浪，把所有在場的試驗者都捲了出去，風鳴閉上雙眼感知著空間裡一切不尋常的波動。

當海浪把實驗者們帶出研究所，不過才十幾秒而已，研究所正中央的位置便爆發出一道沖天的能量紅光，帶著強大的力量，直接毀掉了島上的研究基地，並且有數十道紅色的光芒往整個小島的四個方位激射而去！

十二道金色箭光趕在研究中心的爆炸即將波及到被海浪捲起的試驗者前，刺進地上，形成了一道金色的屏障，擋下爆炸。

然而，此時不光是小島中心，在那些紅色的能量光射中小島四方的瞬間，小島原本就混亂的靈氣像是一個覺醒的惡獸，陡然瘋狂起來！

沖天的靈氣暴動開始了，它從小島的正中心開始，摧毀著它們覆蓋著的小島的一草一木，一分一毫。

在這個時候，風鳴淩空在小島上空最中心的位置，收回了兩對白色和金色的羽翅，張開了那雙沒有人能看見的，無形之羽。

擁有帝江血脈的三翅膀和大翅膀、二翅膀不同。

自從在靈能者大賽最初覺醒之後，它就一直沒怎麼長大。一開始，它增加了風鳴在空間中的行動速度，讓極速的飛行幾乎變成了瞬移。到長白山祕境的時候，風鳴從羅老爺子那個萬年人參精那裡學到了空間波動、意識力感應的方法，他開始掌握了一點「空間的力量」。

然後風鳴發現了隨身的棺材空間。現在棺材空間已經變成了豪華大床那麼大的空間，裡面存放了許多珍貴的寶物，足以讓任何人心動。

正因為如此，哪怕三翅膀一直都沒有長大，維持著只有像小天使一樣半個手臂長的大小，風鳴也沒覺得有什麼不好的。

他家大翅膀和二翅膀的成長都有揠苗助長的感覺，沒有自然生長到最後，所以即便帝江血脈的三翅膀長得慢一點，也能讓他感受一下成長的樂趣？反正有雷霆之羽和鯤鵬之羽在，帝江之羽只要做一個隨身空間就足夠了。

不過今天這個情況，大翅膀和二翅膀也解決不了了。

此時，整個小島都在被狂暴的靈能爆炸能量摧毀湮滅，如果沒有力量能阻止它，那麼不到一分鐘的時間，整個小島都會不復存在。而且這片區域也會因為巨大的靈能爆炸，形成一個新的空間亂流漏洞，搞不好就會成為連通其他空間或封閉混亂祕境的通道。

到最後，還是得讓警衛隊或國家派專門的人來解決。

所以還是直接在這個時候解決掉吧。

對別人來說，這麼可怕的靈能爆炸，誰沾到就是死，那巨大的能量不是任何一個人的身體能承受住的。但對於風鳴的第三對翅膀來說，這樣的能量就像是撒滿了辣椒粉的變態辣火鍋，雖然吃第一口的時候會被辣得滿臉冒汗，甚至靈魂都發抖，但多吃幾口之後就能適應了，而且會越吃越好吃，越吃越順利。

事實也是如此。

風鳴淩空而立在島嶼的正中央，幾乎在整個島嶼靈能爆炸的第一時間，就接觸到了那驚人的混亂靈力。

所有攻擊他的混亂靈力都在第一時間，被他身後無形的空間雙翅吞噬到誰也看不見的空間中。那狂暴的力量在空間裡轉了一圈之後，再通過那扇厚重古樸的大門進入風鳴的身體，就變成了他可以承受、有些混亂的力量。

風鳴的眉頭微微皺起。他再次感受到了大翅膀爆發、二翅膀長成時，渾身上下都充滿了控制不住的靈力的感覺。只是比起前兩次的意識混亂、無法控制，這一次他的精神意識力已經變得強大很多，他能透過內飾，感受到自己體內的變化，也能「看」到曾經無意中進去過幾次、專屬於他又混亂無邊的力量海。

風鳴只來得及用最快的速度把空間裡的寶貝堆到一個安全的角落，然後他就「看」著自己的雙人床空間開始瘋狂地增長——從雙人床大小變成了一個小房間的大小，然後變成一座普通屋子的大小，再變成別墅大小，最終定格為超過千米的豪華別墅大小。

風鳴在強制擴充的精神刺痛之中還能苦中作樂地想，以後可以把這座豪華別墅的地皮裝飾一下，搞不好就可以真的弄個豪華別墅的隨身空間了。就是不知道自己能不能進去這個空間享受？或者這個空間能不能像其他隨身流小說裡的空間那樣，種菜種樹？

三翅膀帶來的隨身空間被擴充到了極限之後，混亂的力量就進入到他混亂的力量海。

風鳴不知道這片力量海是在他腦子裡還是在他的丹田處，反正現在因為他在瘋狂地吸收整個島嶼靈能爆炸的力量，他渾身上下都疼。

那是一種處在爆體而亡邊緣的疼痛感，血管、經絡甚至骨骼都被強行錘煉擴充，如果不是他現在已經痛得沒力氣動了，搞不好會瘋狂地在地上打滾咆哮。

他能清晰地看到自己力量海中的三種不同力量，一道雷紫色、一道海藍色，還有一道是此時看起來最凶猛的紅色。三種力量各占一角，形成穩固的三角形，只是現在那紅色的力量開始加速變大。

風鳴看了一會兒，才發現力量海裡還多了一道道、一團團灰色的力量，正在無形充斥著整個力量海。

那股凶猛的紅色力量正在努力吞噬著灰色的力量，但偶爾還會攻擊和吞噬一下雷紫色和海藍色的力量，卻會被那兩種力量合力反擊防禦。紅色的力量在擴大，雷紫色和海藍色的力量也在緩緩增強。然而，在灰色能量想要趁虛而入的時候，三種力量又會默契非常好地合作吞噬，讓灰色的能量不能進入核心區域。

三種力量都在吞噬同化那灰色的力量，不過顯然紅色更快一些。

然後，灰色的力量忽然暴增，風鳴也感受到身體周圍靈能爆炸的力量在瘋狂往他湧入。

劇烈的疼痛讓他從內視的狀態中一下子清醒過來，看清周圍的環境之後整個人都不好了。

「我靠！」

因為他在中心處吸收整個島嶼靈能爆炸的力量，那力量便從他這裡形成了一股漩渦。此時那狂暴的靈能就像是一個大漏斗，頂在風鳴的上空，小島和空間似乎也知道自救，就把所有的危險都甩到了他頭上。

風鳴是真的覺得自己要爆炸了，他的臉被憋得通紅，渾身都在輕微地顫抖著。他用盡了所有力氣才讓自己不把口中的那口老血噴出來，但這時也快支撐不住了。

「……」

所以那些憑空得到百年內力的武俠小說真的不能相信，隨隨便便灌頂會死人的。

終於，那股力量似乎在風鳴體內到達了可怕的臨界點，風鳴再也忍受不住，狂吼出聲。

「啊——！！」

當他宣洩似的吼聲響遍整個小島的時候，已經送那一千多個實驗者到小島邊緣的后熠猛地抬起頭，只留下一句「你送他們走」便狂奔而去。

池霄看著被水流捆得嚴嚴實實的一千多人，眼中閃過無奈和淡漠之色。

不過，他同時也有些擔憂地看向天空。那少年的身體承受力似乎到了極限，這時候卻又不能中途放棄，實在是有些危——

就在后熠跑到一半，池霄危險的想法還沒落下的時候。

少年頭上龐大的混亂靈力卻在頃刻間消散於無形，少年也在那個瞬間變了樣子——

少年原本清爽的短髮瞬間長到了腳踝，他的雙耳骨骼開始向後拉長，長出了像是魚鰭一般的耳朵。那雙黑色的眼睛在瞬間閃過金色和紅色的光芒，有一瞬間，池霄覺得那雙眼睛裡面的瞳仁是豎起來的。

在他的雙眼之下多了幾片金色魚鱗般的裝飾，額間則是出現了一枚似乎跳動、變化著的印記。

池霄看不清楚那個印記，卻在看過一眼之後就下意識地移開了目光。那是一股凶猛而狂暴的力量，多看幾眼便是冒犯，會引來力量所有者的攻擊。

這個變化還沒有完結，空中的少年緩緩抬起雙臂。

他的手臂後方，明明應該什麼都沒有的空間，卻像是有什麼存在破土而出。

一瞬間，島上，甚至在島嶼周圍的人似乎都感受到有疾風從他們身邊刮過，然後他們彷彿成了忽然落入陷阱的獵物，處在一個絕對無法掙脫的空間之中。

「領域之力？」

「不可能！！是錯覺吧？」

靈能等級在A級以上的靈能者們，同時震驚地看向島嶼的正中央方向。

他們只能依稀看到一個人的影子，而在島嶼上，就在風鳴下方抬頭看著他的后熠，卻看清楚了他心愛的小鳥兒此時的樣子。

除了長髮、異瞳、妖鱗和額記之外，他的小鳥兒身後還有一雙美麗到極致的透明羽翅。

那雙翅膀非常大，幾乎隱匿於空間之中，讓人看得不真切。但如果你仔細去觀察它，便能發現它像是最上等透明的寶石，閃耀著讓人沉迷的微光。在那每一片羽翅之上似乎都有細小而繁複的花紋，它們在吞噬著周圍所有空間裡的力量。

這是后熠見過最美，也最具有力量的翅膀。

而這雙翅膀的主人，也是后熠見過最美、最可怕的戀人和……對手。

后熠抽著嘴角，看到天空中完成了三翅膀最終覺醒、美到妖豔的少年沒有任何表情地看了自己一眼，而後他背後第一對、第二對翅膀相繼顯現，手中忽然多出了一柄被雷電纏繞的冰劍，頃刻之間便在空中消失，出現在自己面前。

黑色的長髮掃在他的臉上，金色和紅色的豎瞳盯著他，薄唇一開便是一句冷到極致的話：

「螻蟻也敢窺天。」

后熠驚險萬分地擋下那毫不留情地刺向自己心口的長劍，額角落下一滴冷汗。

他苦笑起來。這應該是力量完全覺醒時的血脈記憶混亂，時間不會太久，但以現在風鳴擁有的力量，他可能得拚命才行。

即便后熠已經對風鳴此時的力量有所預料，但真的被風鳴追著打的時候，他還是忍不住心驚。

帝江血脈完全覺醒的風鳴把空間之力運用得徹底，他可以任意出現在空間內的所有地方，也可以用空間之力禁錮住他的所有行動。

如果不是他最後也動用了后羿之血的力量，估計會在三分鐘之內被妖神化了的風鳴捅成馬蜂窩。

然而，即便他同樣動用了血脈之力，在不能使用大招「九天射日箭」直接射殺風鳴的情況下，他也被打得很慘。時不時天空中會有雷電毫不留情地劈在他身上，空中的雨水會突然變成冰錐砸在他身上。最可怕的還是如鬼魅一般的風鳴本人，他根本無法拉開距離逃離拖時間，只能靠著巫神之體強撐挨打。

砰——

當后熠第七次被面無表情的風鳴一腳踹到地上，砸出一個大坑的時候，后隊臉上的表情已經生無可戀了。

他想乾脆把體內所有的力量都加在防禦上，做個完全不反抗的出氣包算了，這樣等風鳴醒過來之後，他還能賣一波慘。

然後后隊忽然就露出一個古怪的笑容。

其實這倒是滿像家暴現場的，嘖嘖，原來被老婆家暴是這種感覺嗎？

唉，其實要是小鳥兒的攻擊力道輕一點，不要帶上靈力或者雷電之力，又拳拳到肉地打他的話，他還是覺得滿……滿有情趣的。

怪不得之前和老胡聊天，每次說到跪榴槤的時候，老胡的表情除了疼，還有一點詭異的蕩漾呢。

長髮異瞳的風鳴看著那個被他打趴在地上，爬不起來的傢伙露出了一個相當詭異的笑容，眉頭微蹙。

這……還算強大耐打的螻蟻怎麼笑得這麼噁心？

他想不明白便不想了，這個人的肉身強度扛得住他的攻擊到現在，也是不容易。只是也到此為止了，接下來只需要一擊，他便能殺了這個弱小的人類。

風鳴揮手散掉了冰劍和雷電，緩慢地從手心中浮現出一團無人能看到的氣團。那是凝聚起來的空間之力。只要把這團力量打入那個人的體內，強大混亂的空間爆炸便會在他體內發生，神仙也活不了。

風鳴再次閃現到后熠面前，他的手還維持著托舉的姿勢，臉上也還是妖神的冷漠。后熠第一時間便感受到了風鳴左手托住的無形可怕力量，他是真的有點笑不出來了。

「你該不會是真的要殺我吧？」

風鳴面無表情。

然而，他並沒有把那可怕的空間之力砸進后熠的胸膛裡。

后熠見狀，忽然站了起來，他突然的動作讓風鳴下意識抬手，但后熠的動作比風鳴更快一些。

他右手緊抓住風鳴托著力量的左手，另一隻手卻直接把人攔腰摟進懷裡，然後把下巴抵在少年的肩膀上：

「打都打了，你也該醒了吧？」

風鳴的左手猛地掙脫后熠的右手，狠狠向后熠背後拍去。只不過在那修長的手拍到后熠後背的時候，空間之力已經變成巨大的水球，砸得后熠後背全濕了。

明明後背都濕了，后熠卻笑了起來。左手把人摟得更緊，忽然又覺得被打得渾身無力，乾脆直接拉著人向後倒。

砰地一聲就砸在了地上，也不嫌疼。

風鳴沒注意，就被他拉到了地上，臉還砸到了那比牆還硬的胸膛上，把鼻子都撞紅了，很不高興。

他伸手撐起上半身，皺眉：「你突然躺什麼躺？」

后熠看著異瞳和耳朵都已經恢復，額間的空間印記也消失了，除了長髮，其他都恢復了的少年勾著嘴角，笑起來：

「被你追著打了快十分鐘，差點就死了，還不允許我躺一躺？還好在你血脈記憶混亂的時候遇到的是我，要是換做其他人，哪怕是那條鹹魚，他都得被你從海裡拖出來打死。我只是累到躺在地上，已經算身體非常好了，所以我就說，我們的相遇是緣分，我們才是最相配的人啊。」

風鳴剛清醒就被迫聽了這段騷話，只想翻白眼。

不過，他低頭看到后熠確實臉上、身上都帶著劍傷、劃痕的樣子，又莫名有點心虛。

一時之間也忘了自己還趴在后熠身上，然後就聽到男人低低笑道：「恭喜你成功拯救了小島。還有，你剛剛血脈覺醒的時候，非常強大美麗。」

風鳴微微翹起嘴角，再看向身下幾乎沒有什麼反抗，躺平任打的男人，他心中微動，低頭極快極輕地親上男人破了一點皮的唇，然後一秒跳了起來。

在男人震驚的目光之下，他笑得燦爛。

「那是當然，我又強又帥，你占大便宜了。」

風鳴說完便直接跑了，等后熠摸著嘴唇明白過來之後，笑聲連整個島都能聽見。甚至這個笑容還一直保持到來到小島的邊緣，看到自家警衛隊的人和更多救援海軍警衛隊時。

在小島周圍等著，不肯離去的沿海警衛隊員和風勃、蔡濤等人，心情大起大落。

一開始后熠、風鳴、池霄上島的時候，他們心情低落且憤怒，憤恨黑童組織竟然用這種卑劣的方法傷人，同時也忐忑地期望隊長們能平安。而在那沖天的紅光亮起，引發整個小島靈能爆炸的時候，所有在島外的人心情都很沉重。

這麼可怕的靈能爆炸，怎麼可能有人躲得掉？

在蔡濤發瘋要衝上島的時候，他們卻看到了小島中心的上空那個張開翅膀的人影，然後他們的靈能三觀差點就碎掉了——那個極有可能是風鳴的人，竟然開始吸收靈能爆炸的力量？

圖途在這個時候尖叫著拍了蔡濤的肩膀：「棺材板啊！！你想想他棺材板的力量！！沒問題的！肯定沒問題的！」

其他人聽到棺材這三個字，都一臉傻愣。

但蔡濤明白圖途的意思了。他說的是空間之力，蔡濤的雙眼猛地亮了起來。

果然，之後事情神奇地往最好的結局發展了。

先是池隊捲著海浪，帶著那一千多個實驗品人質出來了，雖然那些實驗品的氣色不太好，而且大部分都是量的，但只要他們都活著就是天大的好事了！

蔡濤第一個在那群人裡找到了蔡澄澄，然後抱著他的妹妹又哭又笑。

接著島上就傳來了激烈的打鬥聲，聽得他們心驚膽顫的時候，打鬥聲忽然停止了。過一會兒，搧著翅膀，除了衣服換了一件，頭髮長長到腳踝，其他部分毫髮無傷的風鳴也出來了。

大家都用好奇和打量的眼神看著他，尤其盯著他突然長長的頭髮看，但風鳴乾脆跑到小夥伴身邊，讓熊霸壯碩的身子擋住了所有的視線。

最後就是看起來非常狼狽，好像惡戰了一場，還被打得不輕的后隊長出來了。然而這個看起來最慘的人卻笑得最燦爛，活像中了五百萬大獎，還帶著幾分春風得意和稍稍的蕩漾。雖然后隊在看到那一群警衛隊和人質的瞬間就收起了笑容，變成又酷又冷的霸道隊長表情，但也還是讓看到那張笑容的人都抖了好幾下——

這是什麼戰鬥狂魔？被打成這樣了，還能笑得那麼高興？

唯有花千萬秒懂，痛心疾首地看風鳴。

這個小白菜終於被吃掉了嗎！

小白菜風鳴揚揚眉毛，他才沒被吃掉，他只是覺得那隻豬又順眼帥氣了一點。

直到這個時候，警衛隊的眾人和還來不及離開的圖途等參賽者才不可置信地相信，這次黑童組織設下的必死惡毒的陷阱被這三位神話系的靈能者一起破解掉了。

哪怕他們沒有看到在島上驚險萬分的真實畫面，但只要看著眼前的結果，就夠所有人歡呼雀躍了。

事實上，也確實有網友們歡呼雀躍了。

原本島上大部分的直播球都被風鳴和后熠、池霄三個人毀掉了，他們並不想要普通人看到太過慘烈的畫面。然而，還是有一些隱藏在暗處的攝影機拍下了小島爆炸的畫面。

當整個島混亂的靈氣爆炸時，那瞬間毀滅的畫面讓不少看著直播的網友們呆掉了。反應過來之後，他們才意識到這是黑童組織喪心病狂的陷阱，而他們這些標註后隊、池隊和風鳴的人，幾乎成了把他們送上絕路的幫凶。

頓時就有人承受不住崩潰了，在網路上憤怒、哭泣、咒罵，亂成一團。

因為這場混亂越來越大，官方還是決定讓花千萬和朱雀組副隊長開個直播。哪怕是讓那些粉絲和網友們先冷靜下來，也比他們快發瘋來得好，於是，幾乎是全網路都在關注著小島上的情況。

雖然他們同樣無法登島，甚至還遠遠地隔著螢幕，但每一個人都在祈禱著奇跡的發生。

所以當看到池隊帶著人質們出來、風鳴搧著翅膀出來，連后隊也不過是身形狼狽了一點，但還是又冷又酷地出現在螢幕裡時，恨不得把自己捶死的粉絲和網友們又活過來了，然後全都歡呼了起來。

果然他們的大大是最厲害的！是不會死的！

而和他們的喜悅截然相反的，是篤定這一次上島的三個人必死的黑童組織。

當池霄帶著一千多個實驗品出來的時候，早已傳送到另一個島上的黑童組織頭領和組員們臉上瞬間失去了笑意。

當風鳴拖著長髮出來，黑童組織的首領心情糟糕至極，卻又升起了另一種極度的狂熱。

再當后熠那個該死的男人也完好無損地走出來的時候，黑童直接捏碎了手中的杯子，連帶著在場的三首領巫童，和蝗蟲之母等人的心也沉到了谷底。

至此，他們這一場算計竟然從頭到尾都失敗了。

然而，在「研究者」紅著雙眼死死盯著風鳴的時候，那小島上還緩慢地走出了一個人，手中拿著一個小小的硬碟。

黑童組織的「研究者」陡然瞪大雙眼，露出陰狠至極之色：「夏語冰！！他手裡拿的是什麼！」

「……是組織的研究資料。」

巫童緩緩開口，語氣中竟然也難得帶著一些陰鷙。

「果然，會咬人的狗從來不叫，他應該想起了一些事情。首領，我們接下來可能要蟄伏一段時間了。」

慈眉善目的老人盯著畫面中長髮的少年許久，才緩緩微笑。

「你說的對。」

是得蟄伏一陣子，然後一擊必中才行。

——下集待續

高寶書版集團
gobooks.com.tw

FH 022
靈能覺醒 一傻了吧，爺會飛一 03

作　　者　打殭屍
插　　畫　HIBIKI-響
責任編輯　陳凱筠
設　　計　林　檎
內頁排版　賴姵均
企　　劃　方慧娟

發 行 人　朱凱蕾
出　　版　朧月書版股份有限公司
　　　　　Hazy Moon Publishing Co., Ltd
地　　址　台北市內湖區洲子街88號3樓
網　　址　gobooks.com.tw
電　　話　(02) 27992788
電　　郵　readers@gobooks.com.tw（讀者服務部）
傳　　真　出版部(02) 27990909　行銷部 (02) 27993088
郵政劃撥　19394552
戶　　名　朧月書版股份有限公司
發　　行　朧月書版股份有限公司
初　　版　2022年2月

本著作物《傻了吧,爺會飛!》，作者：打僵尸，由北京晉江原創網絡科技有限公司授權出版。

國家圖書館出版品預行編目(CIP)資料

靈能覺醒：傻了吧,爺會飛/打殭屍著. -- 初版. --
臺北市：朧月書版股份有限公司, 2022.01-
　冊；　公分
ISBN 978-626-95424-6-8(第2冊：平裝). --
ISBN 978-626-95424-7-5(第3冊：平裝)

857.7　　110019097